죽음을 향한 발자국

So Many Steps to Death

Copyright ⓒ 1975 Agatha Christie Ltd.

Korean translation edition is published by arrangement with Agatha Christie Ltd., a Chorion group company.

이 책은 Agatha Christie Ltd., a Chorion group company와 적법한 계약을 통해 출간되었습니다. 저작권법에 의해 한국 내에서 보호를 받는 저작물이므로 무단 전재와 무단 복제를 금합니다.

애거서 크리스티 추리 문학 37

죽음을 향한 발자국

이가형 옮김

해문

■ 옮긴이 이가형

동경제국대학 불문과, 미국 윌리엄스 대학 수학. 전남대학교, 중앙대학교,
국민대학교 교수 역임. 한국영어영문학회, 한국추리작가협회 회장 역임.
국민대학교 대학원장 역임

죽음을 향한 발자국

초판 발행일	1987년 06월 20일
중판 발행일	2011년 08월 01일
지은이	애거서 크리스티
옮긴이	이 가 형
펴낸이	이 경 선
펴낸곳	해문출판사
주 소	서울시 서초구 서초동 1328-11 도씨에빛 2차 1420호
TEL/FAX	325-4721 / 325-4725
출판등록	1978년 1월 28일 (제3-82호)
가격	6,000원
ISBN	978-89-382-0237-6 04800
	978-89-382-0200-0(세트)

※ 잘못된 책은 구입하신 곳에서 바꾸어 드립니다.

◆ 등 장 인 물 ◆

제솝— 사라진 과학자, 화학자, 물리학자 등을 찾기 위해 추적에 나서는 안색이 창백한 첩보원.

힐러리 크레이븐— 자식을 잃고 남편과 헤어진 뒤, 영국에서 모로코로 자살여행을 떠나는 붉은 머리의 여성.

토머스(톰) 베터튼— ZE분열을 발견한 사라진 유명한 과학자.

올리브 베터튼— 토머스 베터튼의 아내. 키가 크고, 붉은 머리칼을 지닌 평범한 얼굴의 여성.

보리스 글라이더 소령— 큰 키에 딱딱한 태도를 지닌, 서른 살가량의 금발머리 폴란드인. 톰 베터튼의 처남.

캘빈 베이커 부인— 짧은 머리를 푸른색으로 염색한 자그마한 체격에 살집이 좋은 중년의 미국인 관광객.

히더링턴— 키가 크고 야윈 편이며 얼굴이 기다랗고 우울한 표정의 평범한 영국인 관광객.

무슈 앙리 로리에— 프랑스인 여행객.

아리스티드— 얼굴이 노랗고 염소수염을 한 늙은 남자. 엄청난 부호.

앤드루(앤디) 피터스— 붙임성 있는 미국 청년 여행객.

토르퀼 에릭슨— 노르웨이인 여행객.

바론 박사— 키가 크고 호리호리한 프랑스인 여행객.

헬가 니드하임— 완고해 보이는 수녀 여행객.

니엘슨 박사— 큰 덩치에 얼굴이 불그스레한 관리 담당자.

르블랑 대위— 가무잡잡하고 단단한 체격에다 예리한 눈매를 가진 사나이. 사라진 사람들을 제솝과 함께 추적한다.

차 례

9 ● 제1장

27 ● 제2장

34 ● 제3장

53 ● 제4장

65 ● 제5장

74 ● 제6장

86 ● 제7장

98 ● 제8장

106 ● 제9장

121 ● 제10장

130 ● 제11장

차 례

제12장 ● 142
제13장 ● 152
제14장 ● 166
제15장 ● 176
제16장 ● 185
제17장 ● 195
제18장 ● 208
제19장 ● 221
제20장 ● 227
제21장 ● 244
제22장 ● 250
작품 해설 ● 255

나만큼이나 외국 여행을 좋아하는 앤터니에게

 책상 뒤의 사나이가 4인치짜리 무거운 유리 문진(文鎭)을 오른쪽으로 옮겼다. 그는 무표정하다기보다는 차라리 뭔가 골몰해 있던가 정신을 빼앗겨 버린 듯한 표정이었다. 하루 일과의 대부분을 인공조명 아래에서 보내기 때문에 그의 안색은 창백했다. 느낌으로 보기에도 이 사나이는 사무직원이었다.

 온종일 책상에 앉아 서류 더미와 더불어 시간을 보내는 사나이. 그가 사무실로 가기 위해 길고 고불고불한 지하 통로를 걸어가야 한다는 사실이 왠지 모르게 어울리는 것 같았다. 그의 나이를 추측하기는 어려울 것 같았다. 늙어 보이는 것도 아니고, 그렇다고 해서 젊게 보이는 것도 아니었다. 얼굴은 매끈했으며 주름살은 없었다. 하지만, 두 눈엔 피로의 기색이 역력했다.

 그 방에 있는 또 한 명의 사나이는 그보다 나이가 많았다. 거뭇거뭇한 피부에 군인 특유의 짧은 콧수염을 기르고 있었다. 그는 엄중한 대기 발령을 받고 초조해하는 터였다. 지금 이 순간에도 자리에 앉질 못한 채, 이따금 발작적인 투로 말을 내뱉으며 안절부절못한 채 서성이고 있었다.

 "보고서……." 그가 참을 수 없는 듯 말했다.

 "보고서, 보고서, 하고많은 보고서들. 하지만, 하나라도 확실한 게 있어야 말이지!"

 책상에 있는 사나이가 앞에 놓인 서류들을 내려다보았다. 상단에는 '베터튼, 토머스 찰스'라고 적힌 공문서(公文書)가 첨부되어 있었다. 이름 뒤엔 물음표가 찍혀 있었다.

 책상의 사내는 생각에 잠긴 채 고개를 끄덕거리며 말했다.

 "이 보고서들을 낱낱이 검토해 보았지만, 그중 하나도 확실한 게 없단 말씀이죠?"

다른 사나이가 어깨를 으쓱해 보였다.

"어떻게 단언할 수가 있겠나?"

책상 뒤의 사나이가 한숨을 지었다.

"그렇습니다. 딱 부러지게 단언할 수가 없어요."

나이 많은 사나이가 기관총으로 일제 사격을 퍼붓듯 퉁명스럽게 말을 계속했다.

"로마와 투렌에서 보고가 왔어. 남프랑스 칸의 리비에라 해안에서 목격되었고, 벨기에의 앙베르(안트베르펜)에서도 포착되었어. 오슬로에서도 분명히 확인되었고 물론 비아리츠(에스파냐 국경 근처의 프랑스 마을)에서도 목격이 되었지. 스트라스부르(서독 국경 근처의 프랑스 도시)에서 수상한 거동이 관찰되었고, 벨기에의 오스탕드 해변에선 어느 금발 미녀와 함께 있는 게 목격되었다고. 브뤼셀의 거리에서는 그레이하운드 개 한 마리를 데리고 산책하는 게 포착되었어! 아직까지 런던 동물원의 얼룩말 주위에 팔짱을 낀 채 나타난 모습은 목격되지 않았지. 하지만, 감히 말하겠는데, 여기도 올 거야!"

"설마 혼자만의 착각에 빠져 계신 건 아니겠지요, 화턴? 제 개인적으로는 앙베르에서 온 보고서에 기대를 걸었습니다. 하지만, 아무 결과도 없었어요. 물론 지금으로서는……."

젊은 사나이가 말을 멈추었다. 혼동이 일어나는 모양이었다. 그는 이내 정신을 차리더니 모호하게 말을 했다.

"예, 그럴지도 모르죠. 그렇긴 하지만, 과연 그럴지……."

화턴 대령이 의자의 팔걸이 위에 털썩 걸터앉았다.

"하지만, 우린 진상을 파악했어." 그가 끈질기게 말했다.

"우리는 이 모든 사건의 경과와 이유, 그리고 장소에 대한 조사는 일단 한 고비 넘기지 않았나. 매달 한 달 남짓한 사이에 노련한 과학자 한 명씩을 잃어버릴 수도 없는 일이고, 또 그들이 어떻게, 무슨 이유로, 어디로 사라지고 있는지 모르고 있을 수도 없는 일이야! 우리가 짐작하는 곳인가 아니면, 그곳이 아닌가? 우리는 그들이 사라진 곳이 당연히 그곳일 거라고 생각해 왔어. 하지만, 지금 나는 그곳이라고 확신하진 않네. 자네, 미국에서 온 베터튼에 관한 최근의 정보를 모두 읽어 봤는가?"

 책상 뒤의 사나이가 고개를 끄덕였다.

"풍조(風潮)처럼 막연한 시대에 좌익 경향이란 늘 있게 마련입니다. 지속적이고 영구적인 성향이란 없습니다. 언젠가 그 실체가 드러나고 마는 법이지요. 2차대전 전에는 건실한 연구를 했습니다. 만하임이 독일에서 탈출해 왔을 때, 베터튼은 그의 조수로 선임되었습니다. 그리고 결국 만하임의 딸과 결혼했지요. 만하임이 사망한 후, 그는 독자적으로 연구를 계속했습니다. 그리고 깜짝 놀랄 만한 연구를 한 겁니다. ZE분열(分裂)이라는 획기적인 발견을 함으로써 졸지에 명성을 얻게 되었지요. ZE분열은 획기적이면서도 혁명적인 발견이었습니다. 그 발견이 베터튼을 단연 정상으로 올려놓았습니다. 미국에서의 눈부신 출세를 바로 눈앞에 두고 있었지요. 하지만, 갓 결혼한 그의 아내가 죽어 버린 겁니다. 그래서 그는 깊은 좌절에 빠지고 말았지요. 그는 영국으로 왔습니다. 그러고는 지난 18개월 동안을 하웰에서 살았습니다. 지금부터 꼭 6개월 전에 재혼했지요."

"결혼에 무슨 문제라도 있단 말인가?" 화턴이 날카롭게 물었다.

"우리가 아는 한에서는 아무것도 없습니다. 그녀는 지방 변호사의 딸입니다. 결혼 전에는 어느 보험회사에 근무했었지요. 우리가 알아낸 바로는 어떠한 격렬한 정치적 경향도 없는 것 같습니다."

"ZE분열이라……." 꽤 불쾌하기라도 한 듯 화턴 대령이 침울하게 말했다.

"이런 용어들은 생각만 해도 골치 아파. 나는 구시대 사람이야. 미립자(微粒子)따위는 상상조차 해본 일이 없어. 하지만, 요즘 그놈의 미립자들이 세계를 산산조각으로 찢어 놓고 있어! 원자폭탄, 핵분열, ZE분열, 기타 등등. 베터튼이란 작자도 세계를 갈가리 찢어 놓은 주역들 중 한 명이야! 하웰에서의 그의 평판은 어땠나?"

"퍽 쾌활한 성격의 인물이라고들 합니다. 그의 연구에 대해 말씀드리자면, 세인의 시선을 끌 만한 것은 없었습니다. ZE의 실용화 작업에만 몰두했다고 합니다."

두 사나이는 잠시 침묵을 지켰다. 자기들도 모르는 사이에 대화 자체가 아무런 소득도 없는 것이 되어 버렸기 때문이다. 비밀 보고서들은 책상 위 서류 더미 속에 있었다. 하지만, 그 비밀 보고서들은 언급할 가치라곤 하나도 지니고 있지 않은 것들이었다.

"그가 이곳에 도착한 이래 철저한 보호 조치가 취해졌음은 두말할 필요도 없겠지?"

"그렇습니다. 모든 게 아주 만족스러웠습니다."

"18개월 전이지." 화턴 대령은 곰곰이 생각을 해보더니 입을 열었다.

"안전조치, 그게 그들을 낙담시켰을 것일세. 끊임없이 감시를 당하고 있다는 느낌, 그것만큼 답답한 생활도 없어. 점차 신경이 곤두서고 불쾌감을 느끼게 되었겠지. 나는 그런 경우를 본 적이 종종 있다네. 그들은 이상적인 세계에 대한 몽상을 꾸기 시작했을 거야. 자유와 인류 동포주의, 그리고 철저한 비밀보장과 인류 복지를 위한 연구! 엄밀하게 말해, 쓰레기 같은 인간이 행운을 포착하고 그걸 향해 달려드는 꼴과 뭐가 다를 게 있겠나!"

그는 자기의 코를 문질렀다.

"과학자들만큼 어수룩한 작자들도 없어. 사기꾼들마다 이구동성으로 그렇게 말들 하더군. 그 이유는 정확하게 말할 수 없지만 말이야."

다른 사나이가 피식 웃었다. 피로에 지친 웃음이었다.

"예, 그렇습니다. 아시다시피 그들은 스스로를 '똑똑한' 사람이라고 생각하고 있습니다. 그 점이 항상 위험을 내포하고 있죠. 하지만, 우리 같은 사람은 그들과 별개입니다. 인류를 구원하리라고는 기대하지 않습니다. 기계장치 따위가 잘 작동이 되지 않을 때, 한두 개의 부서진 조각을 집어다 주거나 멍키 스패너 따위를 날라다 주는 게 고작이지요."

그는 뭔가를 곰곰이 생각하더니 손가락으로 책상 위를 가볍게 톡톡 쳤다.

"베트튼에 대해 좀더 자세히 알기만 해도 좋을 텐데. 생활 상태나 행동 따위 말고, 그의 속을 들여다볼 수 있는 일상사들. 그러니까 그는 어떤 농담에 잘 웃는가, 그의 입에서 욕설이 튀어나오게 하는 것은 무엇인가, 그는 어떤 사람에게 찬사를 보내며, 극도로 증오하는 사람은 누군가 하는 것들 말입니다."

화턴이 호기심 어린 눈초리로 그를 쳐다보았다.

"그의 아내는 어때, 그녀에게 물어본 적이 있는가?"
"한두 번이 아닙니다."
"그녀도 별수 없다는 말인가?"
다른 사나이가 어깨를 으쓱해 보였다.
"아직까지는 꼭 그렇지만은 않습니다."
"그럼, 그녀가 뭔가 알고 있단 말인가?"
"그렇습니다. 하지만, 알고 있는 것을 뱉어내려 하지 않습니다. 그녀의 반응이라야 모두가 뻔한 것들뿐이지요. 걱정, 슬픔, 극도의 불안, 짐작을 해볼 수 있는 암시나 낌새 같은 건 전혀 없습니다. 남편의 생활은 지극히 평범했다는 겁니다. 스트레스받을 일도 없었답니다. 다 그렇고 그런 것들뿐이지요. 자기 추측으로는 그가 납치되었을 거라는 겁니다."
"그렇다면, 자넨 그녀의 말을 믿지 않는다는 말이지?"
"저는 한 가지 단점을 갖고 있습니다."
책상 뒤의 사내가 씁쓸한 표정을 지으며 말했다.
"누구든 절대로 믿지 않는 거죠."
"거 참······." 화턴이 천천히 말했다.
"사람이란 마음을 항상 열어놓고 살아야 한다고 생각하네. 그녀는 어떤 여잔가?"
"어느 때건, 카드놀이를 할 때 흔히 만날 수 있는 그런 평범한 여자입니다."
화턴은 알겠다는 듯이 고개를 끄덕거리며 말했다.
"그 점이 문제를 더욱 어렵게 만드는군."
"지금 그녀가 저를 만나려고 이곳에 와 있습니다. 원점부터 다시 차근차근 검토해 볼 작정입니다."
"그 수밖에 없겠군." 화턴이 말했다.
"허나, 내가 그 일을 할 수 있을 성싶지는 않네. 도무지 견딜 수가 없어."
그는 일어섰다.
"글쎄, 자넬 도와주지는 못하겠는 걸. 아직 조사할 게 태산같이 남아 있지 않은가?"

"애석한 일이지만, 사실입니다. 대령님께선 오슬로에서 온 보고서를 특별히 검토해 보시는 게 오히려 낫겠습니다. 거기서 뭔가 나올지도 모르니까요."

화턴은 고개를 끄덕거리더니 밖으로 나갔다.

남은 사나이는 바로 옆에 있는 수화기를 집어들고는 말했다.

"지금 베터튼 부인을 만나도록 하겠어. 안으로 들여보내."

가벼운 노크소리가 들리고 베터튼 부인이 안으로 들어올 때까지 그는 자리에 앉은 채 멍하니 허공만 쳐다보고 있었다.

그녀는 키가 컸으며, 나이는 대략 27세가량 되는 것 같았다. 그녀의 가장 눈에 띄는 점은 아주 아름다운 적갈색 머리칼을 가지고 있다는 사실이었다. 하지만, 그 황홀한 머리칼에도 불구하고, 머리칼 아래로 드러난 그녀의 얼굴은 평범하기 그지없었다. 그녀는 푸른 눈동자와 엷은 속눈썹을 가지고 있었는데, 이따금 그녀의 붉은 머리칼과 조화를 이루는 것 같았다. 그녀의 얼굴에서 화장기라고는 찾아볼 수 없었다.

그는 그녀를 맞아 책상 가까이 있는 의자에 편히 앉으라고 권하면서, 그녀가 왜 화장을 하지 않았을까 하고 곰곰이 생각해 보았다. 그것은 베터튼 부인이 전에 털어놓은 것보다 훨씬 더 많은 사실을 알고 있으리라는 은근한 확신을 그에게 심어 주었다. 그의 경험에 의하면, 격렬한 슬픔과 불안을 겪고 있는 여자가 화장을 소홀히 하는 법은 없었다. 얼굴을 통해 슬픔의 흔적이 드러난다는 사실을 알기 때문에, 여자들은 그것을 감추기 위해 최선을 다하는 법이다. 그는 혹 베터튼 부인이 심란한 아내의 역할을 감쪽같이 해낼 요량으로, 고의적으로 화장을 안 한 채 나타났을지도 모른다고 생각했다.

바로 그때 그녀가 입을 열었다. 상당히 떨리는 음성이었다.

"오, 제솝 씨, 나는 기대를 하고 있어요. 무슨 소식이라고 있나요?"

그는 고개를 설레설레 내저었다. 그리고 점잖게 말했다.

"이렇게 출두하시라고 해서 대단히 송구스럽습니다, 베터튼 부인. 부인께 드릴 확실한 소식을 입수하지 못해 죄송합니다."

올리브 베터튼이 재빨리 말을 받았다.

"알겠어요. 내게 보낸 편지 속에서도 그렇게 말씀하셨잖아요. 하지만, 나는 그래도 행여나 하고(그때 이후 줄곧), 오! 출두해 달라는 말에 얼마나 마음이 설레었던지. 집에 꼭 틀어박혀 줄곧 그 생각만 했는데 결국 모든 게 최악의 대답뿐이더군요. 속수무책이기 때문이에요!"

제솝이라고 불리는 사나이가 위로하듯 말했다.

"상심하지 마십시오, 베터튼 부인. 원점에서부터 차근차근 재검토를 해본다는 입장에서 똑같은 점에 비중을 두고 동일한 질문을 해보도록 하겠습니다. 사소한 것 같지만 중요한 사실들이 드러날지도 모르는 일입니다. 부인께서 전에는 생각을 해보지 않았다던가, 혹 언급할 만한 가치가 없다고 생각했을지도 모르는 사실들 말입니다."

"예, 예, 무슨 말씀인지 알겠어요. 처음부터 몽땅 다시 물어보세요."

"남편을 마지막으로 본 게 8월 23일이었습니까?"

"예."

"파리에서 있을 회의 참석 차 영국을 떠난 날이군요."

"예."

제솝은 빠른 속도로 질문해 나갔다.

"남편께서는 처음 이틀 동안은 회의에 참석했습니다. 3일째 되던 날은 모습을 나타내지 않았죠. 그는 동료 한 사람에게 그날은 '바토 무쉬'를 타고 여행할 거라고 분명히 말했습니다."

"바토 무쉬? 바토 무쉬가 뭐죠?"

제솝이 싱긋 웃었다.

"센 강을 오르내리는 작은 보트 종류이지요."

그는 날카로운 눈초리로 그녀를 쳐다보았다.

"하지만, 어쩐지 남편답지 않은 행동이라는 생각이 들진 않습니까?"

그녀는 의심이 간다는 듯이 말했다.

"그렇군요, 확실히 그래요. 회의 진행 내용에 그이가 깊은 관심을 기울이고 있었다는 사실을 내가 깜빡 잊었나 봐요."

"그럴 수도 있죠. 하지만, 바로 그날의 토론 주제는 그가 특별히 관심을 갖고 있는 내용이 아니었습니다. 그래서 그는 별 무리 없이 그날 하루를 제쳐 버릴 수 있었을지도 모릅니다. 하지만, 남편께서 그렇게 할 수도 있었다는 생각이 안 드시나 보죠?"

그녀는 고개를 저었다.

"그날 저녁 그는 호텔로 돌아오지 않았습니다." 제솝은 계속 말했다.

"확인된 바로는, 그가 국경을 통과한 적은 없습니다. 자신의 여권으로 통과한 일이 없는 것은 확실합니다. 그가 제2의 여권을 갖고 있지는 않았는지, 그러니까 혹시 다른 이름으로 된 여권을 갖고 있지는 않았을까요?"

"오, 아니에요. 그이가 왜 굳이 그런 짓을 하겠어요?"

그는 그녀의 표정을 유심히 살펴보았다.

"그의 소지품에서 그런 것을 본 적은 없다는 말씀이군요?"

그녀는 고개를 맹렬히 내저었다.

"물론이에요. 나는 절대로 그렇게는 생각지 않아요. 단 1초라도 그러리라곤 생각지 않아요. 당신의 추측대로 그이가 고의적으로 행방을 감추었으리라고는 생각할 수도 없는 일이에요. 그이의 신변에 무슨 일이 일어난 거예요. 혹 그게 아니라면, 그게 아니라면, 아마 그이가 기억을 상실했을지도 모를 일이에요."

"그의 건강 상태는 양호했었나요?"

"예, 종종 지나친 연구로 피로를 느끼긴 했어도, 그 밖엔 아무 이상도 없었어요."

"그가 무슨 걱정에 빠져 있다든가, 우울해하는 것 같지는 않던가요?"

"그이를 걱정하게 한다든가 우울하게 만든 건 '아무것도' 없었어요!"

그녀는 떨리는 손가락으로 가방을 열고 손수건을 끄집어내었다.

"두렵기만 해요." 그녀의 목소리는 떨리고 있었다.

"믿을 수 없는 일이에요. 그이가 내게 말 한마디도 없이 사라진 적은 한 번도 없었어요. 그이에게 무슨 일이 생긴 거예요. 그렇게 생각하지 않으려 해도 자꾸만 그런 생각이 들어요. 그인 틀림없이 죽었을 거예요."

"자, 제발, 베터튼 부인, 송구스러운 말씀입니다만, 아직 그런 추측을 하실 필요는 없습니다. 그가 죽었다면, 지금쯤 시체가 발견되었을 겁니다."

"그럴 리 없어. 끔찍한 일이 일어난 거예요. 그이는 익사체로 어느 하수구에

처박혀 있을지도 몰라요. 파리는 무슨 일이든 일어날 가능성이 있는 곳이라고요."

"베터튼 부인, 내가 장담하지만, 파리는 치안이 썩 잘된 도시입니다."

그녀는 손수건으로 눈물을 훔쳤다. 그리고 잔뜩 화가 난 눈초리로 그를 노려보았다.

"당신의 의중을 알겠어요. 하지만, 그건 말도 안 된다고요! 톰은 기밀을 팔거나 누설할 사람이 아니에요. 그이는 공산주의자가 아니었어요. 여태까지 그이의 인생에 있어 비밀이라곤 하나도 없었어요.

"그의 정치적 신념은 어땠나요, 베터튼 부인?"

"미국에서의 그이는 민주주의자였던 것 같아요. 이곳에서는 노동당에 투표했죠. 그이는 정치에는 무관심한 사람이에요. 그이는 과학자였어요. 처음부터 끝까지." 그녀는 시비조로 덧붙였다.

"그이는 저명한 과학자였다고요."

"물론입니다. 그는 저명한 과학자였습니다. 바로 그 점이 모든 사건의 열쇠입니다. 그가 무엇인가 상당한 제안을 받고, 이 나라를 떠나 어디론가로 사라져 버렸을지도 모르는 일입니다."

제솝이 말했다.

"터무니없는 소리예요!" 그녀는 또다시 화를 내며 펄펄 뛰었다.

"신문에서들 떠들어대는 소리예요. 내게 질문을 하면서 생각해 낸 것이 고작 그것뿐이었군요. 정말 터무니없는 소리예요. 그이가 내게 일언반구도 없이, 아무런 내색도 않고 사라졌을 리가 없어요."

"그렇다면, 부인께 말 한마디 없었단 말입니까?"

"한마디도 없었어요. 난 정말 그이가 어디 있는지 몰라요. 내 생각에, 그이는 납치되지 않았으면 죽었을 겁니다. 하지만, 만일 그이가 죽었다면 난 확인을 해야 해요. 조만간에 기필코 알아야겠어요. 계속 이런 식으로 기다림과 의혹 속에서 살아갈 수는 없는 노릇이잖아요. 나를 도와주실 수 없나요? 아무런 도움도 주실 수 없단 말씀인가요?"

그러자 그는 몸을 일으켜 책상을 돌아 나왔다. 그가 기어들어가는 듯한 목소리로 말했다.

"정말 미안하게 되었습니다, 베터튼 부인. 면목이 없습니다. 나를 믿어 주십시오. 부인 남편의 사건을 파헤치는데 우리는 최선을 다하고 있습니다. 우린 하루도 거르지 않고 여러 곳으로부터 보고를 받고 있습니다."

"어디서 온 보고들인가요? 뭐라고들 그러던가요?"

그녀가 날카롭게 물었다.

그는 고개를 내저었다.

"모두 철저히 규명되고, 검토 또는 확인해 봐야 할 것들입니다. 대충 보기에도 너무 애매모호한 것들인 것 같습니다."

"난 꼭 알아야겠어요." 그녀는 실망한 듯 재차 중얼거렸다.

"계속 이대로 있을 수만은 없어요."

"그렇게도 남편이 걱정되나요, 베터튼 부인?"

"말하나 마나 난 남편 걱정 때문에 죽을 지경이라고요. 왜냐고요? 우린 결혼한 지 6개월밖에 안 됐어요. 6개월밖에 안 되었다고요."

"예, 알고 있습니다. 저, 혹시……, 이런 질문을 하게 되어서 미안합니다만, 남편과의 사이에 불화 같은 건 없었습니까?"

"예? 아뇨!"

"다른 여자 문제로 인한 고민거리는 없었나요?"

"말도 안 되는 소리예요. 내가 말했잖아요. 우린 지난 4월에 결혼했다고요."

"그런 일이 있었을까 봐 미심쩍어서 해본 소리는 아니니 믿어 주십시오. 하지만, 그가 이런 식으로 사라져 버린 이상, 모든 가능성을 고려해 보아야 합니다. 하여간, 부인이 보시기엔 최근에 그가 불안해하거나, 걱정에 시달리거나, 초조해하고 신경을 곤두세운 일은 없었단 말씀이죠?"

"그래요, 없었다니까요!"

"베터튼 부인, 아시다시피 댁의 남편과 같은 직업에 종사하는 사람들은 신경이 곤두서지 않을 수 없습니다. 엄격한 보안 상태에서 생활하기 때문이죠. 사실……." 그는 빙긋 웃었다.

"신경이 날카롭게 곤두서야만 정상이지요."

그녀도 덩달아 웃음을 짓지는 않았다.

"그이는 지극히 정상적이었어요." 그녀가 담담하게 말했다.

"연구에 대해선 만족했었나요? 도대체 부부 사이에 그런 얘기도 나누지 않았습니까?"

"예, 그건 전문 영역이니까요."

"그가 자신의 연구가 파괴적인 용도에 쓰일지도 모른다는 양심의 가책을 느끼지는 않았습니까? 과학자들은 곧잘 그런 생각을 하던데."

"그이가 그런 얘기를 한 적은 없었어요."

"거 참, 베터튼 부인……"

그는 도무지 이야기가 귀에 들어오지 않는다는 듯 책상 위에 몸을 기댔다.

"내가 알고자 하는 것은 남편의 속마음입니다. 도대체 남편은 어떤 사람이었나 하는 거죠. 하지만, 부인은 지금 내게 아무런 도움도 주지 못하고 있어요."

"하지만, 내가 더 이상 어떤 말을 어떻게 해 드려야 한단 말이에요? 당신 질문에는 모두 대답해 드렸잖아요."

"예, 물론 내 질문에 대답을 하셨습니다. 대부분이 소극적인 대답이었죠. 나는 적극적인 대답을 원합니다. 뭔가 도움이 될 만한 진술 말입니다. 내 말이 무슨 뜻인지 아시겠어요? 그의 성격을 잘 파악하면 할수록 그만큼 더 그를 쉽게 찾을 수 있다는 겁니다."

그녀는 잠시 곰곰이 생각을 했다.

"알겠어요. 무슨 말씀인지 알 것 같아요. 톰은 명랑한 성격에다 호인(好人)이었어요. 게다가, 머리도 비상했죠."

제솝의 표정이 밝아졌다.

"그게 바로 성격 목록입니다. 자, 그럼 신상에 관해 좀더 상세히 알아볼까요. 그는 책을 많이 읽는 편이었나요?"

"예, 굉장히 많이 읽었어요."

"어떤 종류의 책이었나요?"

"전기물(傳記物)들이었죠. 피곤할 때면 《유령세계의 충고》라는 범죄소설을 읽었어요."

"퍽 지루한 분이었군요. 특별한 취미는 없었습니까? 카드놀이나 체스를 두지는 않았나요?"

"그이는 카드놀이를 했죠. 우린 1주일에 한두 번씩 에반스 박사 부부와 카드놀이를 했었죠."

"남편의 친구들은 많았는지요?"

"오, 예, 그이는 퍽 잘 어울리는 편이었어요."

"내 말은 그게 아닙니다. 친구들에 대한 관심이 많았느냐 하는 점이죠."

"그이는 한두 사람의 이웃과 골프를 치는 정도였어요."

"특별히 친한 친구나 동료들은 없었습니까?"

"아뇨, 아시다시피 그이는 오랜 시간을 미국에서 생활했어요. 출생지는 캐나다고요. 이곳에서 그리 많은 사람을 사귀지는 않았어요."

제솝이 팔꿈치 아래 깔고 있던 서류 스크랩 하나를 뒤적거렸다.

"내가 알기로는 최근에 미국에서 세 사람이 그를 찾아왔습니다. 여기 그들의 명단이 있습니다. 우리가 조사한 바로는 그들 세 명이 최근에 그와의 접촉을 시도한 유일한 '외부' 사람들입니다. 우리가 그들에게 각별한 관심을 기울이고 있는 이유도 그들이 외부인들이라는데 있습니다. 자, 첫 번째 인물로 월터 그리피스, 그는 하웰로 당신네 집에 갔었습니다."

"예, 그는 영국엔 초행이었는데 톰을 만나러 왔었어요."

"남편의 반응은?"

"톰은 무척 놀라는 것 같았어요. 하지만, 매우 반가워했죠. 미국에 있을 때 퍽 절친한 사이였나 봐요."

"부인께서 보시기에 그리피스는 어떤 인물인 것 같았습니까? 부인 나름대로 그에 대한 평가를 해보시지요."

"그에 대해서라면 당신이 더 잘 알고 있을 성싶은데?"

"물론, 우리는 그에 대해 자세히 알고 있습니다. 하지만, 부인의 생각을 들어보고 싶은 겁니다."

그녀는 골똘히 생각을 했다.

"글쎄요, 그는 진지한 사람이었어요. 그리고 장황하게 이야기를 늘어놓는 스타일이었지요. 내겐 퍽 정중했으며 톰을 무척 좋아하는 것 같았고요. 그리고 톰이 영국으로 건너온 뒤 생긴 일들을 이야기하고 싶어 하는 것 같았어요. 내가 보기엔 몽땅 자질구레한 이야기들이었어요. 전혀 모르는 사람들에 대한 이야기들뿐이었기 때문에, 난 아무런 재미도 없었죠. 하여간 그들이 지난 이야기에 열을 올리고 있을 때 나는 저녁 준비를 하고 있었어요."

"정치문제는 거론하지 않던가요?"

"당신 말투는, 그이가 꼭 공산주의자였다는 식이군요."

올리브 베터튼의 얼굴이 붉게 상기되었다.

"분명히 말하지만, 그에게 그런 낌새는 전혀 없었어요. 그는 조그만 정부 일을 맡고 있었어요. 지방 검사 사무실에서 근무하고 있다고 하는 것 같았죠. 하여간, 톰이 미국 내에서 일어나는 정적(政敵)에 대한 정치적 박해 행위를 꼬집고 나서자, 그는 이곳에 사는 우리로서는 이해할 수 없는 일이라고 진지하게 말하더군요. 그건 '부정할 수 없는' 사실이에요. 그 말이 그 사람이 공산주의자가 아님을 입증하고 있으니까요!"

"제발, 제발, 베터튼 부인, 흥분하지 마십시오."

"톰은 공산주의자가 아니었대도요! 내가 그렇게 말했는데도 당신은 내 말을 도통 믿으려 들지 않는군요."

"물론, 나도 그가 공산주의자라고는 생각지 않습니다. 하지만, 그 점을 짚고 넘어가지 않을 수도 없는 노릇 아닙니까. 자, 그럼 외국에서 접근한 두 번째 인물인 마크 루카스 박사에 대해서 이야기해 봅시다. 당신들이 런던에서 우연히 만난 인물입니다."

"예, 우린 죽 구경을 한 뒤 저녁식사를 하고 있었어요. 그때 룩인지 루카스인지 하는 바로 그 사람이 불쑥 나타나 톰과 인사를 나누더군요. 그는 그저 그런 평범한 화학자였고, 톰과는 미국에서 만난 이후 처음이었다더군요. 미국 국적을 취득한 독일인 망명객이었죠. 하지만, 당신이 더 정확하게……."

"아, 내가 더 정확하게 알고 있다는 말씀인가요? 물론 나는 알고 있지요, 베터튼 부인. 남편께선 그를 만나고 놀라는 눈치던가요?"

"물론이에요. 굉장히 놀라더군요."

"기뻐하던가요?"

"예, 예……, 그랬던 것 같아요."

"왜 딱 부러지게 말씀하지 않으시는 거죠?"

"글쎄요, 뭐랄까, 그는 톰이 크게 관심을 갖고 있는 인물은 아니었어요. 톰도 나중에 그렇다고 말해 주더군요. 그것뿐이에요."

"그때의 만남은 그야말로 우연한 것이었나요? 조만간에 다시 만나자는 약속 같은 건 없었습니까?"

"없었어요. 정말 우연히 마주쳤을 뿐이에요."

"알았습니다. 외국에서 온 사람 중에 세 번째로 접촉한 인물은 캐롤 스피더라는 어느 부인이었습니다. 역시 미국에서 온 여자죠. 그 여자와는 어땠나요?"

"그 여자는 국제연합과 관련이 있는 것 같았어요. 톰과는 미국에서부터 알던 사이였다더군요. 자기가 런던에 와 있다고 톰에게 전화를 했었어요. 우리 부부와 함께 점심을 하고 싶다고 하더군요."

"그래서 부인은 응하셨나요?"

"아뇨."

"부인은 가지 않으셨는데, 부군께선 가셨다!"

"아니, 뭐라고요!"

그녀는 눈을 흘기며 노려보았다.

"남편께서 부인에게 말하지 않았던가요?"

"예."

올리브 베터튼은 당황하고 어색해하는 것 같았다. 질문을 퍼붓는 사나이는 다소 미안한 생각이 들었지만, 결코 고삐를 늦추지 않았다. 처음으로 그가 어디론가 납치되어 갔을지도 모른다는 생각이 들었다.

"나도 이해하지 못할 일이에요." 그녀는 모호하게 말을 했다.

"이상한 건 그이가 왜 내게 그 일에 대해 한마디도 하지 않았을까 하는 점이에요."

"스피더 부인이 머물고 있던 도싯 군(영국 남부의 군)에서 그들은 8월 12일 수요일에 함께 점심식사를 했습니다."

"8월 12일?"

"그렇습니다."

"예, 그 무렵 그이가 런던으로 가긴 했어요……. 하지만, 그녀에 관해선 한 마디도 없었죠."

그녀는 또다시 문득 말을 멈추었다. 그리고 짤막한 질문을 던졌다.

"그 여자, 어떤 사람이죠?"

"그리 매력적인 여인은 아닙니다, 베터튼 부인. 30세 정도 되는 유능한 직장 여성이죠. 뭐 별로 미인도 아닙니다. 댁의 남편과 은밀한 관계를 맺고 있는 것 같은 기색은 전혀 찾아볼 수 없었습니다. 하지만, 정말 이상한 점은 남편이 왜 그녀와 만나는 것을 부인에게 일언반구도 하지 않았을까 하는 점입니다."

"예, 무슨 말인지 알겠어요."

"자, 그럼 곰곰이 한번 따져 보도록 합시다, 베터튼 부인. 그 무렵, 남편에게 이상한 낌새 같은 건 없었습니까? 우리 생각으로 대략 8월 중순쯤 되는 것 같은데. 그 회의가 있기 약 1주일 전쯤일 겁니다."

"아뇨, 아무런 낌새도 없었어요. 눈에 띄는 건 아무것도 없었어요."

제솝은 한숨을 내쉬었다. 책상 뒤에 있는 기계에서 벨소리가 뚜렷하게 울려왔다. 그는 수화기를 집어들었다.

"예." 그가 말했다.

상대방의 목소리가 흘러나왔다.

"베터튼 사건을 잘 안다는 분이 만나고 싶다고 찾아왔는데요."

"그 사람 이름이 뭔가?"

상대방의 목소리가 기침 소리와 함께 뚜렷하게 흘러나왔다.

"글쎄요. 정확히 어떻게 말씀드려야 할지 모르겠군요. 아예 철자를 한 자 한 자 읽어 드리겠습니다."

"좋아, 불러 보게."

그는 압지 위에다 수화기에서 흘러나오는 대로 한 자 한 자 받아 적었다.

"폴란드인인가?"

다 받아 적고 나서 그는 뭔가 이상하다는 듯이 물었다.

"그건 말하지 않던데요. 영어는 썩 잘합니다. 하지만, 외국 억양이 약간 섞여 있어요."

"잠시만 기다리라고 해."

"잘 알았습니다."

제솝은 전화를 제자리에다 놓았다. 그러고는 올리브 베터튼을 쳐다보았다.

그녀는 한결 차분한 자세로 앉아 있었다. 그는 지금 막 이름을 받아 적은 메모지를 뜯어내어 그녀에게 불쑥 내밀었다.

"아는 이름입니까?"

순간 그녀의 눈이 휘둥그레졌다. 그녀는 몹시 놀라는 눈치였다.

"예." 그녀가 말했다.

"예, 알아요. 내게 편지를 보내온 사람이에요."

"언제?"

"어제요. 톰의 전처의 사촌이래요. 이 나라에 도착한 지 며칠밖에 안 됐어요. 톰의 실종사건에 무척 관심이 많더군요. 내가 새로운 소식이나 좀 알고 있지 않나 해서 편지를 보냈다더군요. 나에 대한 정중한 위로와 함께."

"전에 그에 관해 들은 적은 없었나요?"

그녀는 고개를 내저었다.

"남편께서도 말 않던가요?"

"전혀."

"그렇다면 그가 진짜로 남편 전처의 사촌이 아닌지도 모르겠군요?"

"글쎄요, 아니에요. 그럴 리 없어요. 절대로 그렇진 않을 거예요."

그녀는 흠칫 놀라운 눈치였다.

"톰의 첫 번째 부인은 외국인이었어요. 만하임 교수의 딸이었죠. 편지로 미루어 보아 톰과 그녀에 대해 상세히 알고 있는 것 같았어요. 외국인이지만 또박또박 예의 바르게 잘 썼더군요. 모두 진짜 같았어요. 하지만, 그게 무슨 상관이죠. 그가 설령 진짜가 아니더라도?"

"아, 으레 하는 질문이죠." 제솝은 희미하게 웃음을 지었다.

"조그만 꼬투리라도 잡으면 그렇게 꼬치꼬치 캐묻는 곳이 바로 여기랍니다!"

"예, 당신을 보니 안 그래도 그러실 분 같네요."

그녀가 갑자기 와들와들 떨었다.

"이 방은 미로형의 통로 한가운데 있어서, 도무지 빠져나가지 못할 꿈과 같아요……."

"아, 예, 이 방이 폐쇄공포증을 일으킬 정도라는 건 나도 알고 있습니다."

제솝이 익살스럽게 말했다.

올리브 베터튼은 한 손을 들어 앞으로 흐트러져 있던 머리칼을 쓸어넘겼다.

"아시다피, 나는 도무지 더 이상은 견디지 못하겠어요." 그녀가 말했다.

"가만히 앉아서 기다릴 수만은 없어요. 기분 전환을 위해서 어디든 가야겠어요. 특히 외국으로, 보고자들이 온종일 전화를 해대지 않는 곳, 사람들의 눈길을 피할 수 있는 어디론 가로 말이에요. 나는 항상 친구들과 마주칩니다. 그때마다 그들은 내가 무슨 새로운 소식이나 알고 있나 해서 물어오죠."

그녀는 잠시 망설이더니 말을 계속했다.

"내 생각엔 난 점점 쇠약해지고 있는 것 같아요. 마음을 대범하게 가지려 해도 내겐 아무래도 벅찬 일이에요. 주치의도 그러시더군요. 곧장 어디론가 떠나 3~4주 정도 사라져 있으라고 말이에요. 그분이 편지를 보내 왔어요. 보여드리지요."

그녀는 핸드백을 뒤적거리더니 봉투 하나를 끄집어내었다. 그리고 제솝의 책상 위에다 내밀었다.

"의사 선생님 말이 이해가 갈 거예요."

제솝은 봉투에서 편지를 끄집어내어 읽었다.

"예……. 예, 알았습니다." 그가 말했다.

그는 편지를 봉투에다 다시 접어 넣었다.

"그럼……, 그럼, 가도 되겠지요?"

그녀는 무척 초조한 눈초리로 그를 쳐다보았다.

"그럼요, 물론입니다. 베터튼 부인."

그가 대답했다. 하지만, 전혀 뜻밖이라는 듯 그의 눈썹이 추켜세워졌다.

"왜 안 가십니까?"

"당신이 반대하실 것 같아서요?"

"반대라뇨. 내가 왜 반대를 합니까? 그건 전적으로 부인 자신의 일입니다. 부인께서 떠나면, 나는 무슨 소식이라도 있는 경우에만 부인과 접촉할 수 있겠군요?"

"오, 물론이에요."

"어디로 가실 작정입니까?"

"태양이 있고, 영국인이 그리 많지 않은 곳, 스페인이나 모로코쯤에요."

"정말 좋은 곳이죠, 재미 많이 보십시오."

"오, 고마워요. 정말 고마워요."

그녀가 일어섰다. 들뜨고 의기양양해 보였다. 하지만, 여전히 그녀의 태도에선 초조함이 묻어나오고 있었다.

제슆도 일어섰다. 그녀와 악수를 하였다. 그리고 벨을 눌러 그녀를 배웅해 주라는 신호를 보냈다. 그는 다시 자기 자리로 돌아와 앉았다. 잠깐 동안 그의 얼굴은 예전과 같이 무감각한 표정을 짓고 있었다. 그러나 잠시 뒤 그는 천천히 미소를 머금는 것이었다. 그는 수화기를 집어들었다.

"지금 글라이더 소령을 만나겠어." 그가 말했다.

"글라이더 소령이십니까?"

제솝은 그 이름에 약간 머리를 갸우뚱하지 않을 수 없었다.

"이것 참 곤란한데요."

그 방문객은 왜 그런지 알겠다는 듯이 익살스럽게 말했다.

"당신의 동료들이 나를 2차대전 때의 글라이더라고 부르더군요. 그러니 이제, 미국에서의 내 이름을 글라인으로 바꾸도록 해야겠습니다. 그게 사용하기에 훨씬 편리할 테니까요."

"이제 막 미국에서 오시는 길입니까?"

"예, 1주일 전에 도착했습니다. 당신이……, 실례의 말씀입니다만, 제솝 씨입니까?"

"그렇습니다. 내가 제솝입니다."

상대방은 그를 유심히 쳐다보았다.

"그랬군요. 당신에 대해선 들은 바 있습니다."

"정말입니까? 누구에게서?"

상대는 미소를 지었다.

"너무 서두를 것 없습니다. 우선 미국 대사관에서 내게 준 이 소개장을 보신 다음, 내가 질문을 좀 할 수 있도록 약속해 주셨으면 합니다."

그는 고개 숙여 절을 하며 그것을 건네주었다.

제솝은 그걸 받아 정중한 소개말로 이루어진 몇 줄을 읽고 내려놓았다. 그는 감정을 하듯 방문자를 살펴보았다. 큰 키에 딱딱한 태도, 대략 30세 정도 되는 것 같았다. 금발은 미국의 유행에 따라 아래를 짤막하게 올려 깎고 있었다. 그 이방인의 말투는 느릿느릿 신중했으며, 분명 외국인의 억양이었다. 하지만, 문법적으로 틀린 곳은 없었다.

제숩이 보기에 그는 초조해하거나 불안해하는 기색이라곤 전혀 없었다. 그야말로 특이한 일이었다. 이 사무실에 오는 사람들은 거의 대부분 불안해하거나 동요되곤 했다. 혹은 슬금슬금 눈치를 보기도 했고, 괜히 격한 감정을 폭발시키기도 했다.

이 사나이는 자기감정 정도는 적절히 자제할 줄 아는 사람이었으며, 지금 자신이 하는 행동의 내용과 이유를 알고 있으면서도 그것을 표정으로 드러내지 않는 인물이었다. 게다가, 쓸데없는 말을 해서 속을 드러내 보일 인물 같지도 않았다.

제숩은 만면에 미소를 머금은 채 말했다.

"그럼, 우리가 당신에게 해 드릴 일이 무엇인가요?"

"당신이 토머스 베터튼에 대해 좀더 상세한 소식을 갖고 있지나 않나 해서 이렇게 찾아왔습니다. 그는 최근 일대 센세이션을 일으키며 잠적해 버렸습니다. 신문 보도는 믿을 수 없겠더군요. 그래서 확실한 정보를 얻을 수 있는 곳을 수소문해 보았습니다. 그들이 말하더군요. '당신'한테 가보라고."

"송구스런 말씀입니다만, 우리도 베터튼에 관한 정확한 정보를 갖고 있지 않습니다."

"난 그가 모종의 임무를 띠고 외국으로 갔을지도 모른다고 생각합니다."

그는 머뭇머뭇 망설이다가 괴상스럽기 그지없는 투로 한마디 덧붙였다.

"당신은 알고 있습니다. 쉬—쉿"

"이것 보세요, 선생." 제숩은 귀찮아졌다.

"베터튼은 과학자였습니다. 외교관이나 첩보원이 아니란 말입니다."

"나를 몹시 못마땅히 여기시는군요. 하지만, 칭호가 언제나 올바르다는 법은 없죠. 당신은 내가 왜 그 사건에 관심을 기울이는지 알고 싶을 겁니다. 토머스 베터튼은 내 직계 친척입니다."

"예, 나도 당신이 작고한 만하임 박사의 조카라는 건 알고 있습니다."

"아, 이미 알고 계시는군요. 여기 앉아서도 훤히 알고 계신 분이로군요."

"누가 와서 얘기해 주더군요."

제솝은 어물어물 작은 목소리로 말했다.

"베터튼의 아내가 여길 다녀갔습니다. 그녀가 그러더군요. 당신이 그녀에게 편지를 썼더라고"

"예, 조의도 표할 겸 그녀가 혹시 별다른 소식이라도 알고 있나 싶어서요."

"그랬었군요."

"우리 어머니는 만하임 박사의 하나뿐인 여동생이었습니다. 두 분은 우애가 돈독하셨지요. 어린 시절 바르샤바에 살 때 나는 삼촌 집을 우리 집 드나들듯 했습니다. 삼촌의 딸, 엘사는 내겐 친누이와 마찬가지였지요. 아버지와 어머니가 돌아가시자 난 삼촌과 사촌누이와 함께 살았습니다. 행복한 나날이었죠. 그 뒤 전쟁이 일어났습니다. 두 번 다시 입 밖에 내기조차 끔찍한 비극, 공포……. 삼촌과 엘사는 미국으로 탈출했습니다.

나는 지하 레지스탕스의 일원으로 남았습니다. 전쟁이 끝난 뒤, 나는 일정한 임무를 부여받았습니다. 그동안 한 차례 미국으로 건너가 삼촌과 사촌누이를 만나 보았을 뿐입니다. 하지만, 마침내 유럽에서의 내 임무가 끝나는 시기가 왔던 겁니다. 나는 미국에 영주하기로 작정했습니다. 삼촌과 사촌누이, 그리고 그녀의 남편과 가까이 있고 싶었던 거죠. 그런데 아, 이럴 수가 있습니까……."

그는 두 손을 앞으로 내뻗었다.

"그곳에 당도해 보니 삼촌은 이미 세상을 뜨셨고, 사촌누이도 마찬가지였습니다. 그리고 그녀의 남편은 이 나라로 와서 재혼을 했더군요. 이렇게 해서 나는 또 한 번 혈육 하나 없는 철천지 고아가 된 겁니다. 그런데 그 뒤 토머스 베터튼이라는 저명한 과학자의 실종 사건 기사를 읽었습니다. 그래서 도대체 무슨 일인가 알아보려고 이렇게 곧장 건너온 겁니다."

그는 내막을 알고 싶다는 듯이 제솝을 빤히 쳐다보았다.

제솝은 무표정하게 그를 마주 보았다.

"그가 사라진 이유가 뭡니까, 제솝 씨?"

"우리가 알고 싶은 것도 바로 그겁니다." 제솝은 웃으며 말했다.

"당신은 알고 있을 것 같은데?"

제솝은 자기들 두 사람의 역할이 어떻게 해서 이렇게 쉽게 뒤바뀔 수 있었는가 하는 점이 무척 신기했다. 이 방 안에서 질문하는데 익숙해 있는 사람은 바로 자신이었다. 이 이방인은 조사관이 아니었다.

　제솝은 얼굴에 여전히 미소를 머금은 채 대답했다.

"정말 우리들도 모릅니다."

"하지만, 당신은 추측이라도?"

"그 사건이 어떤 확실한 유형에 따라 일어나고 있을 가능성은 있습니다만, 이와 비슷한 사건들이 전에도 일어난 적이 있었지요."

"나도 압니다."

　방문객은 전에 발생한 여섯 건의 사건을 예로 들었다.

"모든 과학자들이……." 그는 의미심장하게 말했다.

"예."

"철의 장막 뒤로 사라져 버렸단 말입니까?"

"그건 하나의 가능성일 뿐입니다. 우리로선 알 수 없습니다."

"그들은 스스로의 자유의사로 사라져 버린 겁니까?"

"그것조차도 속단하기 어렵습니다."

"이 사건을 순전히 내 개인적인 일이라고 생각하시나 보죠?"

"오, 무슨 그런 말씀을."

"하긴 당신이 옳습니다. 내 관심은 오직 토머스 베터튼 뿐이니까요."

　제솝이 말했다.

"당신의 관심이 어떤 건지 내가 전혀 이해 못 하더라도 나를 용서하시기 바랍니다. 하여간 베터튼은 당신의 유일한 친척입니다. 그런데 당신은 그를 전혀 알지도 못하니."

"그건 사실입니다. 하지만, 우리 폴란드인들에게 있어서 가족이란 아주 중요한 겁니다. 의무감이라는 게 있죠."

　그는 일어섰다. 그러고는 정중하게 허리 굽혀 인사를 했다.

"시간을 너무 빼앗은 것 같아 미안합니다. 친절하게 대해 주셔서 고맙습니다."

제솝도 따라 일어섰다.

"별 도움이 못 되어 드려 죄송합니다. 하지만, 우리도 지금 오리무중에 빠져 있다는 점만은 믿어 주십시오. 전해 드릴 만한 소식이라도 입수하게 되면 어떻게 할까요?"

"미국 대사관에 전해 주십시오. 고맙습니다."

다시 한 번 그는 정중하게 허리를 굽혔다.

제솝은 벨을 눌렀다. 글라이더 소령이 나갔다.

제솝은 수화기를 집어들었다.

"화턴 대령님을 내 방으로 좀 오시라고 해주게."

화턴 대령이 방으로 들어오자 제솝이 말했다.

"드디어 뭔가 달라지고 있는데요."

"어떻게?"

"베터튼 부인이 외국 나들이를 하고 싶답니다."

화턴이 휘파람을 불었다.

"서방님과 합류할 모양이지?"

"기대되는데요. 주치의 편지까지 한 장 구했더군요. 전지(電池)여행을 떠나 푹 쉬어야 한다는 겁니다."

"정말 그럴 듯하군!"

"하지만, 사실일지도 모릅니다." 제솝이 그에게 주의를 주었다.

"사실을 솔직히 털어놓았을지도 모르지요."

"이 마당에 그런 것까진 생각하지 않는 게 좋아." 화턴이 말했다.

"아닙니다. 그녀는 틀림없이 아주 그럴 듯하게 처신할 겁니다. 결코 1초도 방심하지 않을 겁니다."

"더 캐낸 건 없나?"

"작은 단서 하나를 얻었습니다. 도싯 군에서 베터튼이 스피더라는 여자와 점심을 함께했었습니다."

"그런데?"

"그 점심 건에 대해서 아내에게는 한마디도 하지 않았더군요."

"오—." 화턴은 골똘한 생각에 빠졌다.
"그 점심이 이번 사건과 무슨 관련이 있지는 않을까?"
"그럴지도 모릅니다. 캐롤 스피더는 반미(反美)활동 조사 위원회가 열리기 전에 이미 이곳에 와 있었습니다. 예사 여자가 아니죠. 하지만, 그건 아무래도 좋습니다. 예, 그녀가 정말 똑똑하든, 아니면 단지 사람들이 그렇게 생각하든 그건 문제가 아닙니다. 요는 모종의 접촉이 있었을지도 모른다는 사실입니다. 베터튼 사건 해결을 위해 우리에게 필요한 건 오직 그 점뿐입니다."
"베터튼 부인에게 접근한 사람은 없는가? 최근에 외국으로 나가라고 부추겼을지도 모를 사람 말일세."
"사적인 접촉은 전혀 없었습니다. 그녀는 어제 어느 폴란드인으로부터 편지한 통을 받았습니다. 베터튼 전처의 사촌입니다. 방금 바로 여기서 제가 자질구레한 것들을 물었죠."
"그는 어떤 사람인가?"
"속을 알 수 없는 인물입니다." 제솝이 말했다.
"외국인에다 예의 바른 사람이라는 것밖에는 도통 모르겠더군요. 제가 얻은 정보들도 마치 그 사람처럼 모호하기 그지없습니다."
"그녀에게 귀띔을 해주려고 접촉한 건 아닐까?"
"그럴지도 모르죠. 하여간 전 모르겠어요. 워낙 수수께끼 같은 인물이라서."
"그에게도 미행을 붙일 작정인가?"
제솝이 빙긋 웃었다.
"물론, 벨을 두 번 눌렀습니다."
"자넨 늙은 거미야, 철저하게 함정을 쳐놓고 기다리는."
화턴이 다시 사무적인 자세로 되돌아갔다.
"그래, 어떤 식으로 할 건가?"
"재닛이 좋겠습니다. 늘 해오던 대로, 스페인 아니면 모로코겠죠."
"스위스가 아니고?"
"이번엔 아닙니다."
"스페인이나 모로코는 아무래도 녀석들에겐 벅찬 곳일 텐데……."

"우리의 적들을 너무 과소평가해서는 안 됩니다."

화턴은 쌓여 있는 서류 더미에 진절머리가 나는 듯 손톱으로 그것을 톡톡 쳤다.

"베티튼이 모습을 드러내지 않은 나라가 고작 두 나라밖에 안 되다니."

그는 분통을 터뜨렸다.

"좋아, 거기다 우리가 일격을 먹일 테다. 제기랄, 이번엔 실패하면 안 되는데……"

제솝은 의자에 등을 기대고 몸을 죽 뻗었다.

"휴가 못 찾아 먹은 지도 꽤 오래되었군." 그가 말했다.

"이 사무실도 이젠 진절머리가 나. 어디 외국 나들이나 좀 가볼까?"

제3장

"파리행 18번 비행기, 에어 프랑스를 타실 분들은 이쪽으로 오십시오."

런던의 히드로 국제공항 라운지에 앉아 있던 사람들이 자리를 박차고 일어 났다. 힐러리 크레이븐은 조그만 도마뱀 가죽 여행 가방을 집어들고 다른 사람들을 따라 공항 포장도로 위로 올라갔다.

후끈거리는 라운지에 있다가 나왔기 때문인지 차가운 바람이 더욱 매섭게 느껴졌다. 힐러리는 추위로 몸을 움츠리며 입고 있던 모피 코트를 더욱 바짝 끌어당겼다. 그녀는 다른 승객들을 따라 비행기가 대기하고 있는 건너편으로 걸어갔다.

바로 저거야! 그녀는 공허할 뿐이었다.

탈출! 이 음침한 하늘과 차가운 대기, 죽은 듯 얼어붙은 지옥의 바깥으로 태양과 푸른 하늘과 새 삶을 찾기 위한 탈출. 모든 압박, 죽음 같은 좌절과 욕구 불만의 멍에를 뒤로 벗어던진 채 떠나고 싶었다.

그녀는 비행기의 트랩을 걸어 올라갔다. 입구로 들어가기 위해선 고개를 숙여야만 했다. 스튜어드가 그녀를 좌석으로 안내했다. 몇 달 만에 처음으로 그녀는 그동안 지독하게 자신을 괴롭혀 마침내 건강까지 망치게 한 고통으로부터 벗어나 안도감을 맛볼 수 있었다.

"벗어나고 싶어." 그녀는 희망에 부풀어 혼자 중얼거렸다.

"난 벗어나야 해."

비행기의 진동과 엔진 소리에 그녀는 가슴이 울컥해짐을 느꼈다. 그 진동과 소음 속엔 일종의 원초적인 야만성 같은 게 깃들어 있는 것 같았다.

그녀는 생각했다. 문명 속에서의 고통이 가장 지독한 고통이다.

잿빛 하늘과 절망뿐.

"하지만, 지금 나는 탈출하리라."

비행기는 천천히 활주로 쪽으로 이동했다.

스튜어디스의 목소리가 들려왔다.

"안전벨트를 매십시오."

비행기가 반쯤 돌아 이륙 신호를 기다리며 섰다.

'비행기가 산산조각이 나 버린다면……, 결코 두 번 다시 땅을 박차고 날아오르지 못할 테지. 그러면 모든 게 끝날 텐데. 그게 모든 문제를 해결해 줄 거야.' 힐러리는 생각했다.

그녀를 태운 비행기는 이륙 시간만을 기다리고 있었다. 자유를 향한 출발 신호를 기다리고 있었지만, 힐러리는 한편 엉뚱한 생각을 떠올리고 있었다.

'나는 절대로 벗어나지 못할 거야. 나는 여기서 발이 묶이고 말 거야. 마치 죄수처럼……'

아, 드디어! 엔진이 마지막 용트림을 했다.

비행기가 앞으로 나아가기 시작했다. 빠르게, 보다 빠르게 곧장 질주하기 시작했다. 힐러리는 생각했다.

'솟아오르지 못하리라. 날 수 없어……. 이젠 끝장이다.'

아, 하지만, 벌써 지상에서 떠올라 있었다. 세상이 멀어져 간다기보다는 그렇게도 당당하게 구름 속을 뚫고 솟아오르는 활공하는 창조물 아래로 세상의 고민과 절망, 그리고 좌절을 떨어내 버린 채 비행기가 솟아올랐던 것이다.

아래에 펼쳐진 공항이 마치 어린애의 우스꽝스런 장난감 같았다. 웃음이 터져 나올 만큼 조그만 도로들, 이상할 정도로 작은 철도와 그 위에 놓여 있는 장난감 기차들. 사랑하고 증오하고 쓰라린 마음을 달래야만 했던 세상은 우스꽝스런 동화의 세계였던 것이다.

하나같이 보잘것없는 것들일 뿐이었다. 한결같이 우스꽝스럽고 조그맣고 대수롭지 않은 것들일 뿐이었다. 이젠 눈 아래로 잿빛의 구름이 짙게 깔려 있었다. 영국 해협을 지난 게 틀림없었다.

힐러리는 등을 기대고 두 눈을 감았다. 탈출, 탈출.

그녀는 영국을 떠났다. 나이젤을 떠났다. 브렌다의 무덤이 있는 조그만 언덕을 떠났다. 모두를 뒤로 한 채 떠났다. 그녀는 눈을 떴다가 긴 한숨과 함께 다시 두 눈을 꼭 감았다. 그녀는 잠이 들었다—.

그녀가 눈을 떴을 때 비행기는 착륙 준비를 하고 있었다. 그녀는 똑바로 앉아 손을 핸드백에다 뻗었다. 힐러리는 파리일 것이라고 생각했다. 하지만, 그곳은 파리가 아니었다.

스튜어디스가 보육원 교사처럼 상냥한 목소리로 기내 방송을 했다. 몇몇 승객들은 적잖이 짜증스러워하는 눈치였다.

"파리에 짙은 안개가 끼는 바람에 보베에 착륙하게 되겠습니다."

그 여자의 목소리에는 다음과 같은 암시가 깃들어 있는 것 같았다.

"얌전히 있지 않을래, 애들아?"

힐러리는 창문으로 바깥을 물끄러미 내려다보았다. 거의 아무것도 보이지 않았다. 보베 역시 안개에 둘러싸여 있는 것 같았다. 비행기는 천천히 주위 상공을 선회하고 있었다.

잠시 후 비행기는 지상에 완전히 착륙했다. 승객들은 차갑고 축축한 안개 사이를 뚫고 지나, 의자 몇 개와 기다란 나무 카운터가 있는 투박한 목조 건물 안으로 들어가 각자 자리를 잡고 앉았다.

우울한 기분이 온통 힐러리를 사로잡고 있었다. 그녀는 그것을 떨쳐 버리려고 안간힘을 다했다.

가까이 있던 어느 남자가 낮은 목소리로 그녀에게 중얼거렸다.

"전시에 사용하던 옛날 비행장이로군요. 난방이나 편의시설이라곤 전혀 없는 곳이죠. 하지만, 다행스럽게도 이곳이 프랑스인 까닭에 마실 것은 좀 줄 겁니다."

그의 말은 사실이었다. 말이 채 끝나기도 전에 열쇠 몇 개를 손에 쥔 남자가 나타나서 손님들에게 여러 종류의 알코올성 음료를 나누어 주었다. 그것은 장시간 동안 짜증 나게 기다리고 있던 승객들의 사기를 북돋워 주었다. 하지만, 채 몇 시간이 지나기도 전에 일은 벌어지고 말았다.

안갯속에서 다른 비행기들이 나타나 착륙했던 것이다. 그 비행기들 또한 파리에서 회항한 것들이었다. 곧장 그 작은 방은 연착을 투덜거리며, 실내가 너무 춥다고 짜증을 부리는 사람들로 북적거렸다.

힐러리에겐 그 모든 것이 비현실적일 뿐이었다. 그녀는 여전히 꿈속에 있었으며, 다행스럽게도 그것은 그녀를 현실과의 접촉으로부터 보호해 주고 있었다. 이것은 단지 연착일 뿐이며, 기다림의 문제일 뿐이다.

여전히 여행 중일 뿐이다. 탈출 여행. 그녀는 이 모든 현실로부터 사라지는 도중에 있었으며, 또한 그것은 새로운 삶을 시작하는 지점으로 나아가는 도정이기도 했다. 그녀는 단지 초연할 뿐이었다. 길고 지루한 연착에도 초연했고, 연착이 발표되던 그 혼란의 순간에도 초연할 뿐이었다.

어둠이 내리깔리고도 한참이 지난 뒤, 승객들을 파리로 데려다 줄 버스들이 왔다. 한 차례 북새통이 일어났다. 승객들과 관리들, 그리고 짐꾼들 모두가 왔다 갔다 하며 이리저리 짐을 들고 서두르고 부딪치며 어둠 속에서 야단법석을 떨었다.

그때야 힐러리는 문득 정신이 들었다. 발과 두 다리에서 싸늘한 냉기가 느껴졌다. 버스는 덜커덩덜커덩 소리를 내며 안갯속을 뚫고 천천히 파리로 향했다.

네 시간이나 걸리는 길고 짜증 나는 여행이었다. 자정이 되어서야 그들은 앵발리드에 도착했다. 힐러리는 그럭저럭 별 탈 없이 짐을 챙겨 그녀를 위한 숙박시설이 마련되어 있는 호텔로 차를 타고 갈 수 있었다.

그녀는 너무 피곤해서 먹는 것도 귀찮았다. 곧장 뜨거운 물로 목욕을 한 뒤 침대 위로 쓰러졌다.

모로코의 카사블랑카행 비행기는 이튿날 오전 10시 30분에 오를리 국제공항을 출발하기로 되어 있었다. 하지만, 그들이 오를리 공항에 도착해 보니 모든 게 뒤죽박죽이 되어 있었다. 유럽 곳곳에서 여객기들이 발이 묶여 있었기 때문에 도착은 물론 출발도 지연되고 있었다.

피로에 지친 듯한 사무원이 출발대에 앉아 어깨를 들썩거리며 말했다.

"예약하신 비행기는 출발이 불가능하게 되어 버렸습니다, 부인! 일정이 모두 변경되었습니다. 앉아서 좀 기다리시면 어떤 식으로든 조치가 취해질 겁니다."

마침내 그녀를 부르는 소리가 있었다. 세네갈의 수도 다카르행 비행기의 좌석이 하나 남아 있는데, 평소 같으면 카사블랑카에 중간 기착을 하지 않지만 이번만은 특별히 그렇게 할 것이라고 했다.

"세 시간이면 족히 도착할 겁니다, 부인. 그냥 이 비행기를 타도록 하시죠"

힐러리는 아무 항의도 않고 그 제안을 받아들였다. 그 관리는 그녀의 태도가 뜻밖이라는 듯 매우 기분 좋아하는 눈치였다. 그가 말했다.

"오늘 아침 저를 난처하게 만들지 않은 사람은 부인밖에 없습니다. 남자 승객분들은 온통 터무니없는 소리만 늘어놓더군요. 제가 안개를 만드는 사람도 아닌데 말입니다! 자연적인 원인으로 혼란이 일어난 것 아닙니까. 아무리 계획에 차질이 있을 정도로 불쾌한 일이 있다 하더라도, 사람이 좀 웃으면서 살 줄도 알아야죠. 요컨대, 부인, 한 시간이건 두 시간이건, 아니 세 시간이라 해도 지체 좀 하면 어떻습니까? 무슨 비행기든 일단 태워서 카사블랑카까지 닿게만 해드리면 되는 것 아니겠습니까?"

하지만, 그날은 특별한 날이었다. 이런 말을 한 그 조그마한 프랑스인이 예측한 것보다 훨씬 중대한 사건이 터졌던 것이다.

힐러리가 막 도착해서 햇살을 받으며 공항 포장도로 위로 걸어나가고 있을 때, 옆에서 수북한 짐수레를 옮기고 있던 짐꾼이 말했다.

"정말 운이 좋았습니다, 부인. 바로 이 앞 비행기, 그러니까 카사블랑카행 정기 여객기를 타지 않으셨으니 말입니다."

"왜요? 무슨 일이 있었나요?"

그는 슬금슬금 주위를 두리번거렸다. 하지만, 그 말을 하지 않고는 못 배기겠던 모양이었다. 짐꾼은 목소리를 은밀하게 낮추더니 그녀에게로 몸을 바짝 기댔다.

"끔찍한 일입니다!" 조그만 목소리로 불어로 중얼거렸.

"착륙하다가, 박살이 나버렸대요. 조종사, 항법사는 물론 승객들도 거의 다 사망했답니다. 네다섯 명 살아남아 병원으로 후송되었나 봅니다. 그들 중 몇 명은 위독하다더군요."

힐러리의 첫 번째 반응은 치밀어 오르는 화를 감추는 일이었다. 거의 자신도 모르게 다음과 같은 생각이 뇌리를 스치고 지나갔다.

'왜 '내'가 그 비행기 속에 있지 않았을까? 내가 그 비행기를 탔더라면 지금쯤 만사가 끝났을 텐데—나는 죽었을 거야. 모든 게 끝났을 거야. 더 이상 가슴을 앓을 필요도 없고, 더 이상 불행도 없었을 텐데. 그 비행기의 승객들은 살기를 원했어. 하지만, 나는 전혀 개의치 않아. 왜 이런 일이 내게는 일어나지 않을까?'

그녀는 세관을 통과하며 형식적인 절차를 밟았다. 그리고 짐을 싣고 차를 타고 호텔로 갔다. 눈부시게 화사하고 아름다운 오후였다. 이제 막 태양이 안식의 시간을 향해 떨어지고 있었다. 맑은 공기와 황금빛 햇살, 모두가 그녀가 그리워 온 것들이었다.

마침내 도착했다. 안개와 추위와 런던의 어둠에서 떠났다. 그녀는 번민과 망설임과 고통을 뒤로 한 채 떠나왔다. 이곳은 박동하는 생명과 찬란한 색채와 태양의 반짝임이 있는 곳이었다.

그녀는 침실 건너편 덧문을 활짝 열어젖혔다. 거리를 내려다보았다.

그래, 모두가 그려 온 그대로다.

힐러리는 창문에서 천천히 돌아서 침대 모서리에 앉았다.

탈출, 탈출! 영국을 떠난 이래 이 말을 도대체 몇 번이나 되뇌었던가. 탈출, 탈출. 하지만, 그녀는 이제 비로소 깨닫게 되었다. 이건 단지 무섭고 괴로운 고독일 뿐, 결코 '탈출'은 아니었다. 런던에 있을 때나 여기나 똑같았다.

그녀 자신, 그러니까 힐러리 크레이븐에게 있어 변한 것이라고는 하나도 없었다. 탈출을 시도하던 힐러리 크레이븐, 런던에서의 힐러리 크레이븐, 지금 이곳 모로코에 있는 힐러리 크레이븐. 이 세 명은 모두 똑같은 인물일 뿐이었다. 변한 것은 하나도 없었다.

그녀는 스스로를 향해 나지막이 말했다.

"그동안 나는 얼마나 바보스러웠던가? 지금의 나 또한 얼마나 바보인가? 왜 나는 영국을 떠나기만 하면 뭔가 달라지리라고 기대했을까?"

브렌다의 무덤, 그 작고 가슴 아픈 흙무덤은 영국에 있었다. 그리고 나이젤이 머지않아 새 아내와 결혼할 곳도 영국이었다. 이 두 가지 일이 여기 있는 그녀 자신보다 먼저 마음속에 떠오른 것은 무슨 까닭일까? 부질없는 생각이야. 이젠 모두 지나간 일일 뿐이야.

그녀는 다시 현실로 돌아왔다. 지금 마주하는 현실, 그녀가 참을 수 있었던 것과 그녀로선 도저히 참아낼 수 없었던 일들.

힐러리는 생각했다. 참을 수 있는 이유만 있었더라도 참아냈을 것이다. 그녀는 그렇게도 길고 긴 상심의 시간을 참았었다. 나이젤의 변심과 그걸로 인한 잔인하고 흉포한 생활도 참았었다. 모두 브렌다가 있었기 때문이었다. 하지만, 그때 브렌다의 목숨을 갉아먹는 길고 감당할 수 없는 순간이 밀어닥쳤다.

최후의 좌절……, 더 이상 살아야 할 아무런 이유도 존재하지 않았다. 바로 그 점을 스스로에게 증명해 보이기 위해 모로코행 여행을 떠나지 않았던가.

런던에 있을 땐 이상하고 혼란스러운 생각이 들 뿐이었다. 어디론가 훌쩍 떠난다면 모든 걸 잊고 새 출발 할 수 있지 않을까? 그래서 그녀는 자신의 과거와 아무런 상관도 없는 이곳, 자신이 사랑했던 것들과는 전혀 생소한 이곳으로 여행을 오기로 작정했던 것이다.

햇살과 맑은 대기, 낯선 사람들과 풍물을 대하는 생소함. 여기서는 뭔가 달라지리라고 생각했다. 하지만, 달라진 건 없었다. 모든 게 똑같았다. 그건 분명하고도 피할 수 없는 사실이었다. 그녀, 힐러리 크레이븐은 더 이상 삶에 대한 아무런 의욕도 없었다. 그것만은 분명한 사실이었다.

안개가 방해하지만 않았더라면, 애당초 예약했던 비행기를 탔더라면, 지금쯤 문제는 깨끗이 해결되었을 것이다. 지금쯤 몸은 갈가리 찢어지고 영혼도 산산이 부서져, 고통으로부터 해방된 채 프랑스 국립 영안실에 드러누워 있을 것이다.

글쎄, 그와 같은 종말을 맺을 수 있었다 하더라도, 약간의 고통은 겪어야 했을 거야. 만약 수면제를 먹고 잠이 들었더라면 일은 훨씬 쉬웠을지도 모른다. 그녀는 그레이 의사에게 질문을 던졌을 때 대답과 동시에 그가 지었던 약간 야릇한 표정을 떠올렸다.

그는 이렇게 대답했었다.

"썩 좋은 방법은 아닙니다. 하긴, 절로 잠들기를 기다리는 것보다야 훨씬 낫긴 하겠죠. 처음엔 좀 괴로울 겁니다. 하지만, 서서히 효과가 나타나겠죠."

그의 얼굴에 번지던 야릇한 표정. 그렇다면 그는 이미 눈치채고 이런 일이 있을 줄 예측했었단 말인가?

오, 그래, 그 정도야 어려운 일도 아니지. 그녀는 결심을 하고 자리에서 일어났다. 그녀는 지금 당장 약국으로 갈 참이었다.

외국 약국에서는 그런 약을 쉽게 구할 수 있으리라고 힐러리는 생각했었다. 하지만, 이건 도무지 놀라운 일이 아닐 수 없었다. 생각과는 달랐기 때문이다.

그녀가 맨 처음 찾아간 약사는 단 2회분밖에 주지 않았다. 더 많은 양을 필요로 할 땐 의사의 처방전이 있어야 한다고 했다. 그녀는 애써 웃음을 지어 보였다. 태연히 그에게 고맙다는 인사를 한 뒤 재빨리 그 약국을 빠져나왔다.

그런데 바로 그때 누군가와 부딪치게 되었다. 키가 크고 점잖은 표정의 젊은이였다. 그는 영어로 사과했다. 그녀는 약국을 떠나면서 그가 치약을 달라고 하는 소리를 들었다. 웬일인지 그 말이 그녀를 우습게 했다. 치약, 너무나 일상적이고 우스꽝스럽고 평범한 단어. 하지만, 바로 그때 그녀의 가슴을 찌른 게 있었다. 그가 요구한 치약의 이름이 나이젤이 늘 사용한 제품이었기 때문이다.

그녀는 거리를 가로질러 건너갔다. 반대편 가게로 들어갔다. 그녀는 모두 네 군데의 약국을 들러서 호텔로 돌아왔다. 세 번째 약국에서 또다시 그녀를 우습게 만든 일이 있었다. 그 올빼미 같은 청년이 다시 나타나 아까와 똑같은 치약을 또다시 찾았기 때문이다. 하지만, 실제로 그 상표가 붙은 치약은 카사블랑카의 프랑스 약국에서는 통상 재고품이 없는 제품이었다.

드레스를 갈아입으니 한결 기분이 나아지는 것 같았다. 힐러리는 저녁식사를 하러 내려가기 전에 화장을 했다. 그녀는 의도적으로 가능하면 늦게 내려갔다. 비행기에 동승했던 승객들이나 승무원들 중 그 누구와도 마주치는 게 두려웠기 때문이다. 하여간 일은 겨우겨우 의도했던 대로 된 것 같았다. 비행기가 이미 다카르로 떠나 버렸기 때문이었다. 카사블랑카에서 내린 사람은 자기 혼자밖에 없는 것 같았다.

그 무렵, 레스토랑은 거의 텅 비어 있었다. 바로 그 올빼미 같은 얼굴의 영국 청년이 벽 쪽의 테이블에서 지금 막 식사를 끝내고 있는 게 눈에 띄긴 했지만, 그녀는 그냥 들어갔다. 그는 프랑스 신문을 읽으며 거기에 완전히 몰두해 있는 것 같았다.

힐러리는 고급 식사에다 포도주 한 병을 곁들여 주문했다. 취기로 약간 달아오르는 것 같았다. 그녀는 자신에 대해 생각해 보았다.

"이게 무슨 짓이지! 마지막 모험인가?"

잠시 뒤 그녀는 비시 미네랄워터 한 병을 방으로 배달해 달라고 한 뒤 곧장 식당을 나와 방으로 올라갔다. 웨이터가 미네랄워터를 가지고 와서 뚜껑을 따고 테이블 위에다 놓았다. 그리고 재미있는 저녁이 되라고 인사를 하고는 나갔다.

힐러리는 안도의 한숨을 내쉬었다. 웨이터가 나가며 문을 닫자, 힐러리는 문으로 가 자물쇠를 돌려 잠갔다. 그녀는 옷장 서랍에서 약사한테서 얻은 네 개의 약 꾸러미를 끄집어내어 포장을 풀었다. 약 알들을 탁자 위에 쏟아놓고 비시 미네랄워터를 한 컵 따랐다. 알약이어서 한입에 꿀꺽 삼키고 나서 비시 미네랄워터로 목 아래로 씻어내려야 하는 것이었다.

그녀는 옷을 벗고 잠옷으로 갈아입었다. 그리고 다시 탁자로 가서 앉았다. 가슴이 두근거리기 시작했다. 공포 비슷한 것이 그녀를 사로잡았다. 하지만, 그 공포의 절반 정도는 황홀 그 자체였으며, 계획을 포기하도록 유혹하는 망설임의 성격을 띤 것은 아니었다. 그 사실 하나만은 그녀에게 있어 차분하고 명료하게 받아들여지는 것이었다.

이것은 기다리고 기다리던 탈출의 순간이다, 진정한 탈출.

그녀는 무슨 유서 같은 걸 남길 것인가 말 것인가 곰곰이 생각하며 책상을 바라보았다. 그녀는 반대쪽으로 결심을 굳혔다. 그녀에겐 친척도 없고, 친밀한 친구도 없다. 작별을 고하고 싶은 사람이라곤 한 명도 없었다.

나이젤에게 유서를 남김으로써 그로 하여금 양심의 가책을 느끼게 할 수도 있겠지만, 그렇게까지 해가면서 부담을 주고 싶지는 않았다. 나이젤은 신문에서 힐러리 크레이븐이 수면제를 과다복용하고 자살했다는 기사를 읽게 되겠지. 아마 한 줄짜리 짤막한 기사밖엔 안 될 거야. 그는 오히려 잘 됐다는 표정으로 그 기사를 받아들일 거야. 그리곤 이렇게 말할 거야.

"오, 가련한 힐러리, 불운이었어." 게다가 오히려 해방된 듯한 기분에 속으로 기뻐하겠지. 나이젤의 마음속엔 내가 항상 찜찜한 구석으로 남아 있었을 테니까. 그러고는 그는 좀더 홀가분해지고 싶었을 테니까.

이미 나이젤은 까마득히 멀어진 사람 같았다. 이상하게도 조금도 대수롭지 않게 느껴졌다. 이제 할 일은 아무것도 남아 있지 않았다. 이제 약을 집어삼키고 침대 위에 누울 것이다. 그 잠에서 두 번 다시 깨어나지 않을 것이다.

그녀는 자신이 어떠한 종교적인 감정도 갖고 있지 않다고 생각했다. 생각이 아니라 사실이 그랬다. 브렌다의 죽음이 모든 신앙심을 허물어뜨려 버렸던 것이다. 그래서 생각해 보고 자시고 할 것도 없었다.

그녀는 히드로 국제공항에 있을 때처럼 또다시 여행자였다. 미지의 행선지를 향한 출발을 기다리는 여행자. 아무 짐도 없고 작별의 인사도 필요 없는 여행자. 생애 최초로 그녀는 이제 자유롭게 되었다.

완전한 자유. 마음먹은 대로 행동할 수 있는 자유. 과거는 이미 그녀로부터 잘려 나가 버렸다. 지난날 그녀를 괴롭혔던 아픔도 이미 사라져 버렸다. 그래, 좋아, 자유다, 해방이다! 그녀는 여행을 떠날 준비를 했다.

그녀는 첫 번째 알약 앞으로 손을 내밀었다. 바로 그때 문쪽에서 희미하지만, 분명한 노크소리가 들려왔다.

힐러리는 얼굴을 찡그렸다. 앉은 채 엉거주춤 손을 멈추었다.

누굴까, 청소부 아줌마? 혹 누군가 서류나 여권 때문에 온 것은 아닐까?

그녀는 어깨를 으쓱했다. 문쪽으로 아무 대답도 하고 싶지 않았다. 방해를 받아야 할 이유가 뭔가? 지금으로선 그 어느 누구라도 돌아갔다가 나중에 다시 오는 수밖에 없다.

또다시 노크소리가 들려왔다. 이번엔 조금 더 큰소리였다. 하지만, 힐러리는 꿈쩍도 하지 않았다. 그녀가 몸을 움직여야 할 만큼 절박한 소리가 아니었다. 그 누구라도 곧 돌아가게 될 것이다.

그녀의 두 눈은 문 위에 머물고 있었다. 하지만, 그녀의 두 눈은 갑자기 깜짝 놀라 휘둥그레지지 않을 수 없었다. 자물쇠가 슬그머니 돌아가고 있었던 것이다. 그러고는 앞으로 홱 밀어지더니 금속성의 소리를 내며 바닥에 떨어졌다. 그러자 손잡이가 돌아가고 문이 열렸다.

어떤 사내가 안으로 들어왔다. 그녀는 그가 누군지 금방 알아보았다. 치약을 사러 다니던, 바로 그 올빼미같이 생긴 청년이었다.

힐러리는 그를 노려보았다. 순간적으로 너무나 놀랐기 때문에 잠시 동안 아무 말도 못 하고 멍하니 있어야만 했다. 그 청년이 몸을 돌려 문을 닫았다. 바닥에 떨어진 자물쇠를 집어 자물통에다 끼운 다음 돌렸다. 그리고 그녀 쪽으로 가로질러 걸어와 탁자 반대편에 놓인 의자에 앉았다.

그가 말했다. 하지만, 그것은 그녀의 상식으로는 도저히 이해할 수 없는 일이었다.

"나는 제솝이라고 합니다."

힐러리의 얼굴이 벌겋게 상기되었다. 그녀는 몸을 앞으로 숙이면서 화가 치민 목소리로 쏘아붙였다.

"이게 대체 무슨 짓이죠?"

그는 진지한 눈초리로 그녀를 쳐다보았다. 그리고 눈을 깜박거렸다.

"적반하장이군요. 내가 바로 그런 말을 하기 위해 왔습니다." 그가 말했다.

그는 재빨리 탁자 위에 준비되어 있는 것들로 고개를 돌렸다.

힐러리가 날카롭게 쏘아붙였다.

"도무지 무슨 말인지 모르겠군요."

"오, 잘 알고 계시면서."

힐러리는 말이 나오려는 걸 간신히 참았다. 하고 싶은 말은 너무나 많았다. 분노를 터뜨려 버리고 싶었다. 당장 방에서 나가라고 소리 지르고 싶었다.

하지만, 이상하게도 호기심이 그걸 억눌렀다. 입술에서 질문이 너무도 자연스럽게 터져 나오는 통에, 자신이 질문을 하고 있다는 사실조차 의식하지 못할 지경이었다.

"그 자물쇠, 잠긴 게 저절로 열렸나요?" 그녀가 말했다.

"아, 그건!" 청년의 표정이 활짝 웃는 소년같이 바뀌었다.

그는 손을 호주머니 속으로 집어넣었다. 그리고 금속제 도구 하나를 끄집어내더니 만져 보라며 그녀에게 건네주었다.

그가 말했다.

"지금 당신이 들고 있는 그건, 조그맣지만 퍽 유용한 도구죠. 자물쇠 반대쪽에 집어넣기만 하면 꽉 물고 들어가지요."

그는 그걸 그녀의 손에서 되찾아 호주머니 속에 챙겨 넣으며 말했다.

"밤손님들이 즐겨 쓰는 물건입니다."

"그렇다면 당신은 도둑이란 말인가요?"

"원, 별말씀을 크레이븐 부인. 내가 어떻게 했나 잘 생각해 보십시오. 나는 분명히 노크를 했습니다. 도둑은 노크를 안 하죠. 부인께서 나를 들여 놓으려 하지 않기 때문에 이것을 사용한 겁니다."

"하지만, 왜?"

다시 한 번 방문객의 두 눈이 탁자 위의 물건들을 훑고 지나갔다.

"내가 부인이라면 이런 짓은 안 할 겁니다." 그가 말했다.

"이건 부인의 의도와 다릅니다. 부인께선 잠들어 깨어나고 싶지 않을 뿐입니다. 하지만, 이건 그것과 다릅니다. 온통 불쾌한 결과만 낳죠. 종종 나타나는 발작 증세와 피부 회저(懷疽)증세. 부인께서 그 약에 제법 오래 견디게 되면 누군가에게 발견될 것이고, 그렇게 되면 아주 귀찮을 일만 생길 뿐이죠. 위세척에다 비비유(油), 뜨거운 커피, 손바닥으로 따귀를 때리고, 배를 누르고 하는 짓거리들 말입니다. 그땐 온통 체면만 깎이게 됩니다."

힐러리는 등을 의자에 기대었다. 그녀의 눈꺼풀이 가늘어졌다. 그녀는 양손에 가볍게 힘을 주었다. 그리고 억지로 웃는 시늉을 했다.

그녀가 말했다.

"당신 정말 우스운 사람이군요. 나를 자살 따위나 저지를 사람으로 생각하는 모양이죠?"

"생각만이 아닙니다." 제숍이라는 청년이 말했다.

"나는 확신하고 있습니다. 부인도 생각나겠지만, 부인이 그 약국에 들어갔을 때 나도 그곳에 있었습니다. 사실은 치약을 살 작정이었죠. 하지만, 찾는 제품이 없었습니다. 그래서 다른 가게로 갔지요. 그런데 거기에도 부인이 있더군요. 거기서도 똑같이 수면제를 달라고 하면서 말입니다. 글쎄, 뭐랄까, 좀 이상한 예감이 들었습니다. 여기 이 수면제들은 각기 다른 약국에서 구입한 것들입니다. 단지 한데 모아 놓았을 뿐이지요."

그의 어조는 다정한 듯하면서도 무뚝뚝했다. 하지만, 확신에 차 있었다.

그를 쳐다보면서 힐러리 크레이븐은 변명을 포기했다.

"그렇다면, 내가 그 일을 못 하도록 방해한 당신 행동은 정당화 될 수 없는 무례가 아닌가요."

그는 그 말에 대해 잠시 동안 곰곰이 생각을 했다. 그러더니 고개를 좌우로 내저었다.

"물론입니다. 하지만, 그것은 부인이 도저히 저지를 수 없는 일들 중 하나입니다. 잘 생각해 보십시오."

힐러리는 벌컥 역정을 내며 말했다.

"당장 이 순간은 말릴 수 있겠죠. 당신이 이 수면제들을 없애 버릴 수는 있습니다. 창밖으로 집어던져 버린다거나 또 다른 방법도 있겠죠. 하지만, 내가 언제고 다시 그 약을 산다든가, 혹 빌딩 옥상에서 투신을 한다든가, 열차에 몸을 던져 버리겠다고 하면 말릴 수 없을 텐데요."

그 청년은 이 말에 대해서도 곰곰이 생각했다. 그가 말했다.

"굳이 이런 짓을 하겠다는 걸 억지로 말릴 생각은 없습니다. 하지만, 당신이 과연 이런 짓을 할 수 있을지가 의문입니다. 당장 내일이라도"

"내일은 생각이 달라질 거란 말이죠?"

힐러리가 물었다. 그녀의 목소리는 고통으로 희미하게 떨리고 있었다.

"사람이란 으레 그런 법이죠"

제솝이 말했다. 아주 겸연쩍은 듯한 목소리였다.

"그래요, 그럴지도 모르죠"

힐러리는 뭔가를 골똘히 생각했다.

"뜨거운 절망 속에서도 그렇게 되죠. 하지만, 차가운 절망 속에선 달라요. 보시다시피 나는 삶의 목적이 없는 사람이에요."

제솝은 얼굴 전면에 영락없는 올빼미의 표정을 짓더니 눈을 껌뻑거렸다.

"재미있는데요"

"그런 말씀 마세요. 재미있을 것 하나도 없어요. 나는 재미라곤 하나도 없는 여자랍니다. 사랑하는 남편에게 버림받았죠. 하나뿐인 아들까지 늑막염으로 고통스럽게 죽어갔답니다. 내겐 가까운 친구나 친척도 없어요. 좋아하는 취미나 예술, 공예, 작품 따위도 없어요."

"하지만……." 제솝은 이해는 가지만 안타깝다는 듯 말했다.

그는 잠시 망설이더니 말을 이었다.

"하지만, 과연 그게 옳은 짓일까요?"

힐러리는 잔뜩 격앙된 목소리로 말했다.

"왜 나쁘죠? 이건 어디까지나 내 목숨이에요."

"오, 예, 예." 제솝은 허둥지둥 어물거렸다.

"나는 고차원적인 도덕 문제를 말하는 게 아닙니다. 하지만, 자살이 나쁜 짓이라고 생각하는 사람들도 있습니다."

힐러리가 말했다.

"난 그런 사람이 아니에요."

제솝이 전혀 의외의 대답을 했다.

"그렇고말고요."

뭔가 깊은 생각에 잠긴 듯 두 눈을 깜박거리며 그녀를 빤히 쳐다보며 앉아 있었다.

힐러리가 말했다.

"그럼 이제, 미스터……, 음……."

"제솝입니다." 청년이 말했다.

"그럼 이제 제솝 씨, 나를 그냥 내버려 두시죠."

하지만, 제솝은 고개를 내저었다.

"아직까진 안 됩니다. 난 부인이 도대체 어떤 사연이 있길래 그러나 알고 싶었습니다. 이제 분명히 알았습니다. 삶의 재미도, 더 이상 살고 싶은 욕망도 없어 죽고 싶다는 생각이 들었단 말씀이죠?"

"그래요."

"좋습니다." 제솝이 말했다. 신명나는 투였다.

"자, 그럼 지금 우리가 처한 상황을 알게 되었습니다. 다음 단계로 넘어가

볼까요. 수면제를 먹어 본 일이 있으신지?"

"대체 무슨 말씀을 하시는 거죠?"

"글쎄요. 수면제가 적절하긴 해도 로맨틱한 방법은 못 된다는 건 이미 말씀드렸습니다. 빌딩에서의 투신자살 또한 썩 좋은 방법은 못 되죠. 열차에 뛰어드는 것도 마찬가지입니다. 그러니까 내 말은 또 다른 방법이 있다는 뜻입니다."

"대체 무슨 말씀을 하시는지 모르겠군요."

"나는 다른 방법을 제안하고 있는 겁니다. 굉장히 모험적인 방법이죠. 죽을 확률은 정확히 99%입니다. 부인 같은 분이라면 바로 그때 그 상황에 처해서라도 반대하지는 않을 것 같군요."

"무슨 말씀인지 도통 모르겠는데."

"물론 그러실 테죠. 아직 채 말도 꺼내지 않았으니까. 말씀드리기 좀 거북한 소린데, 얘길 하나 해 드리죠. 해도 되겠습니까?"

"마음대로 하세요."

제숍은 마지못해 동의하는 듯한 그녀의 태도는 아랑곳하지 않았다. 그는 영락없는 올빼미의 표정으로 얘기를 시작했다.

"부인도 신문을 읽고 세상 돌아가는 일은 두루두루 아시는 분이겠지만, 수시로 과학자 여럿이 증발되었다는 기사를 읽어 보셨을 겁니다. 약 1년 전에는 이탈리아 친구 하나가 사라지더니, 두 달 전쯤에는 토머스 베터튼이라는 젊은 과학자가 사라져 버렸습니다."

힐러리는 고개를 끄덕거렸다.

"예, 나도 신문에서 읽었어요."

"사실은 신문에 난 것보다 훨씬 많은 사람들이 사라졌습니다. 더 많이 사라졌죠. 과학자들만이 아니었어요. 중요한 의학 연구에 참여하고 있던 젊은이들도 제법 있었습니다. 화학자와 물리학자도 있었고, 변호사도 한 명 있었습니다. 오, 이곳저곳 여러 장소에서 상당수가 증발했지요.

글쎄요. 우리나라는 소위 자유주의 국가입니다. 원하기만 하면 떠날 수 있는 나라죠. 하지만, 이런 해괴망측한 꼴을 당하고 보니, 우린 이 사람들이 무슨 이유로 어디로 사라지는가를 알아야 했던 겁니다. 그리고 또 한 가지 중요한 건, 그들이 도대체 어떻게 사라지는가를 알아내는 것이었습니다.

그들은 자발적으로 사라졌을까? 납치되었을까? 협박에 의해 사라진 것은 아닐까? 그들은 어떤 경로를 통해 사라졌을까? 이런 움직임을 조장하는 조직의 정체는 무엇일까? 그리고 그들의 궁극적인 목적은 무엇일까? 의문점이 너무도 많습니다. 우리는 그 해답을 얻고 싶습니다. 우리가 그 해답을 얻는 데 부인이 도움이 될지도 모르겠습니다."

힐러리는 그를 빤히 쳐다보았다

"내가? 어떻게? 왜?"

"나는 바로 그 토머스 베터튼 사건 때문에 내려온 사람입니다. 그는 지금부터 꼭 두 달 전에 파리에서 증발되어 버렸습니다. 그는 아내를 영국에 남겨 두었죠. 그녀는 몹시 안절부절못해 하고 있습니다. 아니면, 사람들이 보기에 그랬던가. 그녀는 자기로서는 그가 사라진 이유, 장소, 경우에 대해서 전혀 아는 바 없다고 딱 잡아뗍니다. 그 말이 사실일 수도 있고, 혹 아닐지도 모릅니다. 상당수의 사람들이, 나도 그들 중 한 사람입니다만, 그녀의 말을 사실이 아니라고 생각하고 있습니다."

힐러리는 의자에서 몸을 앞으로 바짝 끌어당겼다. 자기 의사와는 상관없이 그녀는 흥미 속으로 빠져들고 있었다. 제솝이 계속했다.

"우리는 베터튼 부인에 대해 은밀하고 세심한 감시를 계속하고 있습니다. 약 2주일 전 그녀가 내게 찾아와서 그러더군요. 외국에 나가서 푹 쉬며 기분 전환을 해보라는 의사의 권고를 받았다고. 사실 영국에 있어 봐야 좋은 일이라곤 하나도 없었겠죠. 끈질기게 그녀를 괴롭히는 사람들뿐이었으니까—신문 기자들, 친척들, 친구들."

힐러리가 담담하게 말했다.

"상상이 가요."

"그럼요, 당연하죠. 그녀가 어디론가 잠시 떠나 있고 싶어 한 건 지극히 당연한 일이죠."

"물론, 당연하고말고요."

"그런데 고약하게도 우리 국(局)에선 의심을 품게 되었습니다. 그래서 베터튼 부인을 추적하기로 결정했지요. 계획대로 어제 그녀는 카사블랑카로 간답시고 영국을 떠났습니다."

"카사블랑카?"

"예, 물론 모로코에서 또 다른 곳으로 갈 작정이었습니다. 계획하고 예약한 그대로 한 치도 어긋나지 않았죠. 하지만, 베터튼 부인의 이번 모로코행 여행이 바로 그 미지의 세계로 가기 위한 여행일지도 모릅니다."

힐러리는 양어깨를 으쓱해 보였다.

"내가 뭣 때문에 이 일에 끼게 되었는지 모르겠군요."

제솝은 웃음을 지었다.

"바로 그 아름다운 붉은 머리칼 때문입니다, 크레이븐 부인."

"머리칼?"

"예, 베터튼 부인의 제일 두드러진 특징은 머리칼이죠. 혹 들으셨는지도 모르겠습니다만, 부인이 탄 비행기 바로 앞 비행기가 착륙하다가 산산조각이 나 버렸습니다."

"알고 있어요. 내가 그 비행기 속에 있어야 하는 건데 사실 내가 예약한 비행기는 바로 그 비행기였답니다."

"재미있는 일이군요. 글쎄, 그런데 베터튼 부인이 그 비행기에 타고 있었습니다. 죽진 않았습니다. 비행기 파편 조각 속에서 구출되어 아직 살아 있습니다. 지금 병원에 있지요. 하지만, 의사 선생 말로는 내일 아침을 넘기지 못할 것이라고 합니다."

희미한 빛이 힐러리의 얼굴을 스치고 지나갔다. 그녀는 의혹에 가득 찬 눈초리로 그를 쳐다보았다.

제솝이 말했다.

"자, 부인, 이젠 내가 제안한 자살의 형태를 짐작하실 겁니다. 당신이 베터튼 부인을 대신해서 여행을 계속하는 겁니다. 베터튼 부인이 되어 주십시오."

"하지만, 도무지……, 불가능할 것 같은데요. 내가 그녀가 아니란 걸 그들이 금세 눈치챌 텐데요."

제솝이 머리를 한쪽으로 갸우뚱 기울였다.

"그건 부인이 '그들'에게 어떻게 보이느냐에 전적으로 달려 있습니다. 사실 모호한 말이죠. '그들'은 누구인가? 과연 '그들'이란 사람들이 있을 것인가? 우리로선 알 수 없습니다. 하지만, 이 점은 말할 수 있습니다. 상식적으로 생각해 본다 해도 '그들'은 아주 밀접하게 연결된 세포망 속에서 활동하는 사람들입니다. 자신들의 안전을 위해 그렇게 하죠. 만일 베터튼 부인의 여행이 어떤 목적을 띤 것이고, 계획된 것이라면, 이곳에서의 그녀의 여행을 책임지고 있는 자들은 영국 쪽 사정은 전혀 모를 것입니다. 지정된 시간에 어떤 장소에서 어떤 여자를 만나 거기서 그녀를 어디론가 데리고 가게 되어 있을 것입니다. 베터튼 부인의 여권에는 키 5피트 7인치(약 170㎝), 붉은 머리칼, 눈은 푸른색, 입은 보통 크기, 그밖에 두드러진 특징은 없음이라고 적혀 있습니다. 이것만으로 충분합니다."

"하지만, 이곳 당국이 있는데. 분명히 그들은……."

제솝은 빙그레 웃음을 지었다.

"그건 문제없습니다. 프랑스도 몇몇 중요한 젊은 과학자들과 화학자들을 잃어버렸으니까요. 그들은 협조해 줄 겁니다. 사실은 다음과 같이 되는 겁니다. 뇌진탕을 당한 베터튼 부인은 병원에 후송되었습니다. 그 비행기를 탔던 또 다른 승객인 크레이븐 여사 역시 병원에 입원한 걸로 되어 있습니다. 하루나 이틀 뒤 크레이븐 여사는 병원에서 사망하고 맙니다. 그리고 베터튼 부인은 가벼운 뇌진탕에서 회복되어 퇴원하게 됩니다. 하지만, 여행은 계속할 수 있는 상태입니다. 추락 사고도 진짜였고, 뇌진탕도 진짜였습니다. 그리고 그 뇌진탕이 당신을 그럴 듯하게 위장시켜 줍니다. 기억상실과 여러 가지 예기치 못한 행동들의 핑계가 되는 겁니다."

힐러리가 말했다.

"정말 미친 짓이에요!"

"오, 물론입니다." 제솝이 말했다.

"분명히 미친 짓입니다. 정말 어려운 임무입니다. 그리고 우리가 품고 있던 의혹이 사실이라면 당신은 필경 붙들리고 말지도 모릅니다. 보시다시피, 난 지금 모든 걸 탁 털어놓고 얘기하고 있습니다. 하지만, 부인을 보건대 그까짓 붙잡히는 것쯤은 두려워하지도 않고 각오도 되어 있는 것 같은데요? 열차에 몸을 던진다든가, 또 그와 비슷한 일을 저지르기보다는 훨씬 솔깃한 일 아닐까요?"

갑자기, 전혀 예상 밖으로 힐러리는 웃음을 터뜨렸다.

"당신 말이 맞아요." 그녀가 말했다.

"그 일을 하시겠습니까?"

"물론이죠, 안 할 이유가 어디 있겠어요?"

"그렇다면, 한시도 꾸물거릴 틈이 없습니다."

그는 힘차게 자리를 박차고 일어났다.

실제로 병원 내부가 추운 편은 아니었지만, 괜히 으스스했다. 공기 속에선 방부제 냄새가 났다. 가끔 바깥 복도에서 수레를 밀고 갈 때 나는 유리그릇과 기구들의 달그락거리는 소리가 들려왔다.

힐러리 크레이븐은 침대 옆에 있는 딱딱한 철제 의자에 앉아 있었다.

올리브 베터튼은 머리에 붕대를 감고 의식을 잃은 채 희미한 전등불 아래 침대 위에 누워 있었다. 침대 한쪽으로 간호사가 서 있었으며, 그 반대쪽엔 의사가 있었다. 제솝은 병실 한쪽 모퉁이에 있는 의자에 앉아 있었다.

의사가 그에게로 돌아서서 불어로 말했다.

"얼마 갈 것 같지 않습니다. 맥박이 형편없이 약합니다."

"그럼 의식을 회복할 수 없단 말입니까?"

그 프랑스인이 양어깨를 으쓱해 보였다.

"꼭 그렇다고 할 수 없지만, 아마 임종이 다가온 것 같습니다."

"어쩔 도리 없단 말입니까, 혹 자극제 같은 것이라도?"

의사는 고개를 내저었다. 그는 밖으로 나가 버렸다. 간호사도 뒤따라 나갔다. 그녀를 대신해서 수녀가 한 명 들어와 침대 머리맡에 묵주를 들고 서 있었다. 힐러리가 제솝을 쳐다보았다.

"의사가 하는 말 들었겠지요?" 그가 낮은 음성으로 물었다.

"예, 당신이 그녀에게 묻고 싶은 게 뭐죠?"

"혹 그녀가 의식을 되찾게 되면 무슨 정보라도 얻어내야 합니다. 당신이 할 수 있는 한 최대로 얻어내십시오. 암호, 암시, 메시지, 아무거나 다 좋습니다. 알았습니까? 나보다야 당신에게 말하기가 더 쉬울 테니까."

힐러리가 갑자기 울컥 감정이 이는 듯한 목소리로 말했다.

"나더러 죽어가는 사람에게 거짓말을 하라는 건가요?"

제솝은 가끔 그랬던 것처럼 머리를 한쪽으로 갸우뚱 기울였다.

"당신에겐 그렇게 보인단 말이죠?"

그가 말했다. 골똘히 뭔가 생각하는 눈치였다.

"좋습니다. 당신 눈엔 그렇게 보이실 테죠"

그는 물끄러미 그녀를 쳐다보았다.

"좋소. 당신이 마음 내키는 대로 막말을 하시는군요. 하지만, 나는 지금 양심의 가책 같은 걸 생각할 처지가 못 됩니다. 내 입장 이해하시겠습니까?"

"물론이죠. 그건 당신 의무니까. 당신이야 누구에게나 내키는 대로 질문할 수 있는 사람이겠지만, 내게 그런 질문을 하도록 강요하진 마세요."

"부인은 자기 의지에 따라서만 행동하는 사람이로군요"

"우리가 결정해야 할 문제는 단 하나밖에 없어요. 죽어가는 그녀에게 꼭 말을 시켜야 하는 건가요?"

"나도 모르겠습니다. 좀더 깊이 생각해 봅시다."

그녀는 고개를 끄덕이더니 침대 옆 자기 자리로 되돌아갔다. 그녀의 마음은 누워 사경을 헤매고 있는 여자에 대한 동정심으로 가득 차 있었다.

사랑하는 남편을 만나러 길을 떠난 여자였다. 아니면, 자기들의 추측이 틀렸단 말인가? 단순한 휴식을 위해, 남편이야 죽든 말든 정확한 소식이 올 때까지 시간이나 때우려고 모로코에 온 것일까? 힐러리는 의문 속에 빠져들었다.

시간은 계속 흘러갔다. 수녀의 찰각거리던 묵주 소리가 멈춘 지 벌써 두 시간이 다 되어가고 있었다.

그녀가 차분하고 담담한 목소리로 말했다.

"뭔가 느낌이 다릅니다. 임종이 다가온 것 같습니다, 부인. 내가 의사 선생님을 불러오겠습니다."

그녀가 방을 나갔다. 제솝은 침대 반대편으로 가서 벽을 보고 서 있었다.

그 여자의 눈에 띄지 않기 위함이었다. 그 여자의 눈꺼풀이 희미하게 껌뻑거리더니 이윽고 눈을 떴다. 공허하고 창백한 눈동자가 힐러리와 마주쳤다. 감겼다가 다시 열렸다. 약간 놀라는 눈치였다.

"여기가 어딘가요……?"

그 말은 숨을 가쁘게 몰아쉬는 그녀의 입술 사이를 맴돌고 있을 뿐이었다. 바로 그때 의사가 병실로 들어왔다. 그는 침대 바로 옆에 서서 그녀를 내려다보며, 그녀의 손을 쥐고 손가락으로 맥박을 짚었다.

"병원입니다, 부인. 비행기 사고를 당하셨지요." 그가 말했다.

"비행기?"

마치 꿈을 꾸듯 그녀는 숨을 가쁘게 몰아쉬며 그 말을 희미하게 반복했다.

"카사블랑카에서 누굴 만나기로 하셨습니까, 부인? 혹 우리가 전해 줄 말이라도?"

그녀의 두 눈이 의사를 고통스럽게 올려다보았다.

"아닙니다." 그녀가 말했다.

그녀는 힐러리를 다시 한 번 쳐다보았다.

"누구……, 누구……."

힐러리는 상체를 앞으로 굽혀 명확하고 또록또록한 목소리로 말했다.

"나 역시 그 비행기로 영국을 떠났던 사람이에요. 혹, 내가 도울 일이라도 있으면 서슴지 말고 말해 보세요."

"아니에요, 아무것도 없어요, 아무것도……, 달리……."

"예?"

"아무것도 없다니까요."

두 눈이 다시 깜빡거리더니 반쯤 감겨 버렸다.

힐러리는 고개를 들었다. 제솝의 긴박한 명령을 하는 듯한 눈길과 마주쳤다. 그녀는 단호하게 고개를 내저었다. 제솝이 앞으로 다가왔다. 의사 옆에 바짝 붙어 섰다. 죽어가던 여자의 두 눈이 다시 열렸다. 문득 두 눈이 그를 알아보는 것이었다.

"당신을 알아요." 그녀가 말했다.

"예, 베터튼 부인. 당신은 나를 압니다. 남편에 대해서 뭐든 얘기 좀 해주시죠."

"없어요."

그녀의 눈꺼풀이 다시 내려앉았다.

제숍은 조용히 돌아서서 그 방을 나갔다. 의사가 힐러리를 건너다보았다. 그가 조용히 말했다.

"이제 마지막입니다."

죽어가던 여자의 눈이 다시 열렸다. 그녀의 두 눈이 고통스러운 듯 병실을 둘러보았다. 그리고 힐러리에게 그녀의 시선이 고정되었다.

올리브 베터튼의 손이 희미하게 움직였다. 그러자, 힐러리는 본능적으로 그녀의 희고 싸늘한 손을 감싸 쥐었다. 의사는 어깨를 으쓱하더니 살짝 고개를 숙여 인사를 한 뒤 병실을 나갔다. 두 여자만이 함께 남아 있었다. 올리브 베터튼이 뭔가 말을 하려고 안간힘을 쓰고 있었다.

"말해 주세요, 말해……."

힐러리는 지금 무엇을 물어야 할지 알고 있었다. 그래서 당장 어떻게 행동해야 할 것인지도 명확해졌다. 그녀는 힘없이 드러누워 있는 환자에게로 몸을 굽혔다.

"여보세요." 그녀가 말했다.

그녀의 말은 단호하고도 명확했다.

"당신은 지금 죽어가고 있어요. 당신은 그걸 알고 싶은 거죠? 자, 내 말을 들어봐요. 나는 댁의 남편을 찾고 있는 중이에요. 내가 혹 댁의 남편을 찾기라도 하면 전하고 싶은 말이라도 있습니까?"

"그이에게 전해 주세요……, 그이에게 말해 주세요……, 조심하라고 보리스……, 보리스……, 위험해……."

한숨과 함께 또다시 호흡이 파르르 약해졌다. 힐러리는 더욱더 몸을 바짝 굽혔다.

"내게 도움이 될 만한 걸, 내 여행에 도움이 될 만한 걸 말해 주시겠어요? 내가 댁의 남편을 만날 수 있도록 도와주시겠어요?"

"눈(雪)."

그 말이 너무나 희미하게 흘러나왔기 때문에 힐러리는 어리둥절하지 않을 수 없었다. 눈? 눈이라고? 그녀는 그 말이 도무지 이해가 가지 않는 듯 되새겨 보았다. 가냘프고, 마치 유령의 소리와도 같은 신음이 올리브 베터튼의 입에서 흘러나왔다. 희미한 단어들이 쏟아져 나왔다.

"눈, 눈, 아름다운 눈!"
당신은 그 눈덩이 위에서 미끄러진다.
하지만, 그걸 넘어가야 해!"

그녀는 마지막 단어를 되뇌어 보았다.
"가라……, 가라고? 가서 그에게 보리스에 관해 얘기해 주라고? 이해할 수 없는 얘기야. 믿을 수 없는 얘기인지도 몰라. 하지만, 만일 그게 사실이라면……, 만일 그렇다면, 정말 그렇다면……"
힐러리를 쳐다보는 그녀의 두 눈 속에는 뭔가를 필사적으로 물어보려는 의지가 역력했다.
"조심하세요……"
그녀의 목에 희미하게 괴상한 경련이 일었다. 두 입술이 파르르 떨렸다.
올리브 베터튼은 숨을 거두었다.
그 뒤의 닷새 동안은 육체적으로는 꼼짝도 하지 않았지만, 정신적으로는 몹시 분주한 나날이었다.
힐러리는 병원 별실에 틀어박혀 공부를 해야 했다. 매일 저녁 그날 배운 것에 대한 시험을 치러야 했다. 그들이 탐지해 낼 수 있는 한 최대한도로 많은 올리브 베터튼에 관한 상세한 기록들이 종이 위에 쓰여 있었고, 그녀는 그것들을 보고 암기해야만 했다.
그녀가 살았던 집, 그녀가 고용했던 일일 파출부들, 친척들, 그녀의 애견, 그녀가 기르던 카나리아 새의 이름은 물론 토머스 베터튼과의 6개월간의 결혼 생활에 대해서도 상세히 알아야만 했다. 결혼식 때 신부 들러리를 선 사람들의 이름, 그들이 입었던 옷, 커튼과 카펫, 그리고 가구 커버의 종류까지 알아야 했다. 올리브 베터튼의 식성, 기호, 일상생활, 좋아하는 음식과 술 등등 모두가 겉보기에는 아무 가치가 없는 것들뿐이었지만, 일단 모인 그 엄청난 정보의 분량에는 깜짝 놀랄 수밖에 없었다.

한번은 그녀가 제솝에게 물었다.

"도대체 이런 것들이 무슨 소용이 있죠?"

이 말에 그는 담담하게 대답했다.

"그런 질문이 나올 만도 합니다. 하지만, 이 사실들 속으로 당신을 완전히 몰입시켜야 합니다. 소설가가 되어 어느 여자의 일기를 쓰고 있다고 생각하십시오, 힐러리. 그 여자는 올리브죠. 당신은 지금 그녀의 어린 시절과 사춘기를 묘사하고 있어요. 결혼과 집도 묘사하고 있어요. 당신이 그 일을 할 때마다 그녀는 당신에게 점점 실감 나는 인물이 됩니다. 그렇게 되면 당신은 이인칭 시점을 뛰어넘게 됩니다. 그래서 이번에는 자서전처럼 글을 쓰는 겁니다. '일인칭'의 입장에서 쓰는 거지요. 내 말을 아시겠죠?"

그녀는 천천히 고개를 끄덕거렸다. 자기도 모르는 사이에 그 말에 수긍하고 말았던 것이다.

"스스로 올리브 베터튼이라는 생각이 들어야 비로소 올리브 베터튼이 되는 겁니다. 물론 시간을 두고 천천히 습득하는 게 좋겠죠. 하지만, 우리에겐 지금 시간적인 여유가 없어요. 그래서 지금 벼락치기 식으로 주입시키고 있습니다. 마치 고등학생처럼, 시험을 앞둔 고등학생처럼."

그는 덧붙였다.

"하지만, 천우신조인지 당신은 두뇌회전도 빠르고 기억력도 좋습니다."

그는 냉정하게 객관적인 평가를 하며 그녀를 쳐다보았다. 올리브 베터튼과 힐러리 크레이븐의 여권 기재사항은 거의 동일했다. 하지만, 실제 두 사람의 얼굴은 전혀 판이했다.

올리브 베터튼의 얼굴은 평범하고 보잘 것 없었다. 완고하게만 보일 뿐 지성미도 없는 것 같이 보였다. 하지만, 힐러리의 얼굴은 의지가 강하고 호감을 주게 생겼다. 짙고 고른 눈썹 아래의 청록빛 눈동자는 그 깊이로 인해 정열과 지성미를 함께 풍기고 있었다. 입술은 넓고 도톰했으며 윤곽이 뚜렷했다. 턱선도 특이했다. 어느 조각가가 보았다면 얼굴선이 퍽 재미있다고 했을 것이다.

제솝은 생각했다.

'열정도 있고, 배짱도 있어. 어딘지 낙심한 구석은 있어도 꺾이지는 않았어. 인내심이 있는 쾌활한 성격, 인생을 즐기고 모험을 찾는 성격이야.'

"당신은 해낼 거요. 당신은 똑똑한 학생이오." 그가 말했다.

그녀를 이렇게 기억력과 지력(知力)이 우수한 여자로 부추겨 준 것이 그녀를 더욱 고무시켰다. 그녀는 이제 흥미를 갖게 됐으며, 성공을 거두려고 촉각을 곤두세워 열중하게 되었다.

한두 차례 그녀에게 회의가 일었다. 그 회의들을 제솝에게 털어놓았다.

"당신은 내가 올리브 베터튼의 역할을 포기해서는 안 된다고 합니다. 그들은 그녀에 대해서 일반적인 사실 이외에, 그녀가 어떻게 생겼는지에 대해서는 전혀 모를 것이라고 합니다. 하지만, 어떻게 그걸 장담할 수 있죠?"

제솝은 양 어깨를 으쓱해 보였다.

"장담할 수 있는 것은 하나도 없습니다. 하지만, 우리는 이번 쇼가 어떻게 진행될 것인지는 훤히 알고 있습니다. 게다가, 각국 간에 긴밀한 협조를 취하고 있는 것 같습니다. 실제로 그 점이 제일 큰 이점입니다. 만일 영국 내에 있는 우리 연락망이 신통치 못하다고 합시다(당신은 조심해야 합니다. 어느 조직이든 희미하나마 연락망을 갖고 있게 마련이니까요). 그런 경우, 그 신통치 못한 연락망으로는 프랑스, 이탈리아, 독일(또 아무 나라라 해도 마찬가지입니다) 등지에서 무슨 일이 벌어지고 있는지 도무지 알 수 없을 겁니다. 다시 말해, 우리는 보이지 않는 벽에 의해 짧게, 짧게 차단되어 버린다는 뜻입니다.

그들은 전체 중에서 자기들이 담당하는 지역밖에는 모릅니다, 더 이상은 모르죠. 마찬가지로 반대쪽에서도 이쪽 사정을 속속들이 알 수는 없는 겁니다. 이곳에서 활동하는 세포 조직이 알고 있는 것이란, 올리브 베터튼이 어느 비행기를 타고 도착한다는 따위의 정보에 불과하다는 것과 기껏해야 그 정도를 벗어나지는 못할 것이라는 걸 장담할 수 있습니다. 짐작하시겠지만, 그녀가 중요인물이라도 된다면 문제는 달라지겠지요. 하지만, 그들이 그녀를 남편에게로 데려다 주려는 것은 남편이 그녀를 원하기 때문입니다. 그래서 그렇게 함으로써 그로 하여금 더 많은 연구를 하게 할 수 있다는 계산이 섰기 때문일 겁니다. 그녀는 단순히 장기판 위의 졸과 같죠.

그리고 또 한 가지 당신이 명심해야 할 것은, 당신이 가짜 올리브 베터튼의 역할을 맡게 된 것은 어디까지나 비행기 사고와 머리칼의 색깔에서 비롯된 즉흥적인 아이디어에 불과하다는 사실입니다. 우리의 작전 계획은 올리브 베터튼을 미행해서 그녀의 행선지, 경로, 만날 인물 따위를 알아내는 것이었습니다. 이 말은 곧 상대방이 우리의 감시망에 올려져 있다는 것을 의미합니다."

힐러리가 물었다.

"전에도 이런 일을 해본 적이 있나요?"

"예, 스위스에서였지요. 아주 은밀하게 시도했었습니다. 하지만, 목적을 달성하지는 못했습니다. 누군가 거기서 그녀에게 접근했는데, 우리가 눈치채질 못했어요. 접선이 눈 깜짝할 사이에 이루어진 게 틀림없지요. 그들은 십중팔구 누군가가 올리브 베터튼의 뒤를 밟고 있으리라고 예상할 겁니다. 그래서 거기에 대한 대비를 할 겁니다. 우리는 지난번보다 훨씬 더 신중을 기해야 하죠. 적보다 훨씬 교활해져야 합니다."

"그래서, 당신이 내 뒤를 밟을 건가요?"

"물론입니다."

"어떻게?"

그는 고개를 내저었다.

"그건 말하고 싶지 않습니다. 모르는 편이 훨씬 나을 겁니다. 당신 정체가 드러나 버릴지도 모르는 일이니까요."

"내 정체가 드러날지 모른다고 생각하세요?"

제솝은 또다시 올빼미 같은 표정을 지었다.

"당신이 얼마나 멋진 배우가 될지, 얼마나 감쪽같은 거짓말쟁이가 될지는 알 수 없는 일입니다. 아시다시피 결코 쉬운 일이 아닙니다. 경솔한 말을 내뱉는 것은 문제가 안 됩니다. 갑자기 숨을 들이마신다든지, 어떤 행동(예를 들어 담뱃불을 붙일 때) 도중에 멈추어 버린다든지 하는 게 문제가 되죠. 어떤 이름이나 친구들을 기억해 낼 때도 마찬가지입니다. 그런 건 재빨리 감출 수 있습니다. 순간적인 기지만 있으면 문제없죠!"

"알겠어요. 한시도 방심하지 말라는 말씀이군요."

"그렇습니다. 자, 그때까지 교육을 계속합시다. 마치 학창시절로 되돌아간 기분이 들지 않나요? 지금 보니 당신은 영락없이 올리브 베터튼 같습니다. 자, 다른 것도 계속해서 배우도록 합시다."

암호, 응답방법, 여러 가지 장비 등에 관한 강의가 계속되었다. 질문과 반복, 그녀를 혼동시키고 실수하게 하는 시험이 있었다. 다시 말해, 가상적인 상황을 설정해 놓고 그녀의 반응을 검토해 보는 것이다.

마침내 제솝이 고개를 끄덕거려 만족스럽다는 의사를 표시했다.

"해낼 겁니다." 그가 말했다.

그는 마치 삼촌이라도 되는 것처럼 그녀의 어깨를 가볍게 두드려 주었다.

"당신은 총명한 학생입니다. 그리고 이 점 명심하십시오. 이번 일을 해가는 도중에 아무리 혼자뿐이라는 생각이 들더라도 아마 꼭 그렇지만은 않을 것이라는 점을 말입니다. 내가 지금 '아마'라고 말했는데, 나도 그 이상은 장담할 수 없어요. 녀석들이 워낙 악귀같이 교활한 놈들이라서."

"내 여행의 종착역에 닿게 되면 어떤 일이 벌어질까요?"

"무슨 말인지?"

"마침내 토머스 베터튼과 얼굴을 마주하게 됐을 때 말입니다."

제솝은 무뚝뚝하게 고개를 끄덕거렸다.

"하긴……, 그때가 가장 위험한 순간입니다. 바로 그 순간, '일이 잘 풀린 경우에만 당신은 보호받을 수 있을 것'이라고 밖에 말할 수 없군요. 다시 말해, 우리가 '희망'하는 대로 되었을 경우죠. 하지만, 부인도 기억하시겠지만, 이번 일은 어디까지나 살아남을 확률이 희박하다는 것에서부터 출발하고 있습니다."

"100분의 1이라고 말씀하셨던가요?" 힐러리가 냉담하게 말했다.

"확률을 약간 더 높일 수도 있습니다. 난 당신이 어떤 여자인지 몰랐습니다."

"아니에요. 난 그럴 생각 없어요."

이렇게 대답하고는 그녀는 골똘히 생각하는 것이었다.

"당신이 보기에는, 나는 바로……."

그는 그녀를 대신해서 말을 끝냈다.

"살아갈 용기를 잃은, 유난히 머리칼이 붉은 여자."

그녀의 얼굴이 벌겋게 상기되었다.

"가혹한 단정이군요."

"사실이잖습니까? 나는 인간을 가엾게 여기는 일에는 찬성하지 않습니다. 어떤 사람에게는 그게 모욕이 될 수도 있기 때문이죠. 스스로를 가엾게 생각하는 사람에게만 연민을 느끼죠. 오늘날, 자기 연민이야말로 가장 거추장스러운 일입니다."

힐러리는 깊은 생각에 젖어 말했다.

"당신 말이 옳은 것도 같군요. 언제가 될지는 모르겠습니다만, 내가 이번 임무를 수행하는 도중에 죽게 된다면 저를 위해 동정을 베풀어 주실 건가요?"

"당신을 위한 동정을? 천만에, 악마처럼 저주를 퍼부을 겁니다. 조금이라도 내 곤란을 덜어 줄 사람을 잃어버렸기 때문이죠."

"정말 찬사를 보내지 않을 수 없군요."

그녀는 자신도 모르게 기분이 좋아졌다. 그녀는 지극히 사무적인 어조로 말을 계속했다.

"지금 막 한 가지 생각나는 게 있어요. 올리브 베터튼의 생김새를 아는 사람은 아무도 없을 거라고 했지만, 혹 '나'를 알아보는 사람이 나타나면 어떡하죠? 카사블랑카에는 나를 아는 사람은 아무도 없어요. 하지만, 같은 비행기로 여기까지 온 사람들이 있어요. 또 이곳 관광객들 중 누군가 나를 아는 사람과 마주칠 수도 있고요."

"그 비행기를 탔던 승객들에 대해선 염려할 필요 없습니다. 파리에서 당신과 동승했던 사람들은 사업가들이었는데, 그들은 모두 다카르로 가버렸습니다. 그리고 또 한 명 이곳에서 내린 사람이 있었는데, 그도 이미 파리로 되돌아가 버렸습니다. 부인은 처음 이곳에 오셨을 때와는 다른 호텔에 묵게 될 겁니다. 그리고 얼굴 한쪽에 붙인 반창고로 인해 전혀 딴 사람으로 보일 겁니다. 그렇게 해줄 의사를 오라고 했습니다. 국부마취를 하면 통증도 없습니다. 하지만, 진짜 사고가 난 것처럼 표시는 좀 만들어야지요."

"아주 철두철미하시군요."

"그래야죠."

힐러리가 말했다.

"거기에 대해선 한마디도 안 하시는군요. 올리브 베터튼이 죽기 전에 내게 한 말 말이에요."

"부인이 양심의 가책을 느끼고 있는 줄로 알았습니다."

"미안해요."

"천만에요. 나는 부인의 그런 면을 존경합니다. 나도 그런 걸 좀 느껴 봤으면 좋겠습니다. 하지만, 그건 스케줄에 들어 있지 않은 거라서."

"그녀가 제법 이야기를 해주었어요. 당신에게 말씀드려야겠어요. 그녀가 말하더군요. '그에게 전해요, 베터튼', 또 '그에게 조심하라고 말해요, 보리스, 위험해.'"

"보리스……." 제솝은 그 이름을 곰곰이 생각해 보았다.

"아! 바로 그 외국인 보리스 글라이더 소령?"

"아는 사람인가요? 누구죠?"

"폴란드인. 런던에서 날 만나러 왔었지요. 톰 베터튼의 처남으로 추정됩니다."

"추정되다뇨?"

"자, 보다 정확히 따져 봅시다. 만일 그가 자기 말대로 본인이 맞는다면, 그는 베터튼 첫 부인의 사촌이 됩니다. 하지만, 그건 어디까지나 그의 말을 곧이곧대로 받아들였을 경우일 뿐이지요."

"그녀는 겁에 질려 있었어요." 힐러리는 인상을 찡그리며 말했다.

"그 사람에 대해서 설명해 주시겠어요? 그가 어떤 사람인지 알고 싶어요."

"예, 대충 이럴 겁니다. 키는 6피트(약 183cm). 체중은 대략 160파운드(약 73kg) 정도. 금발, 나무 부지깽이 같은 얼굴, 밝은 눈빛, 외국인 특유의 부자연스런 태도, 영어가 유창하긴 하지만, 발음의 악센트가 두드러지고 몸가짐이 군인 같죠."

그가 덧붙여 말했다.

"그가 내 사무실을 나갈 때 미행을 붙였습니다. 별일 없었어요. 곧장 미국 대사관으로 가더군요(아주 정확하게). 그는 그곳에서 내게 소개장을 가져왔죠. 예의상 흔히 써주긴 하지만, 확실한 것은 아닙니다. 나는 그가 누구 다른 사람의 차를 타거나, 하인이나 그와 유사한 사람으로 변장해서 뒷문으로 대사관을 빠져나갔으리라고 생각합니다. 어쨌든 그는 우리를 따돌렸습니다. 그래요, 보리스 글라이더가 위험하다고 한 올리브 베터튼의 말이 옳을지도 모릅니다."

생 루이 호텔 미니 라운지에 세 여자가 앉아 있었다. 제각기 각자의 일에 몰두하고 있었다. 짧고 시원한 헤어스타일에다 푸른색으로 염색한 캘빈 베이커 부인은 무슨 일을 하든지 으레 그렇게 해왔다는 듯 편지 쓰는 일에만 정신을 쏟고 있었다. 어느 누가 보기에도 캘빈 베이커 부인은 세상일에는 별 관심도 없이 유유자적 여행이나 다니는 그런 미국인 관광객임이 틀림없었다.

히더링턴 양, 이 여자 역시 평범한 영국인 관광객으로 보이기에 매일반이었다. 그녀는 우울한 표정으로 불편한 엠파이어 타입의 의자에 앉아서, 중년의 영국인 부인들이 뜨개질을 할 때 흔히 찾아볼 수 있는 그런, 아직 형태도 잡히지 않은 옷가지를 뜨개질하고 있었다. 히더링턴 양은 키가 크고 야윈 편이었다. 아무렇게나 빗은 머리칼은 이 세상에 대해 도덕적인 환멸을 보내고 있는 것 같았다.

프랑스 여자인 잔 마리코 양은 수직 의자에 단정하게 앉아 창 밖을 내다보며 하품을 하고 있었다. 마드모아젤 잔 마리코는 못생긴 얼굴이었지만, 금발을 갈색으로 염색하고 짙은 화장을 하고 있었다. 그녀는 독특한 스타일의 옷을 차려입고, 그 방 안에 있는 다른 사람에게는 전혀 관심도 없었다. 오히려 속으로 그들의 존재를 깡그리 무시하고 있다고 해야 하지 않을까! 그녀는 애인을 갈아 치워 버릴 생각에 몰두하고 있었는데, 이 짐승 같은 관광객들을 위해 인정을 베풀고 싶은 마음은 추호도 없었다.

히더링턴 양과 캘빈 베이커 부인은 이틀 밤을 생 루이 호텔의 지붕 아래에서 보내고 나서 서로 아는 사이가 되었다. 캘빈 베이커 부인은 미국인 특유의 친절로 누구에게나 말을 걸었다.

히더링턴 양은 사람 사귀고 싶은 마음이야 굴뚝같았지만 확실한 사회적 지위가 있다고 생각되는 영국인과 미국인이 아니면 말을 걸지 않았다. 사귀어 본 적이 없는 프랑스인은, 그가 부모와 함께 저녁식사를 하는 자리에서 훌륭한 가문 출신임을 증명해 보이지 않으면 상종도 하지 않으려 했다.

한참 경기가 좋아 보이는 어느 프랑스인 사업가가 안을 한 번 획 돌아보더니, 여자들만 있는 분위기에 질린 듯 마드모아젤 잔 마리코에게 못내 아쉬운 눈길을 던지면서 다시 밖으로 나갔다.

히더링턴 양이 작은 목소리로 뜨개질 코 수를 헤아리기 시작했다.

"스물여덟, 스물아홉, 지금 어디까지 세었더라? 오, 그렇지."

붉은 머리의 키 큰 여자 하나가 안을 들여다보며 잠시 망설이더니 식당 쪽 통로로 내려갔다. 캘빈 베이커 부인과 히더링턴 양이 대뜸 그녀를 알아보았다.

베이커 부인이 글을 쓰고 있던 테이블에서 몸을 돌리며 탄성을 질렀다. 그리고 떨리는 목소리로 나지막이 말했다.

"방금 들여다본 붉은 머리 여자에게 무슨 일이 있었는지 알아요, 히더링턴? 지난주 박살이 난 비행기에서 혼자 살아남은 여자래요."

"오늘 오후 여기 도착하는 걸 보았어요. 앰뷸런스를 타고 왔죠."

괜히 흥분해서 뜨개질 코까지 빠뜨리며 히더링턴 양이 대답했다.

"지배인이 병원에서 막 퇴원하는 길이라고 하더군요. 곧장 병원에서 퇴원한 게 잘한 짓인지 의문이에요. 분명히 뇌진탕이었을 텐데."

"얼굴에 반창고까지 붙였어요. 아마 유리에 긁혔나 봐요. 화상 안 입은 것만 해도 천만다행이에요. 비행기 사고는 화상이 치명적이라던데."

"생각만 해도 끔찍한 일이야. 젊은 여자가 불쌍해. 남편이 함께 있었다면, 그는 죽었을 것 같은데?"

"그렇지 않아요."

히더링턴 양이 누르죽죽한 얼굴을 저었다.

"신문에서는 여자 승객 혼자였다고 했어요."

"그래, 맞아요. 나도 그녀의 이름을 봤어요. 비벌리라든가……, 아냐, 베터튼이라고 했어."

"베터튼……" 히더링턴 양이 거의 반사적으로 말했다.

"그러고 보니 알겠어요. 베터튼, 신문에 났었죠. 그래, 그 이름이 맞아요."

"피에르에겐 정말 안된 일이야."

마드모아젤 마리코가 혼자 불어로 중얼거렸다.

"정말 참을 수 없어! 하지만, 그 귀여운 사람, 그는 친절한 데 말이야. 게다가, 그의 아버지는 실업계에서 위치가 탄탄한 사람이야. 어쨌든 나는 결심했어!"

그리고 느릿느릿하고 우아한 걸음걸이로 마드모아젤 마리코는 그 작은 방을 걸어나가 그 층에서 사라졌다.

사고 5일째 되던 날 토머스 베터튼 부인은 병원에서 퇴원했다. 앰뷸런스 한 대가 그녀를 생 루이 호텔까지 실어다 주었다. 병색이 완연한 창백한 그녀의 얼굴엔 붕대와 반창고까지 붙어 있었다. 베터튼 부인은 곧바로 예약된 방에 나타났다.

동정심 많은 지배인이 그 방에서 그녀를 기다리고 있었다.

"정신적인 충격이 얼마나 컸겠습니까, 부인!"

예약된 방이 이만하면 준비가 다 되었지 않겠느냐는 식으로, 불필요하게 전깃불까지 있는 대로 몽땅 켜 보이면서 조심스레 말했다.

"하지만, 용케 빠져나오셨어요! 정말 기적입니다! 행운이 아닐 수 없어요. 내가 알기로 생존자는 세 사람밖에 없는데, 그나마 그중 한 명은 아직 생명이 위독한 상태라고 합니다."

힐러리는 의자에 힘없이 주저앉았다.

"예, 정말 저 자신도 믿을 수 없답니다." 그녀가 짧게 중얼거렸다.

"지금껏 도통 기억이 혼미하답니다. 추락 사고가 있기 전 24시간 동안의 일이 아직도 희미하게 기억이 잘 나지 않아요."

지배인이 안타깝다는 듯 고개를 끄덕거렸다.

"아, 예, 그건 뇌진탕으로 인한 증세지요. 제 여동생도 언젠가 그런 일이 있었습니다. 폭탄이 떨어졌지요. 그 애는 순간적으로 의식을 잃고 말았답니다. 하지만, 곧장 깨어나긴 했어요. 그러나 런던을 배회하다가 지난주 역에서 열차를 탔습니다. 상상을 해보십시오. 정신이 든 곳은 리버풀이었는데, 폭탄이나 런던을 배회하던 일, 그리고 열차, 심지어 어디서 열차를 탔는지조차 까맣게 기억을 못하는 게 아니겠습니까! 그녀가 최종적으로 기억하고 있는 것은 런던에서 옷장에 스커트를 걸어두던 일이었습니다. 참 희한한 일이죠?"

힐러리는 그런 일이 사실로 일어날 수 있음에 동의했다. 지배인은 인사를 하고 나갔다.

힐러리는 일어서서 거울에 비친 자신의 모습을 쳐다보았다. 그렇게도 지독하게 주입받은 탓인지, 새로 태어난 자신의 사지(四肢)가 혹독한 병고를 치르고 병원에서 막 퇴원한 사람처럼 쑤시는 것 같았다.

그녀는 이미 책상을 조사해 보았다. 하지만, 그곳에 메시지나 편지 같은 건 없었다. 그녀는 새로운 역할의 첫발을 어둠 속에서도 능숙하게 디뎌야 한다. 올리브 베터튼은 아마 어떤 곳으로 전화를 건다든지 누군가와 접선을 하도록 지시받았을 것이다. 바로 그 점에 관한 단서가 없는 것이다.

그녀가 익힌 지식은 모두 올리브 베터튼의 여권, 크레디트 카드, 그리고 쿡 여행사의 표와 예약 장부 따위에서 나온 것이었다. 이것들로 미루어 보아 이틀 동안은 카사블랑카에서 엿새 동안은 페즈(카사블랑카 동쪽의 도시)에서 또 닷새 동안은 마라케시(카사블랑카 남쪽의 도시)에서 보낼 작정이었다는 것을 알 수 있었다. 물론 이 예정은 이미 날짜가 지났으니, 거기에 맞추어 모든 게 처리되었을 것이다.

여권, 크레디트 카드, 그리고 거기 수반되는 신분증은 이미 적절히 처리가 되었다. 여권엔 이제 힐러리의 사진이 붙어 있었으며, 크레디트 카드에도 힐러리의 필적으로 쓰인 올리브 베터튼의 사인이 있었다. 그녀의 증명서들은 모두 갖추어졌다. 그녀의 임무는 맡은 역할을 적절히 수행하면서 기다리는 것뿐이었다. 그녀의 마스터 카드는 분명한 비행기 사고였으며, 또 그 결과 기억상실로 몽롱한 상태에 있다는 사실이었다.

그것은 실제 사고였으며, 올리브 베터튼도 분명히 그 비행기를 타고 있었다. 뇌진탕을 일으켰다는 사실이, 그녀가 지령받은 대로 움직이지 않더라도 적당히 변호해 줄 것이다. 당혹하고, 어리둥절하고, 허약한 상태로 올리브 베터튼은 지시를 기다리는 것이다.

가만히 쉬는 것이 자연스럽다. 따라서 그녀는 침대 위에 누웠다. 두 시간가량 그동안 배웠던 것들을 삼삼히 떠올려 보았다.

올리브의 짐은 비행기가 추락할 때 모두 망가지고 말았다. 힐러리에겐 병원에서 지급받은 몇 가지 물건밖에는 없었다. 그녀는 머리를 빗었다. 립스틱으로 입술을 바른 뒤 저녁식사를 하러 호텔 식당으로 내려갔다.

그녀가 나타나자 모두가 흥미있는 표정으로 그녀를 알아보았다. 사업가들이 여러 개의 테이블을 차지하고 있었는데, 이들이 고맙게도 그녀를 흘끔흘끔 쳐다보아 주는 게 아닌가. 하지만, 다른 테이블에도 어김없이 다른 관광객들이 있었다. 그녀는 그들이 작은 목소리로 수군거리고 있다는 걸 알 수 있었다.

"그 여자가 저기 있군. 빨간 머리 말이야, 비행기 추락 사고의 생존자야. 거참, 그래, 앰뷸런스로 왔지. 내가 도착할 때 봤다고. 여전히 병색이 완연하군. 왜 저렇게 빨리 퇴원시켰는지 모르겠군. 정말 끔찍한 일을 겪었어. 살아남다니 기적이야!"

식사가 끝난 뒤 힐러리는 미니 라운지에 잠시 앉아 있었다. 누군가가 어떤 식으로든 접근해 오지 않을까 해서였다. 각자 뿔뿔이 자기 방으로 가고 한두 명의 여자들밖에 없었다.

이윽고 자그마한 체격에 살집이 좋은 중년 여자가 그녀 가까이로 의자를 옮겨 왔다. 흰 머리칼을 푸른색으로 곱게 물들이고 있었다. 활발하고 유쾌한 미국인의 억양으로 그 여자가 먼저 말문을 열었다.

"실례지만, 하나 물어보고 싶군요. 혹시 요전 날 비행기 추락 사고에서 기적적으로 살아남은 분 아니세요?"

힐러리는 읽고 있던 잡지를 내려놓았다.

"예." 그녀가 말했다.

"어머나! 끔찍했죠? 산산조각이 났다고 하던데. 산 사람은 세 명밖에 없다고 하던데, 그게 사실인가요?"

"두 명뿐이에요." 힐러리가 말했다.

"셋 중 한 사람은 병원에서 죽었어요."

"저런! 그랬군요. 지금 혹시 뭘 좀 물어도 좋을지, 미스, 미세스……"

"베터튼이에요."

"그런데 혹 이런 질문이 실례일지는 모르겠습니다만, 기내에서 어느 쪽에 앉았던가요? 맨 앞줄이 아니면 맨 뒤쪽이었겠죠?"

힐러리는 이 질문에 대한 대답을 알고 있었다. 그래서 곧바로 대답했다.

"뒤쪽 근처였어요."

"그렇지 않다고들 하는 사람들이 있긴 하지만, 대개 그쪽이 제일 안전하다는군요. 나도 이제부터 제일 뒷문 가까이에 있는 좌석만 달라고 해야겠어요. 들었어요, 히더링턴 양?"

그녀는 또 다른 중년 여인 쪽으로 고개를 돌렸다. 이 여자는 얼굴이 길쭉한 말상에다 우울한 표정을 하고 있는 게 영락없는 영국인이었다.

"내가 요전 날 말한 게 바로 이거예요. 비행기를 탈 때마다 승무원이 시킨다고 고분고분 앞쪽 좌석에 앉아서는 안 된다고요."

"하지만, 앞쪽에 앉는 사람도 있어야지요." 힐러리가 말했다.

"글쎄요, 난 사양하겠어요."

그녀의 새로운 미국인 친구는 재빨리 대답했다.

"내 이름은 베이커, 그러니까 캘빈 베이커 부인이에요."

힐러리는 소개를 받아들였다.

베이커 부인은 혼자서도 이야기를 쉽게 풀어나갔다.

"나는 이제 막 모가도르에서 오는 길이고, 히더링턴 양은 탕헤르(모로코 북쪽의 마을)에서 왔어요. 우린 여기서 알게 되었죠. 마라케시로 갈 작정인가요, 베터튼 부인?"

"준비는 그렇게 했습니다만, 이번 사건으로 스케줄이 엉망이 되어 버렸어요." 힐러리가 말했다.

"당연히 그렇겠지요. 하지만, 마라케시는 정말 놓쳐서는 안 될 곳이에요. 안 그래요, 히더링턴 양?"

"마라케시는 끔찍이도 비싼 곳이에요. 여행허가도 잘 안 나오는 통에 모든 게 어려운 곳이죠."

히더링턴 양이 말했다.

"마무니아라는 멋진 호텔이 있어요." 베이커 부인이 계속했다.

"지독하게 비싸죠."

히더링턴 양이 말했다.

"내겐 문제가 안 돼요. 하지만, 댁한텐 문제가 다르겠지, 베이커 부인. 달러가 들 테니까. 하지만, 누가 그러더군요. 거기 조그만 호텔이 하나 있는데, 깔끔하고 괜찮은 모양이에요. 음식도 그런대로 괜찮다고."

"거기 말고는 또 어딜 가볼 작정인가요, 베터튼 부인?"

캘빈 베이커가 물었다.

"페즈를 구경했으면 해요."

힐러리는 조심스레 대답했다.

"물론 새로 예약을 해야 하겠죠."

"오, 그래요. 페즈나 리바트(모로코의 수도)를 놓쳐선 안 되죠."

"그곳에 가보셨나요?"

"아직 못 가봤어요. 조만간에 갈 예정입니다. 히더링턴 양도 마찬가지죠."

"그 고도(古都)는 아직까지도 원형을 보존하고 있을 거예요."

히더링턴 양이 말했다.

대화는 시시껄렁했지만 제법 오랫동안 계속되었다. 그래서 힐러리는 병원에서 퇴원한 첫날이라 몹시 피곤하다고 말하고 자기 침실로 올라갔다.

그날 저녁은 그야말로 막연하기만 했다. 그녀에게 말을 건넸던 그 두 여자는, 풍기는 외양과는 전혀 별개의 인물이라고 추측해 보기는 어려운, 그야말로 어디서나 흔히 볼 수 있는 평범한 여행객들이었다. 그래서 그녀는 결심했다.

내일도 아무 전달이나 접선을 받지 못한다면 아예 쿡 여행사로 가서 페즈와 마라케시행 새 예약을 문의하리라.

다음 날 아침도 편지나 쪽지는 물론, 전화 한 통도 없었다. 그래서 11시쯤 되었을 때 그녀는 여행사 지점을 찾아갔다. 줄을 서서 제법 기다린 다음에야 카운터에 도달할 수 있었다. 그래서 직원과 이야기를 시작했다. 바로 그때 누군가가 끼어들었다.

안경을 낀 나이 많은 직원이 젊은이를 팔꿈치로 툭 쳐서 옆으로 가라고 했다. 그는 안경을 통해 힐러리를 날카롭게 쏘아보았다.

"베터튼 부인이시죠? 내가 부인의 예약을 담당했었는데요."

"날짜가 지나 버려 어떡하나 하고 찾아왔는데요." 힐러리가 말했다.

"저는 입원을 했었거든요. 그래서……."

"아, 문제없습니다. 다 알고 있습니다. 무사하시길 정말 다행입니다, 부인. 하지만, 새로 예약해 달라는 부인의 전화 연락을 받고, 이렇게 벌써 다 준비해 두었습니다."

힐러리는 희미하게 맥박이 쿵쿵거려 옴을 느꼈다. 그녀가 알기론, 여행사 지점에 전화를 건 사람은 아무도 없었다.

올리브 베터튼의 여행이 지시받은 대로 움직이고 있었다는 확실한 증거였다. 그녀가 말했다.

"그들이 전화를 했는지 안 했는지 잘 모르겠는데요."

"하지만, 부인 여기 보여 드리죠."

그는 열차표와 호텔 할인권을 준비해 주었다. 잠시 후 모든 게 갖추어졌다. 힐러리는 다음 날 페즈로 떠나기로 되어 있었다.

캘빈 베이커 부인은 점심때도, 저녁때도 레스토랑에 모습을 나타내지 않았다. 히더링턴 양은 거기 와 있었다. 테이블을 지나가며 힐러리가 목례를 하자 그녀는 힐러리를 알아보았다. 하지만, 함께 이야기를 나누려고 하지는 않았다.

다음 날, 몇 가지 필요한 옷가지와 속옷을 챙긴 다음, 힐러리는 열차편으로 페즈를 향해 떠났다.

캘빈 부인이 여느 때와 같이 활달한 표정으로 호텔로 돌아온 것은 힐러리가 출발한 바로 그날이었다. 히더링턴 양이 흥분한 듯 조그만 코를 실룩거리며 그녀에게 말을 붙여 왔다.

"나는 베터튼이라는 이름을 알고 있어요, 사라진 과학자. 신문마다 났었어요. 약 두 달 전이었지요."

"어머, 나도 기억나요. 영국 출신 과학자, 그래, 무슨 회의 참석차 파리에 갔었다고 했어요."

"예, 맞아요. 그런데 혹시 그 여자가 그의 '아내'가 아닐까요? 내가 숙박계를 보았는데 주소가 하웰로 되어 있더군요. 하웰, 아시겠지만, 하웰은 핵 기지가 있는 곳이에요. 핵폭탄처럼 무서운 물건도 없을 거예요. 그리고 코발트, 그건 물감 통에 있는 색깔이죠. 아름답기 그지없는 색깔이에요. 나도 어릴 때 그 색을 무척 즐겨 사용했었죠. 하지만, 그것처럼 흉측한 것도 없어요. 아무도 살아남을 수 없죠. 그런 실험을 원하는 사람은 없어요. 언젠가 누구에게서 들었는데, 그녀에겐 아주 똑똑한 조카가 한 명 있었는데, 그가 말했다더군요. 머지않아 온 세계가 '방사능'에 덮이고 말 거라고."

"어머나, 저런." 베이커 부인이 말했다.

제6장

 힐러리에게 있어서 카사블랑카는 다소 실망적인 곳이었다. 거리를 오가는 사람들을 제외하곤 동양적인 요소나 신비를 전혀 찾아볼 수 없는 번듯한 프랑스풍의 도시였기 때문이다. 날씨는 나무랄 데 없이 좋았다.

 태양과 청명한 하늘, 그녀는 북행(北行)열차 속에서 스쳐가는 바깥 풍경을 내다보았다. 상인처럼 보이는 자그마한 프랑스인이 그녀의 맞은편에 앉아 있었고, 저쪽 구석에는 다소 우울한 표정의 어느 수녀가 묵주를 돌리며 기도를 하고 있었다. 그리고 커다란 짐보따리를 든 무어인(아프리카 서북부의 인종) 여자들이 서로 재미있게 이야기를 주고받으며 짐 정리를 마치고 있었다.

 마주 앉은 프랑스인이 그녀에게 담뱃불을 건네면서 그녀에게 말을 붙여 왔다. 그는 그들이 거쳐 온 지방의 풍물들에 관해 이야기했다. 그리고 그 지방에 대한 정보들을 일러 주었다. 재미있고 지적인 사람 같았다.

 "자바트엔 꼭 가보십시오, 부인. 자바트에 안 가보는 건 큰 실수지요."
 "그렇잖아도 가봤으면 해요. 하지만, 시간이 별로 없어요. 게다가……."
 그녀는 웃음을 지었다.
 "돈이 얼마 없어서, 외국여행을 하자면 돈이 제법 드는 법인데."
 "하지만, 그 문젠 간단합니다. 여기에 친구가 한 명 있으면 다 해결되죠."
 "모로코에 쓸 만한 친구라곤 한 명도 없는데요."
 "다음번에 여행하실 때에는, 부인. 내게 짤막한 쪽지만 하나 보내 주십시오. 내 카드를 드리겠습니다. 내가 모든 걸 해결해 드리지요. 나는 사업차 가끔 영국에 들릅니다. 그때 거기서 갚아주면 되죠. 그야말로 간단한 겁니다."
 "정말 친절하신 분이군요. 다음에 꼭 다시 한 번 모로코를 들러야겠군요."
 "영국과 이곳 날씨가 확연히 다를 겁니다, 부인. 영국은 안개에다 춥고 침침하기만 하죠."

"예, 정말 확연히 다른데요."

"나 역시 마찬가지로 느낍니다. 3주 전에 파리에 갔었지요. 안개에다 비만 내리는 게 짜증만 나더군요. 여기 오니 햇살이 비치고 여간 화창한 게 아닙니다. 좀 추운 게 걸릴 겁니다. 하지만, 맑고 공기가 너무너무 맑아요. 부인이 영국을 떠나올 무렵 그쪽 날씨는 어땠습니까?"

"당신이 말씀하신 것과 똑같아요. 안개—." 힐러리가 말했다.

"아, 예, 안개가 끼는 계절이죠. 눈, 올해 눈을 보셨습니까?"

"아뇨. 눈이 온 적은 없었어요." 힐러리가 대답했다.

그녀는 괜한 우스운 생각이 들었다. 여행 경험이 많은 이 자그마한 프랑스 남자로서는 먼저 날씨 얘기를 하는 것이 올바른 영국식 대화법을 구사하는 것이라고 생각할지도 모른다는 생각이 들었기 때문이다.

그녀는 그 남자에게 모로코와 알제리의 정치문제에 관해 두 가지를 물었다. 그러자, 그는 자기의 유식함을 드러내 보이려는 듯 기꺼이 대답해 주었다.

힐러리는 저쪽 구석을 흘끔 쳐다보았다. 수녀가 그녀를 조금 언짢은 듯한 눈초리로 쳐다보고 있다가 눈을 감는 게 보였다. 모로코인 여자들은 이미 내리고, 그 자리엔 다른 승객들이 앉아 있었다. 그들은 저녁이 다 될 무렵에야 페즈에 도착했다.

"내가 도와 드리지요, 부인."

힐러리는 역의 소란과 소음 때문에 당황한 채 그냥 멍하니 서 있었다. 아랍인 짐꾼들이 서로 다른 호텔의 이름을 대며 고함치고, 부르고, 떠들어대며 그녀의 손에 들고 있던 짐을 낚아채려 하고 있었다.

그녀는 고맙다는 듯이 새로 사귄 프랑스인 친구를 쳐다보았다.

"지금 팔레 자메일로 가실 거죠, 부인?"

"예."

"맞았군. 여기서 8km나 된답니다."

"8km라고요?" 힐러리는 깜짝 놀랐다.

"그럼 시가지가 아니네요."

제6장 75

"고도(古都)의 변두리죠." 프랑스인이 설명해 주었다.

"나는 사업상 이곳 신시가지에 있는 호텔에 묵습니다. 하지만, 부인은 휴가 겸 휴식도 하고 여가도 즐기시려면 당연히 팔레 자메일로 가셔야죠. 아시는지 모르겠습니다만, 그곳은 옛날 모로코 귀족들이 거주했던 곳입니다. 정원들이 아름답죠. 그곳에서 옛날 모습을 그대로 간직하고 있는 고도 페즈로 곧장 들어가십시오. 호텔에서 열차시간에 맞추어 차를 보내지 않은 것 같군요. 내가 택시를 잡아 드리겠습니다."

"정말 친절하시군요. 하지만……."

그 프랑스인이 빠른 아랍어로 짐꾼들에게 말했다.

잠시 후 힐러리는 택시 안에 자리를 잡고 앉았다. 그녀의 짐이 챙겨 넣어졌다. 그러자 그 프랑스인이 돈을 학수고대하는 짐꾼들에게 얼마를 주어야 할 것인지 정확하게 일러주었다. 그래도 팁이 적다고 투덜거리는 그들을 그가 몇 마디 날카로운 아랍어로 물리쳐 버렸다. 그는 호주머니에서 명함 한 장을 재빨리 끄집어내었다. 그리고 그것을 그녀에게 건네주었다.

"내가 탈 차가 왔습니다, 부인. 만일 내 도움이 필요하면 언제든지 연락해 주십시오. 4일 동안 이곳의 그랜드 호텔에 있을 겁니다."

그는 모자를 벗어 인사를 한 뒤 가버렸다. 힐러리는 불이 켜진 역을 막 빠져나오기 직전에 그 명함을 내려다보았다.

'무슈 앙리 로리에'

택시는 전원지대를 통과해서 언덕을 힘차게 올라 도심을 빠져나갔다. 힐러리는 창문을 통해 지금 통과하는 곳을 내다보려고 했다. 하지만, 이미 어둠이 깔려 있었다. 불이 밝혀진 빌딩 한 채를 통과할 때를 제외하곤 보이는 건 아무것도 없었다.

혹시 여행이 정상 코스에서 벗어나 엉뚱한 미지의 행선지를 들어가고 있는 것은 아닐까? 그녀는 내심 이 택시가 자기를 어디론가 알 수 없는 곳으로 태워가고 있을지도 모른다는 불안감을 감추지 못한 채 앉아 있었다.

하지만, 그 택시는 여느 택시들과 마찬가지로 순순히 그녀를 팔레 자메일 호텔로 데려다 주었다. 그녀는 아치형의 입구를 지나 호텔 앞에서 내렸다. 동양적인 분위기를 맛보게 되니 야릇한 기분이 그녀를 사로잡았다. 긴 소파와 커피 테이블이 있고, 바닥에는 토속적인 양탄자가 깔려 있었다.

접수대에서 여러 개의 방 중 어느 방으로 가겠느냐고 물었다. 그녀는 테라스 위로 올라가, 오렌지 나무들과 향기로운 꽃들을 통과해, 구불구불한 계단을 걸어, 마음에 드는 어느 침실로 들어갔다. 여전히 동양적인 스타일의 방이었지만 20세기의 여행자들에게 필요한 현대적인 편의시설은 다 갖추어져 있었다.

저녁식사 시간은 7시 30분이라고 보이가 일러 주었다. 그녀는 짐을 약간 풀고 세수를 한 뒤 빗질을 했다. 그리고 동양풍의 커다란 흡연실을 통과해서 테라스를 가로질러 걸어나온 다음, 몇 걸음 더 걸어 올라가서야 오른쪽 모퉁이에 불이 환히 밝혀진 식당으로 들어갈 수 있었다.

식사는 훌륭했다. 힐러리가 식사할 때 여러 사람들이 식당 안을 들락거렸다. 오늘 저녁 그들을 낱낱이 살펴보기엔 몸이 너무 피곤했다. 하지만, 유독 두드러진 한두 사람이 그녀의 눈길을 끌었다. 얼굴은 매우 노란 편이고, 염소처럼 작은 수염이 나 있는 어느 초로의 남자가 있었다.

그녀가 그를 주목하게 된 이유는 그가 특이하게도 지팡이를 가지고 있었기 때문이었다. 접시가 치워지고 앉을 자리가 생기자, 그는 그냥 고개를 뻣뻣이 든 채 자리에 앉았다. 눈썹을 약간 움직이자 웨이터가 그의 테이블로 재빨리 달려갔다. 그녀는 그가 도대체 누군지 궁금했다.

대부분의 손님들은 즐거운 여행에 대한 잡담을 하고 있었다. 중앙의 커다란 테이블에는 어느 독일인이 앉아 있었다. 대단히 멋지고 아름다운 아가씨와 함께 있는 어느 중년 남자도 있었다. 힐러리는 그 여자가 스웨덴인 아니면 덴마크인일 것이라고 생각했다. 애가 두 명이나 되는 어느 영국인 가족도 있었으며, 여러 팀의 미국인 여행단도 있었다. 프랑스인 가족도 세 팀이나 있었다.

저녁식사 후 그녀는 테라스 위에서 커피를 마셨다. 날씨가 약간 차가웠지만 그리 심하게 쌀쌀한 편은 아니었다. 그녀는 향기로운 꽃향기를 즐겼다. 그녀는 일찌감치 잠자리에 들었다.

다음 날 아침 그녀는 테라스 위의 붉은 줄무늬가 박힌 파라솔 아래에 앉아 있었다. 파라솔이 햇빛을 막아 주었다. 힐러리는 모든 게 환상적일 뿐이었다. 그녀는 지금 여기 앉아 어느 죽은 여자의 흉내를 내고 있다. 게다가, 가만히 앉아 기다리며 뭔가 멜로드라마 같은 일이 일어나기를 기다리고 있는 것이다.

결국, 올리브 베터튼은 슬픔과 우울에서 벗어나 단순히 기분 전환이나 해볼 요량으로 외국으로 나왔던 것은 아닐까? 아마 그 가련한 여자야말로 누구보다도 미궁 속에서 헤매고 있었던 여자인지도 모른다.

그녀가 죽기 전에 남긴 말이 완전히 하나의 상식적인 설명을 하고 있다는 건 확실하다. 그녀는 토머스 베터튼이 보리스라는 사람을 조심해야 한다고 했다. 힐러리의 마음은 도무지 갈피를 잡을 수 없었다.

그 여자는 몇 마디 이상한 말을 되풀이했었다. 그녀는 처음엔 그것을 믿을 수 없노라고 계속 말했었다. 도대체 무엇을 믿을 수 없다는 말인가? 어쩌면 토머스 베터튼은 보리스가 갔던 경로를 통해 납치되었을지도 모른다. 그녀에게 접근해 오는 나지막한 목소리라곤 없었다. 도움이 될 만한 어떠한 실마리도 나타나지 않았다.

힐러리는 아래에 있는 테라스의 정원을 내려다보았다. 이곳 날씨는 아름다웠다. 아름답고 평화로웠다. 어린 아이들이 테라스를 오르락내리락 거리며 재잘거리고 있었다. 프랑스인 엄마가 아이들을 불러 꾸짖었다.

금발의 스웨덴 아가씨가 와서 테이블 하나에 자리를 잡고 앉았다. 졸린다는 듯 하품을 했다. 그녀는 창백한 핑크빛 립스틱을 칠하고 있었다. 그러고는 세련되게 칠해진 자기 입술을 만지작거렸다. 그녀는 약간 인상을 찡그리더니 심각한 표정을 지었다.

이윽고 그녀의 동행(힐러리는 그가 남편일지도, 혹 아버지일지도 모른다고 생각했다)이 그녀에게로 다가갔다. 그녀는 미소를 지으며 그를 맞았다. 그녀는 몸을 앞으로 기대더니 뭔가 분명히 타이르는 듯 그에게 말하는 것이었다. 그가 항의를 하더니 사과했다.

얼굴이 노랗고 염소수염을 한 늙은 남자가 아래 정원에서 테라스 위로 올라왔다. 그는 벽 쪽에 바짝 붙은 테이블로 가서 앉았다. 웨이터가 재빨리 그 남자 앞으로 갔다. 그가 뭔가 주문을 했다. 웨이터가 절을 꾸벅하더니 재빨리 실행하려는 듯 총총히 사라졌다. 그 아름다운 아가씨가 팔로 동행을 꽉 끌어안은 채 그 늙은이를 쳐다보았다.

힐러리는 마티니 한 잔을 주문했다. 웨이터가 그걸 가지고 오자 그녀는 낮은 음성으로 물었다.

"저 벽 쪽에 있는 노인은 누구죠?"

"아!" 웨이터는 바짝 몸을 굽혔다.

"아리스티드 씨입니다. 어마어마한, 정말 엄청난 부호죠."

그는 그 엄청난 재산을 상상해 보더니 황홀한 듯 한숨을 내쉬었다.

힐러리마저 괜히 위축되어 그쪽 테이블을 흘끔 쳐다보았다. 하지만, 주름살 투성이에다 바짝 야윈 게 마치 미라와 다름없는 늙은이에 불과할 뿐이었다. 그러나 웨이터들은 그의 재산 때문에 그에게로 뛰는 듯 달려가서 겁먹은 듯한 목소리로 말한다. 아리스티드라는 늙은이가 자리를 바꿔 앉았다. 바로 그 순간 그의 눈이 그녀와 마주쳤다. 그는 잠시 그녀를 쳐다보더니 눈길을 돌렸다.

'나와는 전혀 상관없는 사람이야.' 힐러리는 생각했다.

하지만, 먼 곳에서 보기에도 그의 눈은 퍽 지적이고 날카로운 것 같았다. 금발의 아가씨와 그 동행이 앉았던 테이블에서 일어나 식당으로 들어갔다. 그러자 웨이터가 힐러리에게 안내와 조언을 해주어야겠다고 생각했는지 컵을 치우면서 몇 가지 더 일러 주었다.

"저분은 스웨덴에서 오신 대사업가이십니다. 엄청난 거부에다 거물이지요. 함께 있던 여자분은 영화배우지요. 이름은 가르보라고 하더군요. 정말 세련되고 아름답죠. 하지만, 저 사람과 함께 다닌다는 걸 너무 빼기고 떠벌린답니다! 도통 마음에 드는 게 하나도 없어요. 보석 상점이라곤 한 군데도 없는 이곳 페즈에 있기엔 너무 욕심이 많은 여자랍니다. 다른 부잣집 마나님들 중에서도 그녀의 화장에 감탄하거나 부러워하는 분은 하나도 없죠. 그녀는 그분에게 내일 더 재미있는 곳으로 가자고 졸라댄답니다. 아, 부자란 원래 마음의 평정이나 평화 따위를 즐길 줄 모르는 법이죠."

마치 설교를 하는 듯한 투로 이 말을 한 뒤, 그는 누군가 자기를 향해 집게 손가락으로 손짓을 하는 것을 보고, 마치 전기 충격이라도 받은 듯 테라스를 가로질러 쪼르르 달려갔다.

"선생님, 무슨 일로?"

대부분이 점심을 먹으러 갔다. 하지만, 힐러리는 아침을 느지막이 먹었기 때문에 점심을 서두르지 않았다. 그녀는 다른 것을 한 잔 더 주문했다.

호감 가게 생긴 어느 젊은 프랑스인이 바에서 나와 테라스를 가로질러 걸어왔다. 그가 흘끔 지나가는 눈길로 힐러리를 쳐다보았다. 하지만, 그 눈짓은 굳이 보려는 기색을 드러내지 않으려는 것 같긴 했지만, 뭔가 희미하나마 의미를 담고 있는 것 같았다.

"난 또 여기서 뭘 하는 줄 알았네?"

그는 테라스 아래로 발걸음을 옮겼다. 그러면서 그는 마치 콧노래를 부르듯 어느 프랑스 오페라의 한 구절을 흥얼거리는 것이었다.

"Le long des lauriers roses(르 롱 데 로리에 로즈),
Revant de douces choses(르방 드 두스 쇼즈)."

그 구절을 듣는 순간 뭔가 힐러리의 뇌리 속을 스치고 지나가는 게 있었다.

'르 롱 데 로리에 로즈(협죽도를 따라서)'—로리에, 로리에? 열차 속에서 만난 프랑스인의 이름이었다. 이 노래와 무슨 관련이라도 있단 말인가? 아니면, 우연의 일치였을까?

그녀는 핸드백을 열고 그가 준 명함을 뒤졌다.

'Mons. Henri Laurier, 3 Rue des Croissants, Casablanca(무슈 앙리 로리에, 카사블랑카 크루아 상가 3번지)'

그녀는 명함을 뒤집어 보았다. 명함 뒷면에 희미한 연필 자국이 있는 것 같았다. 무언가를 써두었다가 지운 것 같았다.

그녀는 거기 적혀 있었던 것을 알아내려고 무척 애를 썼다. 메모는 'O usont (어디에)'라는 말로 시작되었는데, 그다음은 알 수가 없었다. 그리고 마지막 말은, 그녀가 밝혀낸 바로는 'D'autan(옛일)'이었다.

잠시 동안 그것이 무슨 메시지일지도 모른다는 생각이 들긴 했지만, 그녀는 이내 고개를 내저으며 명함을 다시 핸드백 속에다 집어넣었다. 그것은 그가 어디선가 인용구를 옮겨 적어 두었다가 곧바로 지워 버린 게 틀림없는 것 같았다. 그림자 하나가 그녀 위로 떨어졌다.

그녀는 위를 보고 깜짝 놀랐다. 아리스티드 씨가 서 있었던 것이다. 그녀로부터 태양을 막고 서 있었다. 그의 눈은 그녀를 보고 있지 않았다. 그는 정원 아래로 멀리 펼쳐져 있는 구릉의 전경을 건너다보고 있었다.

그가 한숨짓는 소리가 들렸다. 갑자기 그가 식당 쪽으로 몸을 돌렸다. 바로 그때 그의 코트 자락이 그녀가 앉은 테이블 위의 유리잔을 건드렸다. 컵이 테라스 바닥으로 떨어져 깨어졌다. 그는 재빨리 정중한 자세로 돌아섰다.

"아, 대단히 죄송합니다." 그가 불어로 말했다.

힐러리는 살짝 웃어 줌으로써 그를 안심시켰다. 그는 손가락으로 탁탁 쳐서 웨이터를 불렀다. 웨이터는 어느 때처럼 뛰어서 왔다. 그는 부인의 술을 다시 갖다 주라고 지시한 뒤, 다시 한 번 사과를 하고는 레스토랑으로 들어갔다.

그 젊은 프랑스인이 또다시 올라왔다. 여전히 콧노래를 부르고 있었다. 그는 힐러리의 옆을 지나며 유난히 꾸물거렸다. 하지만, 그녀가 아무런 내색도 하지 않자 굳이 아무렇지도 않은 채 가볍게 어깨를 들썩해 보이더니 그냥 점심을 먹으러 들어가 버렸다.

한 프랑스인 일가족이 테라스를 가로질러 갔다. 부모들이 아이들을 불렀다.

"보보, 가자. 뭘 하니? 빨리 오라니까!"

"공은 그냥 두렴, 애야, 밥 먹으러 가야지."

그들 일가족은 계단을 올라가 레스토랑 안으로 들어갔다. 행복하고 단란해 보이는 가족이었다. 힐러리는 문득 혼자 있다는 생각에 두려움이 느껴졌다.

웨이터가 마실 것을 가져왔다. 그녀는 아리스티드 씨가 여기 줄곧 혼자 있느냐고 물었다.

"오, 부인. 부자들이 으레 그렇듯 아리스티드 씨도 결코 혼자 여행 중이진 않은걸요. 이곳에 하인과 비서 두 명에다 운전사까지 데리고 오셨죠."

웨이터는 아리스티드 같은 사람이 혼자 여행하리라고 생각한 힐러리의 생각이 무척 놀라운 모양이었다.

하지만, 힐러리가 마침내 식당 안으로 들어갔을 때 그 늙은이는 전날 저녁과 마찬가지로 혼자 테이블에 앉아 있었다. 그 옆 테이블엔 청년 둘이 앉아 있었는데, 아무래도 그의 비서들인 것 같았다. 왜냐하면, 긴장한 듯한 자세로 끊임없이 아리스티드 씨가 앉아 있는 테이블 쪽을 쳐다보고 있었기 때문이다.

하지만, 그 쭈글쭈글하고 원숭이같이 생긴 늙은이는 그들의 존재는 아랑곳하지도 않은 채 식사만 하고 있을 뿐이었다. 필경, 아리스티드에겐 비서 따위는 사람으로 보이지도 않는 모양이었다.

오후는 몽롱한 꿈과 같이 흘러갔다. 힐러리는 테라스를 내려가 이리저리 정원을 산책했다. 주변은 놀라우리만큼 평화롭고 아름다웠다. 분수를 사이에 두고 황금빛 오렌지들이 반짝거리고, 알 수 없는 향기와 냄새들이 코를 진동했다.

한적한 동양적 분위기에 둘러싸인 그곳이 힐러리에겐 만족스럽기 그지없었다. '울타리 속의 정원은 나의 누이, 나의 신부……' 이 시구가 그 정원이 어떤 곳인가를 단적으로 말해 주는 것이었다. 속세와는 분리되어 있는 곳, 오직 푸름과 황금만이 가득 찬 곳. 이곳에 머물 수만 있다면 얼마나 좋을까? 영원히 이곳에 머물 수 있다면…….

하지만, 그것은 그녀의 마음속에 있는 팔레 자메일 호텔의 진짜 정원이 아니었다. 상상력이 만들어 준 마음의 상태였던 것이다. 그녀는 비로소 그걸 알아차리고 더 이상 평화를 찾으려 하지 않았다. 마음의 평화란 모험과 위험에 직면한 순간에 생겨나는 것이었다.

하지만, 어쩌면 위험과 모험은 존재하지 않는지도 모른다……. 어쩌면 그녀는 그냥 여기서 얼마간 머물게 되고 아무 일도 일어나지 않을지도 모른다……. 그리고…….

그리고 뭘?

한 줄기 차가운 산들바람이 불어왔다. 힐러리는 문득 오싹하는 기분이 들었다. 너는 지금 평화로운 삶의 정원 속에서 길을 잘못 든 거야. 결국 그 속에서 배신당하게 될지도 모른다. 세상의 혼란, 삶의 황폐, 후회와 절망, 이런 따위의 것들이 그녀의 마음속을 스치고 지나갔다.

마침내 늦은 오후가 되었다. 태양도 기력을 잃고 있었다. 힐러리는 여러 개의 테라스를 걸어 올라가 호텔로 들어섰다. 어둠침침한 오리엔탈 라운지에 들려오던 수다스럽고 유쾌한 소리가 멈추었다.

힐러리의 눈은 어두운 구석에 있는 캘빈 베이커 부인에게로 가 멈추었다. 그녀의 머리칼은 푸른색으로 새로 염색을 하고 있었다. 그녀가 나타나다니 정말 뜻밖이었다.

"지금 막 비행기로 이곳에 도착했답니다." 그녀가 설명했다.

"탈 때마다 느끼는 거지만 이곳 열차는 정말 견딜 수가 없어요! 전부 다 그런 건 아니지만 타고 있는 사람들도 지저분하기 그지없죠! 이 나라는 위생관념도 통 없는 모양이에요. '수크'에 담긴 고기를 보셔야 한다고요. 파리가 새까맣게 붙어 있어요. 이 사람들에겐 파리가 아무 데나 와글와글 붙는 게 당연하게 보이나 봐요."

"그렇긴 해요." 힐러리가 말했다.

캘빈 베이커 부인은 자기의 그런 신경질적인 이야기를 그냥 지나치려고 하지 않았다.

"나는 식품 정화운동의 신봉자예요. 가정에서도 썩기 쉬운 것은 뭐든 셀로판지에 싸야 한답니다. 하지만, 런던에서도 빵이나 케이크가 포장도 되지 않은 채 그냥 방치되고 있어요. 이곳에서 이리저리 구경은 하셨나요? 이 고도에서 오늘은 무얼 하셨는지 궁금한데요?"

"아무것도 한 게 없어서 어쩌죠?" 힐러리는 웃으며 대답했다.

"줄곧 햇볕만 쬐고 앉아 있었어요."

"아, 당연하죠. 부인은 이제 막 병원에서 퇴원한 사람이니까. 내가 그걸 깜빡 잊었군요."

경치 구경을 못했다고 하자 캘빈 베이커 부인은 그걸 분명히 최근에 다친 일 때문으로 받아들이는 것 같았다.

"내가 언제부터 이렇게 멍청해져 버렸담? 정말 그런 것 같아. 뇌진탕을 당했기 때문에 부인은 온종일 어두운 방에 가만히 누워 쉬어야 하는 줄도 모르고. 머지않아 우리와 함께 간단히 돌아볼 수 있을 거예요. 나는 배낭이 꽉 찬

날을 좋아하죠. 모든 게 계획되고 준비되어 있어요. 언제나 꽉 채워져 있죠."

지금의 힐러리의 기분으로선 이 소리는 마치 지옥을 예시하는 것 같았다. 하지만, 그녀는 활달하게 캘빈 베이커 부인의 말을 환영했다.

"좋아요. 나도 내 나이 축에선 아직 팔팔한 편이에요. 좀처럼 피로를 타지 않죠. 카사블랑카에 있던 히더링턴 양 생각나시죠? 얼굴이 길쭉한 영국 여자 말이에요. 그 여자도 오늘 저녁에 도착할 거예요. 그녀는 비행기보다 열차가 좋대요. 호텔에 묵고 있는 사람들은 어떤 사람들이죠? 보나 마나 대부분이 프랑스인들 아니면 신혼부부들이겠죠. 난 이제 가서 내 방을 좀 봐야겠어요. 방이 마음에 안 든다고 했더니 바꿔 주겠다고 하더군요."

힘차고 작은 회오리바람처럼 캘빈 베이커 부인은 휭하니 가버렸다. 그날 저녁, 식당으로 들어갔을 때 힐러리의 눈에 제일 먼저 뜨인 것은 히더링턴 양이었다. 그녀는 벽 쪽의 작은 테이블에 앉아서, 앞에다 펭귄 문고를 펼쳐놓고 식사를 하고 있었다.

저녁식사를 끝낸 후 세 여자는 함께 커피를 마셨다. 히더링턴 양은 스웨덴 사업가와 금발의 영화배우를 보고 기분이 좋은지 흥분을 감추지 못했다.

"내가 알기론 미혼인데."

그 배우를 은근히 꼬집으며 흥분을 감추느라 숨을 들이마셨다.

"외국 여행을 하다 보면 저런 광경을 흔히 볼 수 있죠. 저쪽 창문 쪽 테이블에 앉은 프랑스인 가족은 퍽 단란해 보이는데요. 애들이 아빠를 참 좋아하는 것 같아요. 하기야 프랑스 아이들은 너무 늦게 일어나도 아무 말도 안 하니까. 10시가 넘어 잠자리에 들 때도 잦죠. 게다가, 그 애들은 아이면 아이답게 우유나 비스킷이나 먹을 것이지, 아무거나 다 먹는다니까요."

"애들이 건강한 것 같아요." 힐러리가 웃었다.

히더링턴 양이 고개를 내저으며 암탉처럼 반대 의사를 표시했다.

"나중에 그 대가를 치르게 될 거예요." 험상궂게 인상을 찡그렸.

"어른들이 아이들한테 술까지 마시게 한다니까."

하지만, 그 공포 분위기는 더 이상 계속되지 못했다.

베이커 부인이 다음 날의 계획을 늘어놓기 시작했다.

"난 기필코 그 고도에 가보아야겠다는 생각은 없어요. 지난번에 샅샅이 훑어보았어요. 정말 신기하고 알 수 없는 미로(迷路)의 도시였다고요. 이해가 잘 안 갈 겁니다. 정말 운치 있는 옛날의 세계였어요. 안내원이 없었더라면 호텔로 되돌아오지도 못했을 거예요. 방향 감각을 잃어버리기 십상이지요. 하지만, 안내원은 굉장한 사람이었어요. 내게 제법 재미있는 이야기도 많이 해주더군요. 그는 미국 시카고에 동생이 있다고 했던 것 같았어요. 우리가 그 도시 구경을 다 끝내자 어디 음식점 겸 다방 비슷한 곳으로 날 데려가더군요. 언덕 비탈에서 그 고도가 훤히 내려다보이는 곳이었죠. 정말 장관이었어요. 나는 형편없는 박하차를 마셔야 했답니다. 정말이지 마셔 보니 맛이 메스껍기 그지없더군요. 게다가, 내게 여러 가지 물건까지 사라는 거예요. 몇 가지 마음에 드는 것도 있었지만, 어떤 것들은 순전히 쓰레기나 다름없었어요. 사람이 마음을 독하게 먹어야 한다는 걸 거기서 깨달았어요."

"어머, 정말 어이가 없군요." 히더링턴 양이 말했다.

그녀는 도무지 못 참겠다는 듯 한마디 더 덧붙였다.

"게다가, 사실 난 기념품 살 돈도 떼어 둘 수 없다고요. 이놈의 통화반출 제한조치가 얼마나 귀찮은지."

제7장

 힐러리는 페즈라는 고도를 구경하러 가는데 가급적이면 히더링턴 양과는 함께 가고 싶지 않았다. 괜히 사람을 의기소침하게 만들기 때문이었다.

 하지만, 다행스럽게도 어떻게 된 영문인지 베이커 부인이 히더링턴 양더러 자기 차로 같이 가자고 했다. 베이커 부인이 찻삯은 자기가 지불하겠다고 했기 때문에, 여비가 모자라 궁지에 빠져 있던 히더링턴 양은 두말하지 않고 그 제안을 받아들였다.

 힐러리는 책상에 앉아 조사를 받은 뒤, 안내원 한 명을 배당받아 페즈라는 고도를 구경하게 될 것이라고 했다.

 그들은 테라스를 출발했다. 층층으로 이어진 테라스의 정원을 통과해서 내려갔다. 마침내 그들은 제일 밑바닥 벽에 있는 거대한 문에 도달했다. 안내원이 엄청나게 큰 열쇠를 꺼내어 보였다. 그걸로 자물쇠를 열자 문은 천천히 돌려 열렸다. 그가 힐러리더러 들어가라고 말했다.

 별천지에 발을 들여놓은 기분이었다. 그녀를 둘러싸고 있는 것은 온통 고도 페즈의 벽뿐이었다. 좁고 고불고불한 거리, 높은 벽, 때때로 출입구를 통해 내부나 안마당이 띄엄띄엄 들여다보였다. 주위를 움직이는 것들이라곤 짐을 실은 당나귀, 짐을 진 남자들과 소년, 베일을 쓰지 않은 여자들뿐이었다. 무어인 도시의 수수께끼 같은 생활이 바쁘게 진행되어 가고 있었던 것이다.

 이 좁은 거리를 쏘다니면서 그녀는 모든 것을 잊어버렸다. 그녀의 임무, 그녀의 지난날, 인생의 비극, 심지어 그녀 자신의 존재마저 잊어버렸다. 그녀는 눈과 귀만 크게 뜨고 꿈속의 세계를 걸어가고 있었다. 단 하나 그녀를 귀찮게 한 것은 끊임없이 말을 붙이는 안내원이었다. 특별히 가고 싶지도 않은 잡다한 상점들로 그녀를 억지로 데려가려 하는 것이었다.

"보십시오, 부인. 이 사람이 가지고 있는 건 정말 멋지군요. 값도 싸고 퍽 오래된 겁니다. 진짜 무어 제품인데요. 가운데 비단 옷도 파는군요. 정말 멋있는 목걸이가 있는데 어떻습니까?"

동양의 서양에 대한 판매 작전은 계속되었다. 하지만, 힐러리는 그것에도 아랑곳하지 않고 흠뻑 빠져 들고 말았다. 그녀는 곧 방향 감각을 잃어버리고 말았다. 온통 벽으로 둘러쳐진 이 도시에서는 북으로 가고 있는지 남으로 가고 있는지, 아니면 이미 지나온 거리를 다시 걸어가고 있는지 도무지 알 수가 없는 노릇이었다.

그녀가 마침내 기진맥진했을 무렵 안내원이 자기의 마지막 제안을 했다. 뻔한 수작임에 틀림이 없었다.

"제가 좋은 집으로 모시겠습니다. 정말 좋은 곳이죠. 제 친구들이 있는 곳입니다. 거기 가서 박하차나 드시죠. 그럼, 그들이 예쁜 것들을 많이 보여 드릴 겁니다."

힐러리는 캘빈 베이커 부인이 말한 대로 선수를 치는 방법을 알고 있었다. 하지만, 그녀는 그 제안이 어떤 것이든 간에 순순히 따라주기로 했다. 하지만, 그녀는 속으로 결심했다. 내일은 이 고도에 혼자 들어오리라. 그래서 안내원이 옆에서 종알거리는 소리를 듣지 않고 혼자 이리저리 둘러보리라.

그녀는 안내하는 대로 어느 출입문을 통과해서 따라갔다. 그 도시의 벽 중에서 다소 외곽에 있는 어느 고불고불한 통로를 따라 올라갔다. 마침내 그들은 정원으로 둘러싸인 토속적인 모양의 예쁘장한 집으로 들어갔다.

이 집의 커다란 거실 안에서는 전망이 좋아 도시를 훤히 내려다볼 수 있었다. 그녀는 작은 커피 테이블에 앉도록 권고받았다. 당연한 순서에 따라 박하 찻잔들이 날라져 왔다. 차에 설탕을 타 마시는 걸 좋아하지 않는 힐러리로서, 그걸 마시는 일은 차라리 고행이었다. 하지만, 그것이 차라는 생각을 떨쳐 버리고, 차라리 새로운 종류의 레모네이드려니 하고 생각하고 나서야 그녀는 겨우 그것을 거의 다 마실 수 있었다.

그리고 그녀는 진열된 양탄자, 목걸이, 의류, 자수품, 그 밖의 기타 여러 가지 물건들도 구경했다. 그녀는 한두 가지 조그만 물건들을 사주었다. 매너가 좋아서라기보다는 다른 이유가 있었기 때문이었다. 그제야 그 끈질긴 안내원이 말했다.

"지금 제 자동차가 준비되어 있는데, 얼마 되진 않지만 아주 멋진 드라이브를 해보시죠. 한 시간 동안, 더 이상은 안 됩니다. 멋진 경치와 전원을 둘러보십시오."

그러고는 짐짓 조심스러운 표정을 지으며 한마디 덧붙였다.

"여기 이 아가씨가 정말 훌륭한 숙녀용 화장실로 부인을 안내할 겁니다."

차를 날라 왔던 그 아가씨가 그들 옆에 웃으며 서 있더니, 곧바로 조심스러운 영어로 말했다.

"예, 예, 부인. 저를 따라오세요. 이곳엔 아주 깨끗한 화장실이 있습니다. 리츠 호텔에 있는 것과 똑같죠. 뉴욕이나 시카고에 있는 것과 똑같습니다. 보시면 아실 거예요!"

힐러리는 싱긋 웃어 준 뒤 처녀를 따라갔다. 화장실은 키에 비해 너무 낮았기 때문에 일어설 수도 없었다. 하지만, 겨우 수세식 시설을 갖추고 있었다.

세면대와 깨어진 거울이 하나 있었다. 그 깨어진 부분에 비친 자기 모습을 보고 힐러리는 깜짝 놀라 하마터면 뒷걸음질을 칠 뻔했다. 그녀는 손을 씻고 자기 손수건으로 닦았다. 걸려 있는 타월이 그리 깨끗해 보이지 않았기 때문이었다. 그녀는 나오려고 돌아섰다.

그런데 이게 어찌된 영문인가. 화장실 문에 막대기가 끼워져 있는 것 같았다. 그녀는 손잡이를 돌리고 달그락거리며 움직여 보았다. 하지만, 아무 소용이 없었다. 꿈쩍도 하지 않았다. 힐러리는 누군가 밖에서 빗장을 걸어 버렸든가 자물쇠를 잠가 버렸는지도 모른다는 생각이 들었다. 화가 치밀어 올랐다.

날 이곳에다 가두려 하다니, 도대체 무슨 꿍꿍이속일까? 그런데 그때 그 방 구석에 또 하나 다른 문이 있는 게 눈에 띄었다. 그쪽으로 가서 손잡이를 돌렸다. 이번엔 문이 너무 쉽게 열리는 것이었다. 그녀는 그 문을 빠져나갔다.

그녀는 자신이 동양풍으로 꾸며진 어느 작은 방 안에 있다는 걸 깨달았다. 벽 상단에 있는 조그만 틈새로 한 줄기 빛이 새어 들어오고 있었다. 누군가가 나지막한 소파에 앉아 담배를 피우고 있었다. 열차 속에서 만났던 바로 그 조그마한 프랑스인 무슈 앙리 로리에였다.

 그는 일어서서 그녀를 맞이하지 않았다. 단지 말을 할 뿐이었다. 그의 음색은 약간 바뀌어 있었다.
 "안녕하십니까, 베터튼 부인?"
 잠시 동안 힐러리는 아무 말도 않고 서 있었다. 놀라움이 그녀를 사로잡았기 때문이다. 그래, 이게 바로 '그것'이었어. 그녀는 정신을 바짝 차렸다.
 "예측하고 있었군요. 여자가 어떻게 행동하리란 걸 빤히 알고 하는 짓이군요."
 그녀는 앞으로 다가갔다. 그러고는 안달을 부리듯 말했다.
 "제게 무슨 전할 말이라도 있단 말인가요? 저를 도와주시려고요?"
 그는 고개를 끄덕거렸다. 그리고 나무라듯 말했다.
 "열차에서는 왜 그리 사람이 무감각합니까? 아마 너무 흔해 빠진 얘기라서 날씨 얘긴 못 하겠던 모양이죠?"
 "날씨라고요?"
 그녀는 어리둥절한 채 그를 빤히 쳐다보았다.
 그가 열차에서 날씨에 대해 이야기한 게 도대체 무엇이었을까? 추위? 안개? 눈? '눈'—그것은 올리브 베터튼이 죽어 가면서 한 말이었다. 그리고 그녀가 분명히 무엇인가 짤막한 구절을 반복해서 말했었지. 그게 무엇이었더라?

 눈, 눈, 아름다운 눈!
 당신은 그 눈덩이 위에서 미끄러진다.
 하지만, 그걸 넘어가야 해!

 힐러리는 더듬더듬 그 구절을 암송해 보였다.
 "틀림없군요. 주문을 받았을 때 왜 곧장 응답하지 않으셨지요?"
 "당신은 모르시는군요. 전 아팠어요. 제가 탔던 비행기가 추락하는 바람에 뇌진탕을 입고 병원에 입원했었답니다. 그것 때문에 기억력 손상이 이만저만이 아니었어요. 옛날 일은 뚜렷이 떠오르지만, 끔찍한 공백이 있어요. 커다란 틈이 생겨 버렸죠."

그녀는 손을 들어 자기 머리를 가리켰다. 당분간 목소리를 더듬거리는 일쯤이야 식은 죽 먹기란 생각이 들었다.

"그게 얼마나 끔찍한 일인지 당신은 이해 못 할 거예요. 뭔가 중요한 걸, 정말 중요한 걸 잊어버린 것 같다는 생각이 죽 드는 거예요. 하지만, 그걸 생각해 내려고 하면 할수록 더욱 생각이 안 나는 걸 어떡해요."

"예—." 로리에가 말했다.

"비행기 추락 사고는 정말 안된 일이었습니다."

그는 사무적인 투로 냉담하게 말했다.

"이제 부인이 여행을 계속할 스태미너와 용기를 갖고 있느냐 없느냐가 문제가 되겠는데요."

"물론 전 여행을 계속하겠어요." 힐러리가 큰 소리로 말했다.

"제 남편……."

그녀의 목소리는 격앙되어 있었다.

그가 웃었다. 그리 유쾌한 웃음은 아니었다. 마치 고양이 같은 알 듯 모를 듯한 웃음이었다. 그가 말했다.

"부인 남편은 부인이 오기만을 학수고대하는 걸로 알고 있습니다."

힐러리의 격앙된 목소리가 터져 나왔다.

"당신은 모른다고요. 그이가 떠난 후의 몇 달간이 어땠는지 당신은 모른다고요."

"영국 정부에서 부인이 남편의 행적을 알고 있다고 생각하는지 모르고 있다고 생각하는지 확실한 결론이 섰습니까?"

힐러리는 양손을 넓게 벌리는 제스처를 해보였다.

"제가 어떻게 알겠어요. 어떻게 말할 수 있겠어요? 그들은 이해한 것 같아요."

"그게 그거지……." 그는 말을 멈추었다.

"혹 그랬을지도 모르겠어요."

힐러리가 천천히 입을 열었다.

"그들이 이곳까지 저를 미행했을지도 모르겠다고요. 특히 누굴 찍을 수는 없지만, 영국을 떠날 때부터 감시당하고 있는 듯한 느낌을 떨쳐 버릴 수 없었어요."

"당연하죠. 우리 예상도 마찬가지입니다." 로리에가 냉담하게 말했다.

"당신에게 주의를 주고 싶었을 뿐이에요."

"이봐요, 베터튼 부인. 우린 어린애가 아닙니다. 우린 우리가 하는 일의 성격을 잘 파악하고 있습니다."

"미안해요. 제가 너무 눈치가 없는 것 같아서."

힐러리는 짐짓 미안해하는 듯 말했다.

"우리 말만 잘 들으면 부인이 눈치가 있건 없건 그런 건 아무 문제도 되지 않습니다."

"시키는 대로 하겠어요."

힐러리는 풀이 죽은 듯한 목소리로 말했다.

"남편이 떠난 그날 이후로 당신은 철저히 감시받고 있었습니다. 그럼에도 불구하고 그 메시지가 왔지요?"

"예." 힐러리가 대답했다.

"자, 이제 부인, 내가 지령을 하나 내리도록 하겠습니다."

로리에가 사무적인 투로 말했다.

"말씀하세요."

"내일모레 여기를 출발해서 마라케시로 계속 가십시오. 이건 부인이 계획했던 것이고 또 예약한 대로입니다."

"예."

"거기 도착한 다음 날 영국에서 온 전보를 받게 될 겁니다. 그 내용이 어떤 것일지는 나도 모릅니다. 하지만, 부인이 즉각 영국으로 되돌아갈 계획을 세우기엔 충분한 내용일 겁니다."

"제가 영국으로 되돌아간다고요."

"내 말을 마저 들어보세요. 내 말은 아직 끝나지도 않았습니다. 부인은 그

다음 날 카사블랑카를 떠날 비행기의 좌석 하나를 예약하는 겁니다."

"예약이 불가능할 경우, 그러니까, 좌석이 모두 예약되어 버렸을 경우에는요?"

"매진되지는 않을 겁니다. 모든 게 준비되어 있으니까요. 자, 이제 내 지시를 이해하시겠습니까?"

"알겠어요."

"그럼, 안내원이 기다리고 있는 곳으로 되돌아가십시오. 숙녀 화장실에 너무 오래 있었습니다. 아, 그건 그렇고, 지금 팔레 자메일 호텔에 있는 영국인 여자와 미국인 여자, 그 두 명과는 친하게 되었습니까?"

"예, 그런데 그게 뭐 잘못되었습니까? 어쩔 수 없는 일이었어요."

"천만에요. 우리 계획에 맞추어 오히려 더 잘된 일이죠. 그들 중 아무한테나 마라케시로 함께 가자고 설득할 수 있으면 그만큼 잘된 일이죠. 안녕히 가십시오, 마담."

"그럼, 다음에 또 뵙겠어요, 무슈."

힐러리는 불어로 작별 인사를 했다.

"다음에 또 부인을 만나게 될 것 같지는 않군요."

무슈 로리에는 완전히 무관심한 투로 말했다.

힐러리는 다시 숙녀용 화장실로 발걸음을 돌렸다. 이번에는 그 문이 잠겨 있지 않았다. 잠시 뒤 그녀는 다방에서 안내원과 다시 만났다.

안내원이 말했다.

"아주 멋진 차를 대기시켜 두었습니다. 지금부터 부인을 재미있는 드라이브 코스로 모시겠습니다."

그 관광은 계획대로 진행되었다.

"그래 부인은 내일 마라케시로 떠나시려는 거군요."

히더링턴 양이 말했다.

"페즈에서 별로 있지도 않았잖아요? 먼저 마라케시로 갔다가 페즈로 가는 것, 그러니까 나중에 카사블랑카로 가는 게 쉽지 않은 모양이죠?"

"정말 그런 것 같아요. 하지만, 예약하기가 너무 어렵잖아요. 이곳은 꽤 사람이 북적거려서요." 힐러리가 말했다.

"영국인과 함께 있지 못하게 되다니."

히더링턴 양이 말했다. 섭섭한 모양이었다. 그녀는 "요즘은 동포들 만나기가 워낙 어려워서." 하고 말하고는 마치 깔보듯이 이리저리 훑어보았다. 그러고는 말했다.

"온통 프랑스인들뿐이야."

힐러리는 은근히 웃음이 나왔다. 모로코가 한때 프랑스의 식민지였다는 사실이 히더링턴 양은 생각나지도 않는 모양이었다. 그녀는 외국에 있는 호텔이라면 어느 곳이나 영국 관광객들의 특권인 것으로 착각하는 모양이었다.

"프랑스인들과 독일인, 그리고 그리스인."

베이커 부인이 쿡쿡거리며 웃었다.

"저 왜소하고 작은 영감은 그리스인인 것 같은데요."

"그리스인이라고 들었어요." 힐러리가 말했다.

"아주 거물인 것 같아요." 베이커가 말했다.

"저 영감 주위에 웨이터들이 득실거리는 걸 봤을 텐데요."

"요즘은 영국인들에겐 신경을 쓰지도 않는다니까."

히더링턴 양이 말했다. 기분이 썩 좋지 않은 모양이었다.

"제일 볼품없고 후진 침실만 배당해 준다니까요. 옛날엔 하녀와 보이들을 안에다 두고 부렸는데."

"글쎄요. 나는 모로코에 와서 숙박에 불편을 느껴 본 적은 없어요. 나는 항상 그런대로 제법 편안한 침실과 욕실을 구할 수 있었어요."

캘빈 베이커 부인이 말했다.

"당신은 미국인이니까."

히더링턴 양이 톡 쏘듯 말했다. 그녀의 목소리에는 뭔가 독기 같은 게 어려 있었다. 그녀는 화가 잔뜩 난 듯 뜨개바늘을 탁 쳤다.

"나는 두 분을 설득해서 함께 마라케시로 갔으면 합니다. 그래서 이 자리에서 말씀드리는데, 혼자 가는 여행은 아무래도 너무 외로울 것 같아요."

"어머, 난 이미 마라케시엔 가보았는데요."

히더링턴 양이 말했다. 같이 가자는 소리가 무척 의외라는 눈치였다.

"그래요. 참 좋은 생각이에요. 난 한 달 이상이나 마라케시에 머문 적이 있어요. 하지만, 다시 한 번 가보고 싶답니다. 내가 데리고 다니며 구경도 시켜 드리고 바가지 쓰는 것도 막아 드리죠. 베트른 부인, 가만히 있다가 요령을 깨우친 후에 구경 다니도록 하세요. 자, 그럼 난 사무실에 가서 준비할 것이나 알아봐야겠어요."

그녀가 떠나자 히더링턴 양이 심술궂게 말했다.

"과연 미국 여자답군. 이리저리 떠돌아다닐 줄이나 알았지, 한 군데 머무는 적이 없어요. 오늘은 이집트, 내일은 팔레스타인, 가끔 저들은 도대체 자기가 어디 있는지도 모르고 있을 거라는 생각마저 든다니까."

그녀는 잔뜩 화가 난 듯 한참을 지껄인 다음에야 말을 멈추었다. 마침내 그녀가 일어나서 뜨개질감을 조심스럽게 거두더니 힐러리에게 간단한 목례를 하고는 그 터키풍의 방을 나갔다.

힐러리는 흘끔 손목시계를 들여다보았다. 그녀는 평소에도 그랬던 것처럼 저녁식사 때문에 이런 저녁 기분을 잡치고 싶지는 않다는 생각이 들었다. 그녀는 착 가라앉은 듯한 그 방에 혼자 가만히 앉아 있었다.

동양식 커튼으로 인해 방은 어두컴컴했다. 웨이터가 안을 들여다보더니 램프 두 개에 불을 켜 주고 나갔다. 램프는 그리 밝은 편이 아니었다. 그 방 안은 기분이 좋을 정도로 어둠침침했다. 그 어둠은 일종의 동양적인 느낌을 담고 있었다. 힐러리는 나지막한 소파 위에서 돌아앉았다. 그리고 앞으로의 일에 대해 생각했다.

어제까지만 하더라도 그녀는 자신이 뛰어든 일이 있지도 않은 가공적인 일이 아닐까 하고 의아해했었다. 하지만, 지금 그녀는 진짜 여행의 출발점에 서 있다. 조심해야 한다. 정말 신중해야 한다. 절대로 미끄러져서는 안 되는 것이다. 그녀는 이제 틀림없는 올리브 베트튼이다. 알맞게 교육받고, 예술에 대해서는 잘 모르고, 지극히 평범하지만, 좌익에 대해서는 분명히 공감하고 있는, 남편에게 헌신적인 어느 여자인 것이다.

"절대로 실수해서는 안 돼."

힐러리는 숨을 들이마시며 스스로에게 말했다.

모로코에서 이렇게 혼자 앉아 있게 되다니 정말 이상한 기분이 든다. 마치 미스터리와 마법의 땅에 들어온 것 같다. 그녀 옆에 있는 저 어둠침침한 램프! 만약 저 램프를 양손으로 들고 문지르면 램프의 마신이 나타나는 것은 아닐까? 그런 생각이 들자 그녀는 그렇게 하기 시작했다.

그때 갑자기 무슨 물체가 램프 뒤에서 나타났다. 그녀는 그것이 아리스티드 씨의 작고 주름진 얼굴과 뾰족한 수염임을 알 수 있었다. 그는 정중하게 허리를 굽혀 인사를 한 뒤 그녀 옆에 앉았다. 그리고 말했다.

"실례 좀 해도 되겠습니까, 부인?"

힐러리도 정중하게 대답했다.

그가 담배 케이스에서 담배 한 대를 꺼내어 그녀에게 내밀었다. 그녀는 받았다. 그도 담배 한 대를 붙여 물었다.

약 1~2분 정도가 지난 뒤 그가 물었다.

"이 나라가 맘에 안 드십니까, 부인?"

"이곳에 온 지 얼마 되지도 않았어요."

힐러리가 대답했다.

"아주 매혹적인 곳이에요."

"아, 그 고도에 들어가 보셨나요? 마음에 들던가요?"

"정말 대단하던데요."

"그럼요. 정말 대단한 곳이죠. 그곳은 과거가 있는 곳이죠. 상업과 음모와 속삭이는 듯한 목소리, 덧문 속에 숨겨진 움직임, 온갖 미스터리, 그리고 좁은 거리와 벽돌로 둘러싸인 그 도시의 정열적인 과거지요. 내가 페즈의 거리를 걸어갈 때 무슨 생각을 하는지 아십니까, 부인?"

"모르겠는데요."

"부인네 나라 런던에 있는 거대한 서부 도로를 생각하지요. 그 도로의 양편으로 거대한 공장 건물들이 들어서 있을 겁니다. 그 건물들에는 네온 불빛이 환하게 켜져 있고, 그 속에 사람들이 있지요. 차를 타고 가다 보면 분명히 보일 겁니다. 거기엔 숨겨진 것이라곤 없어요. 아무런 신비도 없지요. 창문에 커튼조차 없습니다. 아니, 마음만 먹으면 전 세계가 그들을 관찰해 볼 수 있는 곳에서 그들은 일합니다. 마치 개미탑의 윗부분을 잘라 놓은 것과 같죠."

"그렇다면, 대조되는 점이 재미있다는 말씀이군요."

힐러리가 무척 재미있다는 듯이 말했다.

아리스티드는 나이가 많아 거북 머리같이 되어 버린 고개를 끄덕거렸다.

"예. 거기서는 모든 게 열려 있지요. 하지만, 페즈의 옛 거리에선 하루도 그런 적이 없죠. 모든 게 숨겨지고 어둡고……. 하지만—."

그는 몸을 앞으로 굽히더니 조그만 황동빛의 커피 테이블을 손가락으로 톡톡 두드렸다.

"하지만, 매일 똑같은 일이 반복됩니다. 똑같은 잔혹 행위, 똑같은 억압, 똑같은 권력욕, 똑같은 거래와 흥정."

"인간의 본성이란 어디서나 똑같다는 말씀이군요?" 힐러리가 물었다.

"어느 나라에서나 현재와 마찬가지로 과거에도 그 나라를 지배하는 두 개의 규칙이 있었지요. 잔혹과 자비! 두 가지 중 어느 하나는 꼭 있었지요. 가끔 두 가지가 공존하기도 하지요."

그는 애써 태도를 바꾸더니 계속 말했다.

"부인은 요전 날 카사블랑카에서 끔찍한 비행기 추락 사고를 당하셨다고 하던데?"

"예, 사실이에요."

"부인이 부럽습니다."

아리스티드는 힐러리가 전혀 예상치도 못했던 말을 했다. 힐러리는 깜짝 놀란 표정으로 그를 쳐다보았다. 또다시 그는 고개를 절레절레 흔들었다.

"당신은 부러움을 받아야 합니다. 부인은 한 가지 경험을 하셨습니다. 나도 그렇게 죽음에 가깝게 가보는 경험을 해보고 싶습니다. 그런 경험을 하고도 살아 있으니, 혹시 그 일이 있은 뒤 뭔가 좀 달라졌다는 느낌이 들지는 않습니까?"

"오히려 안 좋은 일뿐인걸요. 덕분에 뇌진탕을 당해 악성 두통에다 기억이 엉망진창이 되었을 뿐이에요."

"그런 것들은 단순한 불편일 뿐입니다."

아리스티드는 손을 내저으며 말했다.

"어쨌든 그건 부인이 겪었던 영혼의 모험이 아니겠습니까?"

"영혼의 모험을 한 건 사실이에요."

힐러리는 천천히 대답했다. 그녀는 비시 미네랄워터 병과 수북이 쌓인 수면제 알맹이들을 생각하고 있었다.

"나는 그런 경험을 해보지 못했습니다."

아리스티드는 못내 아쉬운 듯 말했다.

"다른 경험이 많긴 해요. 하지만, 그건 아니었지요."

그는 일어서서 허리를 굽혀 인사를 했다. 그러고는 불어로 말했다.

"경의를 표합니다, 부인."

그는 그녀를 남겨두고 나갔다.

제8장

　힐러리는 어느 곳이든 공항은 한결같이 비슷하구나! 하고 생각했다. 공항 주위에는 어디나 정체를 알 수 없는 이상한 사람들이 있었다. 어느 공항이나 그것에 딸린 도시나 시가지와는 어느 정도 거리를 두고 있었다. 그 때문인지 어느 공항을 가더라도 어느 곳에도 있지 않다는 마치 무국적자가 된 듯한 야 릇한 느낌이 드는 것이다.

　런던에서 비행기를 타면 마드리드, 로마, 이스탄불, 카이로 등 마음 내키는 곳이면 어디든지 마음대로 갈 수 있다. 일단 비행기를 타고 여행을 한다면 그 도시들이 어떤 모습을 띠고 있을지는 눈을 감고도 훤했다.

　비행기 속에서 그 도시들을 내려다볼 때 그것들은 마치 지도 위에 그려진 것이요, 어린아이들이 갖고 노는 벽돌 상자로 만들어진 것들에 불과했다.

　그런데도 왜 이렇게 주위를 살펴보게 될까? 그녀는 괜히 짜증이 났다. 공항에는 항상 이렇게 일찍 나와 있어야 한단 말인가? 그들은 거의 몇 시간을 대기실에서 보내고 있었다.

　캘빈 베이커 부인, 힐러리와 함께 마라케시로 가기로 한 그녀는 공항에 도착한 뒤부터 한시도 쉬지 않고 말을 시켰다. 힐러리는 거의 기계적으로 대답했다. 하지만, 그녀는 지금 비로소 그 흐름이 방향을 바꾸게 되었다는 사실을 알아차렸다.

　베이커 부인이 가까이 앉아 있던 다른 승객 두 사람에게로 관심을 돌렸다. 둘 다 키가 크고 잘생긴 젊은이들이었다. 활짝 웃고 있는 남자는 미국인이었고, 점잖게 보이는 남자는 덴마크인 아니면 노르웨이인 같았다. 그 덴마크인이 점잔을 빼며 천천히, 마치 학자 같은 투의 영어로 말했다. 미국인이 또 다른 미국인을 발견하고 아주 반갑다는 듯한 표정을 지었다.

이윽고 캘빈 베이커 부인이 조심스레 힐러리 쪽으로 몸을 돌렸다.
"미스터……? 내 친구를 소개하겠어요. 베터튼 부인"
"앤드루 피터스—앤디, 내 친구들이죠"
그 젊은 남자가 일어서서 꾸벅 허리를 굽혀 인사를 하며 말했다.
"토르퀼 에릭슨이라고 합니다."
"자, 이제 우린 모두 아는 사이가 되었어요"
베이커 부인이 흡족한 듯 말했다.
"우린 모두 마라케시로 갈 예정이죠? 내 친구 그곳이 처음이에요."
"나도 마찬가지입니다. 나도 이번이 첫걸음인걸요." 에릭슨이 말했다.
"나도 마찬가지입니다." 피터스가 말했다.
그 시원스런 목소리의 사내가 갑자기 말을 뚝 멈추었다. 허스키한 프랑스인의 목소리로 공지사항이 흘러 나왔기 때문이었다. 말을 잘 알아들을 수는 없었지만, 하여간 그들더러 비행기에 탑승하라는 뜻인 것 같았다.

베이커 부인과 힐러리를 제외하고도 승객은 모두 네 명이 더 있었다. 피터스와 에릭슨 외에 어느 키가 크고 호리호리한 프랑스인과 완고해 보이는 수녀가 있었던 것이다.

날씨가 맑고 태양이 화사하게 비추고 있었기 때문에 비행 조건은 좋았다. 그녀는 의자에 등을 기댄 채 눈을 반쯤 감았다. 힐러리는 동승한 승객들에 대해서 생각해 보았다. 그녀의 마음속에 일어나고 있는 불안한 의문들을 그런 식으로 해소하고 싶었기 때문이었다.

캘빈 베이커 부인은 그녀의 자리에서 통로 맞은편 앞자리에 앉아 있었는데, 회색 여행복을 차려입은 모습이 마치 포동포동하게 살이 올라 배가 부른 오리처럼 보였다. 깃이 달린 작은 모자를 푸른색 머리 위에 얹은 채 그녀는 지금 한참 어느 고급 잡지의 페이지를 넘기고 있는 중이었다. 가끔 그녀는 몸을 앞으로 굽혀 앞에 앉은 남자의 어깨를 툭툭 건드리기도 했는데, 유쾌한 표정의 그 남자는 다름 아닌 피터스라는 미국 청년이었다.

그녀가 그렇게 할 때마다 그 젊은이는 몸을 틀어 익살스런 웃음을 지어 보임으로써 그녀의 그런 행동에 응답하는 것이었다. 정말 천연덕스럽고 붙임성 있는 미국인인 것 같았다. 쌀쌀맞기 그지없는 영국인 여행자들과는 전혀 딴판이었다. 예를 들어 히더링턴 양의 경우만 생각해 보더라도, 심지어 같은 동포 젊은이와도 비행기 속에서 쉽사리 대화를 나누는 경우는 상상도 할 수 없는 일이었다. 게다가, 히더링턴 양이 이 미국 젊은이처럼 그렇게 자연스럽게 대답을 주고받을지의 여부는 더더욱 생각할 수 없는 일이었다.

그녀 자리에서 통로 건너편엔 노르웨이인 에릭슨이 있었다. 그녀의 눈이 그와 마주치자 그는 살짝 목례를 하며, 이제 막 책장을 덮고 있던 잡지를 건네주었다. 그녀는 고맙다며 책을 받았다. 그의 바로 뒷좌석에는 바로 그 호리호리하고 가무잡잡한 프랑스인이 있었다. 그는 두 다리를 죽 뻗고 있었는데, 아마 잠이 든 것 같았다.

힐러리는 고개를 돌려 어깨 뒤를 보았다. 뒤에는 완고하게 생긴 수녀가 앉아 있었다. 수녀의 냉랭하고 무관심한 듯한 눈길이 힐러리와 마주쳤다. 하지만, 힐러리는 아무 표정도 짓지 않았다. 그녀는 꼼짝 않고 앉아 양손을 꽉 쥐고 있었다. 힐러리가 보기에 그녀의 행동은 중세의 전통적인 복장을 한 여자가 20세기에 비행기를 타고 여행하는 듯한, 시대적으로 걸맞지 않은 행동 같았다.

힐러리는 이런 생각이 들었다. 이 여섯 사람은 각기 다른 목적을 가지고 각자 다른 장소로 여행하고 있다. 그리고 마침내 몇 시간 후에는 뿔뿔이 흩어져 결코 두 번 다시 만나지 않을 것이다.

그녀는 언젠가 그와 비슷한 주제, 그러니까 여섯 사람의 삶이 전개되는 소설을 읽은 적이 있었다. 그녀가 생각하기에, 프랑스인은 휴가를 즐기고 있는 게 틀림없었다. 퍽 피로한 것 같았다. 미국인 청년은 학생인 것 같았다. 에릭슨은 직장 일로 여행 중인 것 같았고, 수녀는 분명 어느 수도회 소속인 것 같았다.

힐러리는 눈을 감았다. 그리고 동승한 승객들에 대한 생각을 지워 버렸다. 그녀는 지난밤에 있었던 일, 그러니까 자기에게 내려진 지령이 도무지 이해되질 않았다. 영국으로 되돌아가기로 되어 있다니! 정말 아닌 밤중에 홍두깨야! 혹시 경우에 따라선 의심 받고 있는지도 모를 일이었다. 그러니까 진짜 올리브가 받았을지도 모를 암호나 증명서 따위를 자기가 제시해 주지 못했을지도 모를 일이었다.

그녀는 한숨을 내쉬었다. 그러고는 불안한 듯 몸을 뒤척였다.

'글쎄, 지금 내가 하고 있는 것보다 더 잘할 수는 없어. 내가 만약 실패했다면……. 어쨌든 나는 지금 최선을 다했어.'

그때 문득 또 다른 생각 하나가 그녀의 뇌리를 스치고 지나갔다. 앙리 로리에는 그녀가 모로코에서 철저한 감시를 받고 있었다는 사실을 당연하고 불가피한 일로 간주하고 있었다. 이것은 혹시 자기가 의심을 품고 있었다는 사실을 은폐하려는 속셈이 아니었을까? 하지만, 베터튼 부인이 갑자기 영국으로 돌아가게 되어 있다는 사실로 미루어 볼 때, 그것은 분명 그녀가 남편처럼 '행방불명'되기 위해 모로코로 오지는 '않았다'는 사실을 의미할 수도 있다. 그가 품고 있던 의혹은 줄어든 것이다. 그녀는 틀림없는 '진짜' 여행자로 여겨질 것이다.

그녀는 영국으로 떠나게 될 것이다. 에어 프랑스를 타고 파리를 경유해서, 그렇다면 아마 파리에서……. 그렇다, 파리다. 톰 베터튼이 사라진 곳도 파리였다. 그곳이야말로 실종사건 하나쯤 연출해 내기에 안성맞춤인 곳이 아닌가.

아마 토머스 베터튼은 파리를 떠나지 않았을지도 모른다. 아마 그랬을 거야─쓸데없는 공상은 지워 버리자.

힐러리는 잠을 재촉했다. 그녀는 졸다가 잠이 깨면 잡지 쪽으로 무심한 눈길을 던지곤 했다. 문득 깊은 잠에서 깨어나 보니 비행기는 급강하하면서 주위를 선회하고 있었다.

그녀는 흘긋 시계를 쳐다보았다. 하지만, 아직 도착 예정보다는 훨씬 이른 시간이었다. 게다가, 창밖을 내려다보니 아래엔 공항 흔적이라곤 전혀 없었다.

순간, 희미하나마 불길한 생각이 스치고 지나갔다. 그 호리호리하고 가무잡잡한 프랑스인이 하품을 하며 기지개를 펴더니 바깥을 내다보며 뭔가 불어로 말했다. 하지만, 그녀로선 도무지 알아들을 수 없었다.

에릭슨이 통로 건너편으로 몸을 굽히며 말했다.

"여기 착륙할 모양인데, 하지만, 왜 그럴까요?"

캘빈 베이커 부인이 좌석에서 몸을 빼어 고개를 돌렸다. 그때 힐러리가, "착륙할 모양이에요." 하고 말해 주자, 웃으며 고개를 끄덕거렸다.

비행기는 낮게 선회하며 급강하했다. 그들이 보기에 아래 지역은 사막인 것 같았다. 인가나 마을이 있을 징조라곤 찾아볼 수 없었다.

격렬한 진동과 함께 바퀴가 땅에 닿고, 비행기는 덜커덩거리며 앞으로 나아가더니 마침내 멈추어 섰다. 다소 거친 착륙과정을 거친 뒤 그들은 어느 알 수 없는 오지의 한가운데에 있었던 것이다.

엔진에 무슨 이상이 생겼든가, 아니면 연료라도 샜단 말인가? 힐러리는 궁금했다. 가무잡잡하고 잘생긴 조종사가 앞문으로 내리더니 그들에게 말했다.

"모두 내려 주셔야겠는데요"

그가 뒤쪽의 문을 열고 짤막한 사다리를 내렸다. 그리고 나서는 모두 내릴 동안 기다리고 있었다. 이곳 날씨는 제법 쌀쌀했다. 멀리 있는 산으로부터 매서운 바람이 불어왔다. 눈으로 뒤덮인 산은 아름답기 그지없었다. 공기가 매서울 정도로 차갑기 때문에 얼얼할 뿐이었다.

조종사가 왔다. 그리고 불어로 말했다.

"모두 내리셨죠? 예? 정말 미안하게 되었습니다. 좀 기다리셔야겠는데요. 아, 아닙니다. 저기 오는군요."

그는 지평선에 있는 작은 점 하나를 가리켰다. 그것은 이쪽을 향해 서서히 다가오고 있었다.

힐러리가 약간 당황한 음성으로 물었다.

"그런데 우리가 왜 여기 착륙했나요? 무슨 일이에요? 여기서 얼마나 기다려야 하죠?"

프랑스인 승객이 말했다.

"저기 스테이션 왜건(후부 좌석의 뒤까지도 지붕이 붙어 있는 승용차의 일종)이 오고 있는 것 같은데요. 저걸 타야 할 모양입니다."

"엔진에 이상이 생긴 건가요?" 힐러리가 물었다.

앤디 피터스가 빙글빙글 웃었다.

"아뇨, 그런 것 같지는 않은데요." 그가 말했다.

"내가 듣기에 엔진 소리는 괜찮았어요. 하지만, 수리할 게 좀 있는 모양이죠. 틀림없어요."

그녀는 빤히 쳐다보았다. 도무지 이해가 가지 않는 일이었다.

캘빈 베이커 부인이 작은 소리로 말했다.

"아휴, 여기 서 있으려니 너무 추운데. 지독하게 나쁜 날씨군요. 햇빛이 있긴 하지만, 일몰이 다가와서 그런지 추워요."

조종사가 숨을 낮게 들이마시며 뭔가 상소리 비슷한 것을 중얼거리고 있는 것 같았다. 그는 다음과 같은 말을 하고 있었다. 불어였다.

"언제나 저렇게 꾸물거린단 말이야."

스테이션 왜건이 무서운 속도로 그들 앞으로 달려왔다. 베르베르인(북아프리카 원주민 중 하나) 운전사가 날카로운 브레이크 음을 내며 차를 세웠다. 그는 차에서 뛰어내리자마자 화가 치민 조종사와 옥신각신 말다툼을 했다. 힐러리는 이 모든 일이 놀라울 뿐이었다. 베이커 부인이 그들의 언쟁에 뛰어들었다.

그녀가 불어로 말했다.

"시간 낭비 말아요." 그녀의 목소리는 적잖이 위압적이었다.

"다퉈 봐야 무슨 이득이 있어요? 빨리 여기서 빠져나가야 할 것 아니에요."

운전사는 어깨를 으쓱해 보이더니 스테이션 왜건으로 갔다. 그는 차의 뒤뚜껑을 떼어냈다. 안에는 포장된 커다란 상자 하나가 있었다. 조종사와 에릭슨, 그리고 피터스가 함께 그것을 바닥에다 내려놓았다. 그들이 힘쓰는 걸로 미루어 보아 매우 무거운 물건인 모양이었다.

캘빈 베이커 부인이 힐러리의 팔을 잡으며 말했다. 지금 막 사내가 그 상자 뚜껑을 들어 올리려는 참이었다.

"저런, 맙소사. 난 보고 싶지 않아. 결코 보기 좋은 장면이 아니야."

그녀는 힐러리를 그곳에서 약간 떨어진 곳으로 데리고 갔다. 왜건의 반대편이었다. 프랑스인과 피터스도 그들이 있는 곳으로 왔다.

프랑스인이 자기 나라말로 말했다.

"지금 저들이 대체 무얼 하고 있는 겁니까?"

베이커 부인이 말했다.

"당신이 바론 박사시군요?"

프랑스인은 고개를 숙여 맞다는 의사를 표시했다.

"만나서 반갑습니다." 베이커 부인이 말했다.

그녀는 손을 내밀었다. 마치 파티에 참석한 그를 맞이하는 여주인 같았다.

힐러리가 어리둥절한 목소리로 말했다.

"난 도무지 이해가 안 가요. 대체 무슨 일이죠? 왜 안 보는 게 낫다는 거죠?"

앤디 피터스가 그런 의문을 품는 게 당연하다는 듯한 눈길로 그녀를 내려다보았다. 그는 아주 의기양양한 표정을 하고 있었다. 그 표정에서는 분명 뭔가 신뢰 비슷한 게 묻어 나오고 있었다. 그가 말했다.

"나는 압니다. 조종사한테 들었죠. 별로 보기 좋은 건 아닙니다. 하지만, 어쩔 수 없는 일입니다."

그는 차분하게 덧붙였다.

"저 속에는 시체가 들어 있어요."

"시체!"

그녀는 휘둥그레져서 그를 쳐다보았다.

"오, 살해당한 시체나 그와 유사한 일로 얻은 시체는 아닙니다."

그는 안심하라는 듯 웃음을 지었다.

"완전히 합법적인 방법으로 연구용을 구한 겁니다. 의학 연구용이지요."

하지만, 힐러리는 여전히 눈을 휘둥그레 뜨고 있었다.

"도무지 이해를 못 하겠어요."

"아, 베터튼 부인, 이곳이 바로 여행이 끝나는 곳입니다. 바로 그 여행이."

"끝이라고요?"

"예, 저 비행기에 시체를 싣고 나면 조종사가 그것들을 가지런히 좌석에 앉힐 겁니다. 그 즉시 우린 차를 타고 이곳을 떠나게 되지요. 도중에 멀리서 화염이 피어오르는 걸 보게 될 겁니다. 또 다른 비행기 한 대가 추락해 불길에 휩싸여 버리게 되는 거죠. 생존자는 아무도 없는 거고요. 한 명도 없죠."

"아니, 왜? 정말 괴상한 일이군요!"

"하지만, 분명히(지금 그녀에게 말한 사람은 바론 박사였다) 부인도 알고 있을 텐데요. 우리가 어디로 가고 있는지 몰라요?"

베이커 부인이 다가서며 기분 좋은 듯한 목소리로 말했다.

"물론 그녀도 알고 있어요. 하지만, 이렇게 빨리 오게 될 줄은 기대하지 않았지."

"그러면, 우리 모두가?" 힐러리는 주위를 둘러보았다.

"우린 모두 동지들이지요." 피터스가 점잖게 말했다.

젊은 노르웨이인이 고개를 끄덕거리며 말했다. 그의 목소리에는 거의 광신적인 열정이 담겨져 있었다.

"그럼요. 우린 모두 동지들입니다."

제9장

조종사가 그들에게로 왔다.

"지금 출발합시다, 가능하면 빨리. 할 일이 많습니다. 자칫하면 예정보다 늦겠습니다."

힐러리가 순간적으로 움찔했다. 그녀는 초조한 듯 목덜미에다 손을 갖다댔다. 걸고 있던 진주 목걸이가 손가락의 힘으로 끊어졌다. 그녀는 풀어진 진주 알맹이들을 주워 호주머니 속에 아무렇게나 쑤셔 넣었다.

일행 모두가 스테이션 왜건에 올라탔다. 힐러리는 긴 의자에 앉았다. 한쪽에는 피터스가 다른 한쪽에는 베이커 부인이 꽉 끼이게 앉아 있었다.

힐러리가 미국 여자 쪽으로 고개를 돌리며 말했다.

"그럼 당신은 이제부터 연락장교라고 불러야겠군요, 베이커 부인?"

"정확히 말씀하셨어요. 내 스스로 그렇게 부르죠. 나 같은 사람이야말로 그런 일엔 적격이거든요. 미국 여자 한 명이 이리저리 돌아다니며 여행을 한다 해서 누구 하나 수상하게 생각하는 사람은 없죠."

그녀는 여전히 포동포동한 얼굴에 미소를 띠고 있었다. 하지만, 힐러리에겐 뭔가 와 닿는 게 있었다. 느낌만으로도 겉보기와는 뭐가 달라도 다른 인물일 거라는 생각이 들었다. 괜히 어리석은 체하기도 하고, 겉으로는 전형적인 평범한 여자인 체했다. 하지만, 이 여자는 분명 교활하고 냉혹한 인물임이 틀림없는 것 같았다.

"신문 표제를 떠들썩하게 장식하겠군." 베이커 부인이 말했다.

그녀는 사뭇 통쾌한 듯 웃음을 터뜨렸다.

"부인, 오, 가엾어라. 악운이 줄줄 따라다녔다고들 하겠군요. 처음에는 카사블랑카에서의 추락 사고로 거의 죽을 뻔했다가, 이제 더 비참하게 죽었으니."

힐러리는 문득 그들의 계획이 용의주도하기 그지없다는 생각이 들었다.

"이 사람들은? 어떤 사람들이죠?"

그녀가 낮은 음성으로 물었다.

"아, 글쎄요. 바론 박사는 세균학자인 것 같아요. 에릭슨은 유명한 젊은 물리학자고, 피터스는 화학자, 아, 물론 니드하임 양도 수녀가 아니죠. 그녀는 내분비학자예요. 그리고 나는 연락장교에 불과할 뿐, 이들 과학자 무리에 속하지는 않지요."

그녀는 다시 웃었다.

"히더링턴 양이란 그 여자에겐 행운이 따르질 않았어."

"히더링턴 양, 그 여잔, 그 여자는……."

베이커 부인은 단호히 고개를 끄덕거렸다.

"굳이 묻는다면 말해 주겠어요. 그 여잔 당신 뒤꽁무니를 쫓고 있었어요. 카사블랑카에서 당신 뒤를 쫓는 사람쯤이야 낱낱이 알고 있었죠."

"하지만, 그 여잔 내가 그렇게 같이 오자고 했었는데도 오늘 우리와 함께 오지 않았잖아요?"

"그 점이 모순처럼 보일 수도 있겠죠." 베이커 부인이 말했다.

"이미 가본 곳을 다시 가겠다고 하면 발각되기가 쉬웠겠죠. 아니야, 그 여잔 전보를 치거나 전화 연락을 했을 거야. 그래서 마라케시에서 누군가가 당신이 도착하면 미행하려고 기다리고 있을 거예요! 정말 꼴불견이죠? 저길 봐요! 저기! 불길이 타오르고 있어요."

그들이 탄 차는 빠른 속도로 사막을 가로질러 갔다. 힐러리는 조그만 창문으로 목을 빼내어 바깥을 내다보았다. 그들이 지나온 뒤로 거대한 불기둥이 솟아오르고 있었다. 희미한 폭발음이 그녀의 귓전을 두드렸다.

피터스가 머리를 뒤로 젖히면서 껄껄거리며 웃었다.

"마라케시행 비행기 추락, 여섯 명 사망!"

"정말, 정말 무서운 일이에요."

"미지의 장소로 발을 내딛기가 무섭단 말입니까?"

말을 한 것은 피터스였다. 그의 어조는 차라리 엄숙하기조차 했다.

"하지만, 그 길뿐입니다. 우린 지금 과거를 떠나 미래를 향한 발걸음을 내딛고 있는 중입니다."

순간, 그의 얼굴엔 광기가 번득였다.

"우린 모든 사악한 구닥다리 미치광이들로부터 해방되었습니다. 부패한 정부들과 전쟁광들. 우리는 신세계에 들어서게 되었습니다. 과학의 세계, 쓰레기와 찌꺼기들을 말끔히 씻어 버린 세계."

힐러리는 숨을 깊이 들이마셨다.

"남편이 하던 말과 똑같군요." 그녀가 말했다. 일부러 그래 봤던 것이다.

"당신 남편?" 그는 그녀를 날카롭게 쳐다보았다.

"그럼, 톰 베터튼이었단 말입니까?"

힐러리는 고개를 끄덕였다.

"정말 훌륭한 분입니다. 미국에서 나온 이래 그와 가깝게 지냈던 적은 한 번도 없습니다. 몇 차례 가까이서 뵌 적은 있지만. ZE분열은 금세기 최대의 발견이지요. 정말이지 그분에게 모자를 벗어 경의를 표하고 싶은 정도입니다. 아마 만하임이란 노인과 함께 연구했었다죠?"

"예." 힐러리가 대답했다.

"그분은 만하임의 딸과 결혼했다고 하는 것 같은데? 하지만, 당신은 아닌 것 같은데요."

"나는 그이의 두 번째 아내예요." 힐러리의 얼굴이 약간 붉어졌다.

"그녀는, 엘사는 미국에서 죽었어요."

"기억납니다. 그래서, 연구를 위해 영국으로 건너갔지요. 그 뒤 자취를 감추어 버림으로써 영국을 발칵 뒤집어 놓았고요."

그는 불현듯 웃음을 터뜨렸다.

"파리의 어느 회의에서 빠져나와 어디론가 사라져 버린 거죠."

그는 더욱더 상세히 알고 있다는 듯 덧붙였다.

"아무렴, 그렇고 말고, 그들의 조직은 정말 기가 막히죠."

힐러리도 그의 말에 맞장구를 쳤다. 하지만, 사실 그들 조직의 우수함은 그녀에게 싸늘한 공포감을 던져 주고 있을 뿐이었다. 그렇게도 공들여 준비한 모든 계획, 암호, 신호 등이 이제는 아무짝에도 쓸모없는 것으로 되어 버리고 말았다. 이제 어떠한 추적의 실마리도 없을 것이다. 일이 너무나 철두철미했기 때문에, 그 운명의 비행기에 탑승한 승객들은 자기들보다 먼저 토머스 베터튼이 사라졌던 바로 그 미지의 행선지를 향해 홀연히 사라지게 되는 것이다.

어떠한 흔적도 남지 않을 것이다. 아무것도 없을 것이다. 과연 그들이 알아낼 수 있을까? 제솝과 그의 조직이 그녀, 그러니까 힐러리가 그 새까맣게 타 버린 시체들 중 하나가 아니라는 사실을 추정해 내는 게 가능할까? 그녀는 단지 의심스러운 따름이었다. 그 사고는 너무나 분명하고 그럴 듯한 것이었다. 오직 기체 속에서 새까맣게 타 버린 시체만이 남을 것이다.

피터스가 다시 입을 열었다. 흥분한 그의 음성은 마치 어린 아이의 그것과 같았다. 그에겐 아무런 양심의 가책도 후회도 없고, 오직 앞으로 나아가고자 하는 열정밖에는 없는 듯싶었다.

"여기서 어디로 갈지 궁금한데요?"

힐러리 역시 궁금했다. 왜냐하면, 또다시 생겨날 많은 문제들이 바로 거기에 달려 있기 때문이었다. 머지않아 사람과 접촉하게 될 게 분명했다. 혹 머지않아 조사가 진행된다면 그날 아침 비행기로 떠난 사람들의 인상착의와 비슷한 여섯 명의 사람들을 태운 스테이션 왜건이 있었다는 사실이 누군가에 의해 목격될지도 모르는 일이었다.

그녀는 베이커 부인 쪽으로 고개를 돌렸다. 일부러 옆에 앉은 젊은 미국인처럼 어린 아이 목소리를 흉내 내어 들뜬 듯 물었다.

"지금 어디고 가고 있나요, 이다음 일은?"

"곧 알게 될 거예요."

베이커 부인이 대답했다. 완전히 기쁨에 들뜬 목소리였다. 하지만, 그 말투 속엔 뭔가 심상치 않은 게 들어 있었다.

그들은 계속 차를 몰았다. 그들의 뒤쪽 하늘에는 여전히 비행기가 타오르는 화염이 보이고 있었다. 더더욱 선명하게 보였다. 왜냐하면, 지금 막 태양이 지평선 아래로 떨어지고 있었기 때문이었다.

자동차의 진행 상태는 좋지 않았다. 간선도로를 이용하지 않았기 때문이다.

그들이 탄 차는 어떤 때는 야지(野地)위의 도로를 달리기도 했고, 어떤 때는 탁 트인 벌판을 가로질러 가기도 했다.

힐러리는 오랫동안 잠을 이루지 못하고 생각에 젖어 있었다. 격심한 불안감이 그녀의 뇌리를 맴돌았다. 하지만, 이리저리 흔들리고 들썩거린 끝에 그녀는 결국 곯아떨어지고 말았다.

갑자기 잠을 깼다. 길에 패인 수많은 웅덩이와 자갈들이 그녀를 깨웠던 것이다. 1~2분간을 지금 있는 곳이 어디인가 하고 혼동을 일으키다가 다시 현실로 돌아오곤 했다. 잠시 깰 때도 있었는데, 그때마다 그녀의 생각은 혼란스런 불안 속으로 빨려 들어갔다. 그리고 또다시 고개를 앞으로 숙이고 꾸벅거리다가 잠이 들곤 했다.

그녀는 문득 잠을 깼다. 차가 급정거하고 있었기 때문이다.

피터스가 조심스럽게 그녀를 흔들었다.

"일어나세요. 어딘지 도착한 모양입니다."

모두들 스테이션 왜건에서 내렸다. 그들은 모두 갑갑하고 지쳐 있었다. 날은 여전히 깜깜했으며, 그들은 종려나무로 둘러싸인 어느 집의 외곽에 들어서 있었다. 제법 먼 곳에 마을이 있는 듯 희미한 불빛이 눈에 띄었다.

랜턴 불빛에 따라 그들은 집 안으로 안내되었다. 원주민의 집이었다. 베르베르인 여자 두 명이 킬킬거리며 신기한 듯 힐러리와 베이커 부인을 번갈아 보았다. 그들은 수녀에겐 아무 관심도 보이지 않았다.

세 여자는 조그만 2층 방으로 안내되었다. 마룻바닥에 매트리스가 세 장 있고, 이불 뭉치들이 쌓여 있었다. 하지만, 가구는 하나도 없었다.

"내가 너무 가혹했나 보군요. 그렇게도 먼 길을 차로 오게 했으니 갑갑하기도 하겠어요." 베이커 부인이 말했다.

"불편쯤이야 아무것도 아니죠." 수녀가 대답했다.

그녀의 목소리는 컬컬하고 자신감에 차 있었다. 비록 억양은 형편없지만, 영어 자체는 훌륭하고 유창하다고 생각했다.

"과연 댁다운 말씀이군요, 니드하임 양." 미국 여자가 말했다.

"난 댁을 보면 수도원에서 새벽 4시에 일어나 무릎을 꿇고 앉아 기도하는 진짜 수녀를 보는 기분입니다."

니드하임 양은 경멸하는 듯한 웃음을 지었다.

"기독교가 여자들을 바보 멍청이로 만들어 버렸어요. 그 따위 나약함에 대한 찬미, 눈물이나 찍어 바르는 굴욕감! 이교도 여인들은 힘이 있어요. 그들은 기뻐할 줄 알았고, 또 정복했어요! 정복을 위해선 어떤 불편이라도 참아야 합니다. 아무리 많은 어려움이라도 감수해야지요."

"두말하면 잔소리죠."

베이커 부인이 말했다. 그녀는 하품을 했다.

"아, 지금 페즈의 팔레 자메일 호텔 침대 위에 있으면 얼마나 좋을까. 댁은 어때요, 베터튼 부인? 된통 흔들리는 바람에 뇌진탕에 적잖이 나쁜 영향을 주었을 텐데?"

"아뇨, 괜찮아요." 힐러리가 말했다.

"좀 있으면 먹을 걸 가져올 거예요. 그때 내가 아스피린을 몇 알 준비해 드리죠. 부인은 될 수 있으면 빨리 자는 게 좋겠어요."

밖에서 계단 올라오는 소리와 킥킥거리는 여자 목소리가 들려왔다. 이윽고 두 명의 베르베르인 여자들이 방으로 들어왔다. 그들은 세몰리나(마카로니, 푸딩용의 굵게 간 밀가루 요리)와 고기 스튜 요리를 담은 커다란 접시를 쟁반에 받쳐 들고 왔다. 그들은 그것을 마룻바닥에 내려놓고 나가더니 물이 든 금속제 대야와 타월 한 장을 가지고 이내 되돌아왔다.

그들 중 하나가 힐러리의 코트를 보더니 손가락으로 훑어보며 다른 여자에게 뭐라고 말을 했다. 그러자, 나머지 한 명도 금방 알겠다는 듯이 고개를 끄덕거렸다. 그리고 베이커 부인에게도 똑같은 말을 했다. 두 명 다 수녀는 본체도 하지 않았다.

"쉬아—." 베이커 부인이 그들을 물리치며 말했다.

"쉬이, 쉬아—."

그것은 마치 쉬이쉬이 하며 닭을 쫓는 것과 흡사했다. 그 여자들은 여전히 킥킥거리며 물러서더니 방을 나갔다.

베이커 부인이 말했다.

"어리석은 것들. 도무지 상종할만한 것들이 못 돼. 영락없이 어린애들이야. 생활의 관심은 오직 옷밖에 없거든."

독일인 니드하임 양이 말했다.

"과연 그들다운 행동이군요. 그들은 노예 종족이에요. 상전 받드는 일에만 쓸모가 있지, 그밖엔 아무짝에도 쓸모없는 족속이에요."

"말이 너무 심하지 않아요?"

힐러리가 말했다. 그 여자의 태도가 영 맘에 들지 않았기 때문이다.

"난 감상적인 행동은 못 봐주는 성격이에요. 규율이라는 게 있는 법입니다. 비록 극소수이긴 하지만, 하인 노릇 하는 사람들도 많아요."

"하지만, 설마……."

베이커 부인이 위압적인 태도로 끼어들었다.

"자, 이제 그런 얘긴 그만 합시다. 말하자면 끝도 없는 얘기죠. 하지만, 지금은 그런 문제로 왈가왈부할 때가 아니에요. 다들 휴식이나 취해요."

박하차가 날라져 왔다. 힐러리는 아무 거리낌 없이 아스피린 몇 알을 꿀꺽 삼켰다. 지금의 두통은 진짜였기 때문이다. 세 여자들은 각자 매트리스 위에서 잠이 들었다.

그들은 다음 날 늦도록 까지 잠을 잤다. 저녁이 되기 전까지는 출발하지 않을 것이라고 베이커 부인이 일러 주었기 때문이다. 그들이 잠을 잔 방에서 납작한 지붕 위로 올라가는 바깥쪽 난간이 있었는데, 거기서는 어느 정도 주위를 둘러볼 수 있었다. 제법 멀찌감치 마을이 하나 있었다. 하지만, 그들이 머물고 있는 이 집은 커다란 종려나무 정원에 둘러싸인 채 고립되어 있었다.

베이커 부인은 일어나자마자 벌써 문 바로 앞에 갖다 둔 세 개의 옷 꾸러미를 가리켰다. 그녀가 설명했다.

"이 다음 단계에선 원주민이 되어야 해요. 다른 옷은 모두 여기다 벗어 두어야 합니다."

그 단정한 미국 여자가 입던 세련된 옷 한 벌과 힐러리의 트위드 코트와 스커트, 그리고 수녀복은 모두 치워졌다. 모로코 원주민 여자 세 명이 그 집

지붕 위에 앉아 자기네들끼리 재잘거리고 있었다. 이상하게도 모든 게 실감이 나지 않았다.

힐러리는 니드하임 양을 보다 꼼꼼히 관찰했다. 그녀가 입고 있던 수녀복에 아무 이름도 적혀 있지 않았기 때문이었다. 그녀는 힐러리가 예상했던 것보다 훨씬 더 젊은 여자였다. 서른 서넛은 넘지 않을 것 같았다.

외모에서부터 벌써 뭔가 예사내기가 아닐 것 같은 기질을 엿볼 수 있었다. 창백한 피부, 짤막하고 단단한 손가락에다, 가끔 광적인 섬광이 번득거리며 타오르는 차가운 눈초리는 공격적이다 못해 차라리 도발적이었다. 그녀의 말투는 퉁명스러웠으며 결코 타협하는 법이 없었다. 그녀는 베이커 부인은 물론 힐러리에게도 마치 사귈 가치도 없는 사람 대하듯 노골적으로 경멸을 보냈다.

이러한 오만이 힐러리의 신경을 이만저만 거슬리게 하는 게 아니었다. 하지만, 베이커 부인은 그걸 전혀 눈치채지 못하는 모양이었다. 그리고 이상하게도 힐러리는 음식을 날라다주며 킬킬거리고 웃었던 베르베르인 여자들에게서, 두 명의 서구세계의 친구들에게보다 훨씬 더 많은 친근감을 느꼈다. 하여간 그 젊은 독일 여자는 그녀가 받았던 인상과는 분명히 다른 여자였다.

그녀의 태도에는 확실히 어떤 초조함 같은 게 감추어져 있었으며, 그녀가 여행을 서두르고 싶다는 것과 자기의 두 동료에게 아무 관심도 없다는 것은 명백한 사실이었다.

힐러리는 베이커 부인의 태도에 대해서도 곰곰이 따져보았다. 하지만, 갈수록 점점 더 애매모호할 뿐이었다. 언뜻 보기에 캘빈 베이커 부인은 그 비인간적인 독일 여자 전문의보다야 훨씬 순박하고 평범한 여자 같았다. 하지만, 하늘의 태양이 나지막이 지고 나자 힐러리는 헬가 니드하임보다 베이커 부인에 대해 훨씬 더 의아해지고 불안해지는 것이었다.

일의 수행에 관한 한 베이커 부인은 거의 로봇 같았다. 그녀가 내뱉은 모든 말과 의사표시는 다들 자연스럽고 평범하며 예사로운 것뿐이었다. 하지만, 이상하게도 17세기 배우가 연기하고 있는 듯한 느낌이 들었다. 그것은 베이커 부인이 실제로 생각하고 느끼고 있음직한 것들과는 완전히 별개인 하나의 자동적인 연기였다.

캘빈 베이커의 정체는 무엇일까? 힐러리는 의아할 따름이었다. 왜 그녀는 그렇게도 기계적으로 임무를 수행하게 되었을까? 그녀 역시 광신자일까? 그녀는 화려한 신세계에 대한 몽상을 품었을까? 그녀는 자본주의 체제에 대한 강한 반발심을 가지고 있었을까? 그녀는 정치적 신념과 동경 때문에 모든 일상생활을 포기했단 말인가? 도무지 알 수 없는 일이었다.

그날 저녁 그들은 여행을 다시 시작했다. 이번엔 스테이션 왜건이 아니었다. 뚜껑을 벗긴 승용차였다. 모두 원주민 복장을 했다. 남자들은 흰색 젤라바를 두르고, 여자들은 얼굴을 가렸다. 차 안이 꽉 차도록 앉아 칠흑같이 어두운 밤을 뚫고 또다시 출발했다.

"기분이 어때요, 베터튼 부인?"

힐러리는 앤디 피터스에게 활짝 웃어 주었다. 태양이 막 떠오를 무렵 그들은 아침식사를 위해 정지했다. 휴대용 휘발유 버너를 이용해 원주민 빵과 계란, 그리고 차가 끓여졌다.

"마치 꿈을 꾸고 있는 것 같아요." 힐러리가 말했다.

"예, 하긴 그와 비슷하죠."

"여기가 대체 어디죠?"

그는 어깨를 으쓱해 보였다.

"캘빈 베이커 여사 말고 누가 알겠습니까?"

"아주 후미진 지역이군요."

"예, 사실은 사막이죠. 하지만, 그래야만 되는 게 아닐까요?"

"흔적을 남기지 않기 위해서란 말인가요?"

"그렇습니다. 모든 일이 철두철미하게 진행되어야 한다는 걸 명심해야 합니다. 다시 말해, 지금 우리 여행의 각 단계는 본래의 우리와는 전혀 상관이 없는 것입니다. 그 구식 스테이션 왜건은 밤을 뚫고 질주했습니다. 게다가, 이 지역에서 발굴 작업 중인 고고학 답사 팀 소속 차량이라는 팻말까지 붙여 두었으니 설령 누가 그걸 보았다 하더라도 아무 문제없습니다. 그리고 그 다음 날 이렇게 타고 온 승용차에는 베르베르인만 잔뜩 타고 있으니, 이건 그야말로 이 근처 도로에선 흔하디 흔한 광경이지요. 그럼 다음 단계는……."

그는 어깨를 들썩해 보였다.

"누가 알죠?"

"그런데 우린 지금 대체 어디로 가는 건가요?"

앤디 피터스는 고개를 내저었다.

"물어도 소용없어요. 곧 알게 될 겁니다."

프랑스인 바론 박사가 그들과 합세했다.

"그럼요. 알게 될 겁니다. 하지만, 질문조차 할 수 없다는 게 사실입니까? 그건 우리 서구인의 기질입니다. 우린 '그날로 만족한다'라고는 결코 말할 수 없습니다. 항상 내일이 있죠. 내일이 우리와 함께 하죠. 내일로 가기 위해 지나간 어제를 떠나는 겁니다. 그게 바로 우리가 요구하는 것입니다."

"어서 빨리 그 세계에 가고 싶은 모양이죠, 박사님?" 피터스가 물었다.

바론 박사가 말했다.

"할 일은 태산 같은데, 인생은 너무 짧습니다. 인간은 보다 많은 시간을 누려야 합니다. 더 많은 시간, 더 많은 시간."

그는 격렬한 제스처로 양손을 이리저리 내저었다.

피터스가 힐러리 쪽으로 돌아섰다.

"당신네 나라에서 말하는 네 가지 자유란 무엇입니까? 빈곤으로부터의 자유, 공포로부터의 자유……"

그 프랑스인이 끼어들어 인상을 찡그리며 말했다.

"바보들로부터의 자유. 그게 바로 내가 원하는 것이오! 내 연구가 필요로 하는 게 바로 그것이오. 비열하기 짝이 없는 경제 제도로부터의 자유! 연구를 방해하는 모든 귀찮은 제한으로부터의 해방!"

"당신 세균학자지요, 바론 박사?"

"그렇소, 나는 세균학자요. 아, 당신은 모르시는 모양이군. 그게 얼마나 흥미진진한 연구인지! 하지만, 그건 인내심을 필요로 하오. 무한한 인내심. 반복되는 실험을 필요로 합니다. 그리고 '돈'—그것도 많이! 장비와 조수들과 싱싱한 재료를 갖추어야 하죠! 원하는 게 모두 주어진다면 못 할 일이 뭐가 있겠소?"

"행복은?" 힐러리가 물었다.

그는 그녀를 보더니 언뜻 웃었다. 문득 그가 다시 인간적인 모습으로 되돌아왔다.

"아, 당신은 여자입니다, 부인. 여자들이란 으레 행복을 요구하게 마련이죠."

"그럼, 좀처럼 찾기 힘든 게 바로 행복이라면?" 힐러리가 물었다.

"그럴지도 모르죠."

"개인적인 행복은 아무 문제도 되지 않습니다."

피터스가 진지한 어조로 말했다.

"'전체'가 행복해야 합니다. 정신적인 유대감! 단결된 노동자들이 생산 수단을 소유한 상태, 바로 그것이 전쟁주의자들과 모든 것을 자기 손아귀에 움켜쥐려는 탐욕스럽고 만족할 줄 모르는 자들로부터 해방된, 자유로운 상태인 것입니다. 과학은 '모두'를 위해 존재하는 겁니다. 하나의 권력이나 그와 유사한 것들에 의해 독점되어서는 안 됩니다."

에릭슨이 잘 알겠다는 듯이 말했다.

"그렇소. 당신 말이 옳습니다. 과학자들이 주인이 되어야 합니다. 그들이 통제하고 지배해야 합니다. 그들만이 '슈퍼맨'입니다. 중요한 사람만이 '슈퍼맨'인 겁니다. 노예들은 잘 대우받아야 합니다. 하지만, 그들은 어디까지나 '노예'입니다."

힐러리는 그들에게서 약간 떨어진 곳으로 걸어갔다.

잠시 후 피터스가 그녀를 뒤따라왔다.

"부인은 영락없이 살짝 겁을 집어먹은 사람 같습니다."

그가 익살스럽게 말했다.

"나는 지금 내 자신에 대해 생각하고 있어요."

그녀는 짧게 숨을 죽여 웃었다.

"바론 박사가 한 말은 다 옳아요. 나는 단지 여자일 뿐이에요. 나는 과학자가 아닙니다. 나는 연구나 해부, 세균학을 연구하는 사람이 아닙니다. 내가 생각하기에도 나는 풍부한 정신적 능력을 가진 여자는 아니에요. 바론 박사가 말했듯 나는 지금 행복을 찾고 있는 중이에요. 다른 여러 어리석은 여성들과 마찬가지로."

"그게 뭐 나쁘다는 말씀인가요?" 피터스가 말했다.

"글쎄요, 내가 이번 일에 지나치게 촉각을 곤두세웠나 보죠, 뭐. 보시다시피 난 남편을 만나러 가고 있는 여자일 뿐이에요."

"물론입니다. 그야 인간이면 누구나 당연한 것 아니겠습니까."
피터스가 말했다.

"그렇게 생각해 주시니 고맙군요."

"무슨 말씀을. 사실이 그런걸요."

그는 착 가라앉은 목소리로 한마디 더 덧붙였다.

"남편이 몹시 걱정되시는 모양입니다?"

"그이가 사라지지만 않았더라면 내가 왜 여기 있겠어요?"

"억측인지도 모르겠지만, 부인은 남편과 견해를 같이 하나요? 그분이 공산주의자라고 생각해도 될까요?"

힐러리는 직접적인 대답을 회피했다.

"공산주의자인지 말해 달라……" 힐러리는 말했다.

"우리 일행에 대해 뭔가 이상한 생각이라도 들었단 말인가요?"

"그게 무슨 말이죠?"

"글쎄요, 우린 모두 똑같은 행선지를 향해 출발했습니다. 하지만, 우리 일행 모두의 속마음은 제각기 다른 것 같군요."

피터스는 뭔가 신중하게 생각하는 듯하더니 입을 열었다.

"글쎄요, 부인도 뭔가 짚이는 게 있는 모양이군요. 나는 그렇게 생각하지 않았습니다. 하지만, 부인 말도 옳은 것 같군요."

힐러리가 말했다.

"바론 박사가 정치적 신념을 가진 사람이라고는 절대로 생각지 않아요! 그는 자기 실험을 위해 돈을 원하고 있어요. 헬가 니드하임은 마치 파시스트 당원처럼 이야기를 하는데, 그녀는 공산주의자가 아니에요, 그리고 에릭슨……"

"에릭슨은?"

"나는 그가 무서워요. 그는 위험한 외곬이에요. 마치 영화 속의 미치광이 과학자 같아요."

"하지만, 나는 인류 동포주의를 신봉하는 사람입니다. 그리고 당신은 단지 사랑받는 아내일 뿐입니다. 또, 우리의 캘빈 베이커 여사는, 부인은 그녀를 어떻게 보시는지요?"

"모르겠어요. 제일 알 수 없는 사람인 것 같아요."

"오, 난 그렇게 생각 안 합니다. 그녀야말로 뻔한 사람 아닙니까?"

"무슨 말씀이죠?"

"그녀가 줄곧 따라다니던 것은 돈 때문일 거라고 생각합니다. 그녀는 돈에 매수된 톱니바퀴 속의 부품일 뿐입니다."

"나는 그녀가 너무너무 무서운걸요." 힐러리가 말했다.

"왜요? 도대체 그녀가 왜 무섭단 말입니까? 그 미치광이 과학자에 비하면 상대도 안 될 텐데."

"그녀가 무서운 이유는 그녀가 너무나 평범하기 때문이에요. 보시다시피, 여느 여자들과 하나도 다를 바 없는, 그야말로 평범한 여자예요. 하지만, 그런 여자가 이런 위험한 일에 사사건건 깊숙이 관여하고 있지 않습니까?"

피터스가 무뚝뚝하게 말했다.

"아시다시피, 그 당은 실제로 있습니다. 당에서는 일에 가장 유능한 남녀들만 고용하겠지요."

"그러나, 일에 능한 사람들은 돈을 원하는 사람들밖엔 없잖아요? 그들이 그녀를 배반해 버릴지도 모르지 않습니까?"

"그건 그야말로 큰 모험이겠지요. 캘빈 베이커 부인은 교활한 여자입니다. 그녀가 그런 모험을 할 것 같지는 않은데요."

피터스가 차분한 음성으로 말했다.

힐러리는 갑자기 떨었다.

"춥습니까?"

"예, 제법 쌀쌀한데요."

"조금 걷도록 합시다."

그들은 이리저리 걸었다. 문득 피터스가 발걸음을 멈추더니 무엇인가 집어 들었다.

"이거, 부인이 흘리신 건가 본데요?"

힐러리는 그것을 건네받았다.

"오, 내 목걸이에서 떨어진 진주군요. 엊그제 줄이 끊어졌지요. 아냐, 어제예요. 굉장히 오래된 것이라서."

"진짜 진주가 아닌 것 같은데요."

힐러리는 웃었다.

"예, 물론 가짜지요. 모조 장신구."

피터스는 호주머니에서 담배 케이스를 끄집어냈다.

"모조 장신구라……, 거 참, 희한한 말이군!" 그가 말했다.

그가 그녀에게 담배를 권했다.

"이런 곳에선 어울리지도 않죠."

그녀는 담배를 집었다.

"케이스가 이상하게 생겼네요. 무겁기도 하겠고."

"납으로 된 것이죠. 전쟁 기념품입니다. 바로 내가 터뜨리려다 실패한 폭탄 파편으로 만든 겁니다."

"당신은, 그럼 전쟁에 참가했었나요?"

"꽝! 하고 터지는 물건 좀 만졌지요. 과학 연구원이었습니다. 전쟁 얘기는 하지 맙시다. 내일 이야기나 하시지요."

힐러리가 물었다.

"지금 우리가 가고 있는 곳은 어떤 곳이죠? 내겐 통 말을 안 해주더군요. 우린……."

그는 그녀의 말을 가로막았다.

그가 말했다.

"공상은 좋지 않습니다. 부인은 들은 곳으로 가고 있고, 또 부인은 들은 대로 하기만 하면 됩니다."

힐러리가 갑자기 격양된 목소리로 말했다.

"당신은 꽉 갇힌 채 하고 싶은 말도 못 해도 좋단 말인가요?"

"그게 필요하기만 하다면 받아들일 각오가 되어 있습니다. 그리고 그건 필요한 일입니다. 우리는 세계의 평화, 세계의 규율, 세계의 질서를 얻기 위해 왔습니다."

"가능할까요? 그게 얻어질 수 있을까요?"

"지금 살고 있는 엉망진창의 세계보다야 백 배 낫죠. 안 그런가요?"

순간 피로감과 함께 주위가 왠지 쓸쓸하다는 생각이 밀려왔다. 그래서 힐러리는 이른 새벽의 이국적인 풍취마저도 왠지 짜증스럽게만 느껴졌다.

그녀는 사실 이렇게 말해 주고 싶었다.

"우리가 살고 있는 세계를 그렇게 경멸하는 이유가 뭐죠? 세상엔 좋은 사람들도 있어요. 강제된 세계 질서, 그건 오늘은 비록 옳게 보일지 몰라도 내일은 틀려지는 게 아닐까요? 인정과 개성을 키우기에는 이 엉망진창의 세계가 오히려 더 나은 사육장이 아닐까요? 나는 연민과 이해와 동정과 결별을 선언하는 우수한 로봇의 세계보다는, 차라리 불완전하긴 하지만, 인정 있고 인간적인 세계를 선택하겠어요."

하지만, 그녀에겐 시간이 없었다. 그래서 일부러 열이 좀 가라앉은 체하며 다음과 같이 말했다.

"그래요, 당신이 옳아요. 우리는 복종을 감수하고 앞으로 나가야죠."

그가 싱긋 웃었다.

"그러는 편이 낫죠."

 꿈속의 여행. 마치 꿈을 꾸고 있는 것 같았다. 날이 가도 매한가지였다. 힐러리는 여태까지의 모든 생애를 이상하게 선발된 이 다섯 명의 동행자들과 함께 여행해 온 듯한 느낌이 들었다. 그들은 잘 다져진 통로에서 벗어나 허공의 세계로 발을 내딛었다.
 어떤 의미에서 본다면, 그들의 이번 여행은 결코 도피라고만은 할 수 없었다. 적어도 그녀 생각으로는 그들 모두는 자유 행위자였다. 자유, 스스로 선택한 곳으로 갈 수 있는 자유. 스스로 아무 죄도 짓지 않았다고 생각하는 이상, 경찰이 그들을 뒤쫓지는 않을 것이다. 하지만, 그들은 지나온 흔적을 감추기 위해 끔찍한 짓을 저질러야만 했다.
 꼭 그렇게 해야만 했을까? 그녀는 가끔 이런 의문을 떨쳐 버릴 수가 없었다. 그들은 결코 도망자가 아니었기 때문이다. 그것은 마치 그들이 그들 자신이 아닌 다른 사람으로 되기 위한 과정인 것 같았다. 그건 그녀 자신에게도 적용되는 사실이었다. 영국을 떠날 때에는 힐러리 크레이븐이었던 그녀가 이젠 올리브 베터튼이었던 것이다. 그러므로 지금 그녀 자신이 느끼고 있는 비현실적인 느낌도 바로 거기에서 기인하는지도 모를 일이었다.
 세상을 떠들썩하게 하는 정치 구호들이 그녀의 입술에서도 이전보다 훨씬 쉽게 흘러나오게 된 것 같았다. 그녀는 자신이 진지하고 심각하게 변하고 있음을 느낄 수 있었다. 동행자들로부터 영향을 받은 탓인 듯했다.
 그녀는 자신이 그들을 두려워하고 있다는 것도 깨달았다. 천재들에게는 보통 사람과 좀 다른 점이 있었다. 바로 그 점이 보통 사람에게 뭔가 심리적으로 커다란 부담을 던져주는 것이다. 그 다섯 인물은 제각기 달랐다. 하지만, 그들 모두는 불타는 열정, 목적을 향한 옹고집이라는 이상한 기질을 가지고 있다는 점에서 일치하고 있었는데, 그것들이 왠지 섬뜩한 인상을 주는 것이었다. 그녀는 그것이 두뇌에서 비롯된 것인지, 외모에서 비롯된 것인지, 아니면 정열에서 비롯된 것인지 알 수가 없었다. 그녀는 그들 일행이 각기 나름대로의 정열을 가진 이상주의자들이라고 생각했다.

바론 박사에게 있어서 인생이란, 단 한 번이라도 자기 전용 실험실을 가지고 그 속에서 무제한적인 자금과 재료로써 실험, 연구, 계산해 볼 수 있기를 열렬히 바라는 욕구 그 자체였다. 대체 무엇을 위한 연구란 말인가? 그녀는 바론 박사 스스로도 그런 질문을 던져 보았으리라 생각했다. 언젠가 그가 파괴력에 대해 말한 적이 있었다. 조그만 약병 하나면 방대한 대륙 하나를 오염시킬 수 있다고 했다. 그녀는 그에게 말했었다.

"과연 그럴 수 있겠어요? 실행할 수 있겠느냐고요."

그러자, 그는 약간 놀란 눈으로 그녀를 쳐다보며 말했다.

"예, 물론 할 수 있죠, 불가피한 경우엔. 그 정확한 길, 그러니까 정확한 진보의 방법을 알아내는 것이야말로 정말 흥미있는 일이지요."

그는 그까짓 것 별 대수로운 일도 아니지 않느냐는 듯한 표정으로 말했다. 그러고는 제법 깊은 한숨을 내쉬었다.

"아시다시피, 연구하고 밝혀내야 할 것이 너무도 많습니다."

짧은 순간이나마 힐러리는 이해가 갔다. 그녀는 수백만 명의 목숨 따위는 본질적으로 중요한 것이 못 된다고 일축해 버리는 이 독불장군의 지식욕을 생각하며 한동안 그 자리를 떠날 수 없었다. 그것은 하나의 견해였으며, 어떤 의미에서 보면 그리 비열한 생각도 아니었다.

그보다 더 적대감을 불러일으키는 인물은 헬가 니드하임이었다. 그 젊은 여자의 하늘 높은 줄 모르는 오만이 그녀의 반발심을 불러일으켰다. 유일하게 피터스가 마음에 들긴 했지만, 가끔 그의 눈에서 번득이는 광신적인 섬광을 볼라치면 역시 싫어지고 두려웠다.

"당신이 창조하려는 건 신세계가 아니에요. 당신은 오래된 세계를 파괴함으로써 그걸 즐기려는 거예요."

"잘못 보셨습니다, 올리브 그건 오해입니다."

"아니에요. 내가 잘못 본 게 아니에요. 당신 마음속엔 증오가 깃들어 있어요. 난 그걸 느낄 수 있어요. 당신은 세상을 증오하고 파괴하고 싶은 거예요."

일행 중 가장 알 수 없는 인물은 에릭슨이었다. 그녀가 생각하기에 에릭슨은 몽상가인 것 같았다. 프랑스인보다 훨씬 비현실적인 것은 물론, 미국인보다도 더 격렬한 파괴적 열정의 소유자. 이국적이고 광신적인 이상주의를 신봉하는 게 과연 노르웨이인다웠다.

그가 말했다.

"우리는 정복해야 합니다. 우리는 기필코 세계를 정복해야 합니다. 그래야만 우리가 지배할 수 있습니다."

"우리?" 그녀가 물었다.

그는 고개를 끄덕거렸다. 그의 표정은 이국적이고 점잖았다. 하지만, 그의 눈 주위엔 위선적인 온화함이 번들거리고 있었다.

"우리야말로 극소수의 가치 있는 사람들이라 할 수 있죠. 두뇌들. 우리만이 중요한 사람들이죠."

힐러리는 생각했다. 우리는 지금 어디로 가고 있는가? 이 사람들 모두는 지금 어디로 유인되어 가고 있는가? 이 사람들은 미쳤다. 하지만, 각자의 관점에서 볼 때, 그들은 스스로를 미쳤다고는 생각하지 않는다.

그들 모두는 제각기 다른 목적과 신기루를 향해 가고 있는 것 같다. 그래, 바로 그거다. '신기루.'

그녀는 그들로부터 돌아섰다. 캘빈 베이커 부인이 그녀를 빤히 쳐다보고 있었다. 이 여자는 광신도, 증오도, 몽상도, 오만도, 동경도 없는 여자다.

이 여자에게서 힐러리가 느끼고 알아낼 수 있는 건 아무것도 없다. 힐러리는 생각했다. 그녀는 단지 한 인간의 여자일 뿐이다. 의식도 정열도 없는 단순한 여자일 뿐이다. 그녀는 정체를 알 수 없는 거대한 세력의 수중에 있는 하나의 유능한 도구일 뿐이다.

3일째의 날이 거의 끝나갈 무렵이었다. 그들 일행은 어느 조그만 마을로 들어가 원주민 호텔에 여장을 풀었다. 이곳에서 그들은 다시 유럽인 복장으로 옷을 갈아입도록 되어 있었다.

그날 밤 그녀는 조그맣고 휑뎅그렁한, 백도제(白塗劑)를 발라놓은 어느 방에서 잤다. 차라리 조그만 감방 같았다.

이른 새벽, 베이커 부인이 그녀를 깨웠다. 베이커 부인이 말했다.

"지금 곧바로 출발합니다. 비행기가 대기하고 있어요."

"비행기라고요?"

"오, 이런 우린 문명인의 여행으로 복귀했어요."

그들은 거의 한 시간을 달린 끝에 비행기가 있는 비행장에 도달했다. 폐쇄된 군용 비행장 같았다. 조종사는 프랑스인이었다.

그들은 몇 시간을 날았다. 그들을 태운 비행기는 산맥을 지나갔다. 비행기에서 아래를 내려다본 힐러리는 위에서 내려다보이는 세상은 모두가 비슷비슷하구나 하는 생각이 들었다. 산과 도로, 집들, 사실 항공 전문가가 아닌 다음에야 모든 게 비슷비슷하게 보일 뿐이었다. 대개 어떤 지역은 어떤 지역보다 인구가 조밀하다 하는 정도로 말할 수 있을 뿐이었다. 거의 중간 정도 왔을 때 구름 속을 지나는 통에 아무것도 볼 수 없었다.

정오를 막 지날 무렵 비행기는 고도를 낮추어 아래를 향해 선회하기 시작했다. 여전히 산악지대였다. 하지만, 평탄한 평지가 아래에서 다가오고 있었다. 뚜렷한 표시가 있는 비행장이 있었고, 옆으로 하얀 건물이 한 채 있었다. 그들은 안전히 착륙했다.

베이커 부인이 건물 쪽으로 나 있는 길로 안내했다. 길옆으로 힘 좋은 자동차 두 대가 서 있고, 그 옆에 운전사가 서 있었다. 그곳은 일종의 개인 비행장임이 틀림없었다. 왜냐하면, 아무런 공식적인 절차도 없었기 때문이다.

"여행은 끝났습니다." 베이커 부인이 유쾌하게 말했다.

"모두 들어가서 깨끗하게 세수하고 몸치장도 합시다. 그리고 나면 차가 준비되어 있을 겁니다."

"여행이 끝났다니요?" 힐러리는 그녀를 휘둥그레 쳐다보았다.

"우린, 우린 바다를 건넌 적이 없는데."

"그럼 바다를 건너갈 줄 알았단 말인가요?"

베이커 부인은 재미있는 모양이었다.

힐러리는 도무지 영문을 모르겠다는 듯이 말했다.

"글쎄, 난 그럴 줄 알았는데. 내가 생각하기론……." 그녀는 말을 멈추었다. 베이커 부인이 고개를 끄덕거렸다.

"그럴 거예요. 다들 그렇게 생각하죠. 하지만, 내 말은 철의 장막이란 어디든 있을 수 있다는 뜻입니다. 사람들은 그러리라곤 생각지 않죠."

두 명의 베르베르인 하인이 그들을 맞이했다. 세수를 하고 기운을 차린 뒤 그들은 앉아서 커피와 샌드위치, 그리고 비스킷 등을 먹었다.

그때 베이커 부인이 그녀를 흘끗 쳐다보았다. 그녀가 말했다.

"그래, 정말 긴 여행이었어. 중간에 사람도 많았고. 나는 여기서 댁과 헤어집니다."

"모로코로 되돌아간단 말이에요?" 힐러리가 물었다.

"그렇게 하진 않을 거예요. 다들 내가 사고 비행기에서 타 죽어 버린 줄 알고 있을 테니까. 아냐, 이번엔 다른 일로 뛰게 될지도 모르겠어요."

"하지만, 누군가가 당신을 알아볼지도 모르잖아요. 카사블랑카나 페즈에서 당신과 마주쳤던 사람들 말이에요."

"아ㅡ." 베이커 부인이 말했다.

"하지만, 그들이 날 알아보진 못할 겁니다. 내 여동생 하나가, 그러니까 캘빈 베이커 부인이란 사람이 비행기 사고로 죽은 걸로 되어 있어요. 동생과 나는 꼭 닮았답니다. 게다가, 다른 여권도 하나 구해 두었지요."

그녀는 한마디 더 덧붙였다.

"호텔에서 마주치게 되는 사람들이야, 어느 여자 여행객 하나가 다른 여행객과 꼭 빼어 닮았더라 하는 정도로 여기겠죠."

힐러리는 충분히 그럴 수도 있겠다고 생각했다. 베이커 부인의 외적 특징은 전부 다 드러나 있다. 단정하고 깔끔한 맵시, 곱게 빗은 푸른색 머리칼, 매우 단조롭고 수다스런 목소리. 하지만, 그것은 중요한 게 아니었다. 그녀의 내적 특징은 철저히 감추어진 채 밖으로 드러나지 않았다.

캘빈 베이커 부인은 세상과 자기의 일행에겐 겉모습만을 보여 주고 있었다. 그 겉모습 뒤에 감추어진 것을 알아내기는 쉽지 않았다. 그녀는 자신과 다른 사람을 구별되게 하는 개성의 징표를 고의적으로 없애버린 것 같았다. 힐러리는 은근히 그런 말을 해보고 싶은 생각이 들었다. 그녀와 베이커 부인은 휴게실 안에서 약간 떨어진 채 서 있었다.

"도무지 모르겠군요. 당신은 대체 어떤 사람인지." 힐러리가 말했다.

"굳이 알아야 할 이유라도 있나요?"

"왜 알고 싶으냐고요? 꼭 알고 싶은걸요. 우린 여태까지 아주 친숙한 분위기 속에서 함께 여행해 왔습니다. 그런데도 내가 부인에 대해서 아무것도 모르니 그게 이상할 수밖에 없지 않겠어요? 당신의 본질적 요소들, 그러니까 당신의 감정과 생각, 좋아하는 것과 싫어하는 것, 당신이 중요시하는 게 무엇이고 또 그렇지 않은 것은 무엇인가 따위에 대해서 전혀 모르고 있답니다."

"그렇게도 속속들이 알고 싶으신 모양인데······." 베이커 부인이 말했다.

"내가 충고 하나 하겠어요. 그런 호기심은 아예 눌러 버리도록 하세요."

"당신이 미국 어느 지방 출신인지조차도 모른다니까요."

"그런 건 나와 상관없는 얘기예요. 나는 내 조국과 관계를 끊었습니다. 내가 그곳으로 돌아갈 수 없는 이유도 바로 그 점이에요. 그 나라에 대한 원한을 갚을 수만 있다면 철저히 갚아 줄 텐데."

그 순간 악의에 찬 표정이 그녀의 얼굴을 스치고 지나갔다. 목소리에는 증오가 끓어올랐다. 이윽고 또다시 유쾌한 관광객의 음성으로 되돌아왔다.

"글쎄요, 베터튼 부인, 오랫동안 같이 있었는데 섭섭하군요. 남편과의 즐거운 재회를 빌겠어요."

힐러리는 힘없이 말했다.

"나는 이곳이 도대체 어딘지 모르겠어요. 세상 어느 구석에 와 있는지 원."

"오, 그건 간단해요. 지도상 고위도 지방의 어느 외딴 곳이죠. 이젠 거의 다 왔어요."

베이커 부인은 저쪽으로 가더니 다른 사람들과 작별인사를 나누기 시작했다. 그녀는 쾌활하게 손을 흔들며 공항 포장도로를 가로질러 걸어갔다. 비행기는 이미 연료를 다시 채우고, 그녀와 조종사를 기다리고 있었다.

힐러리는 언뜻 차가운 냉기 같은 게 느껴졌다. 이것이 외부세계와의 마지막 접촉이라는 생각이 들었다. 바로 옆에 서 있던 피터스도 그녀의 그런 기분을 눈치챈 것 같았다. 그가 살며시 말했다.

"돌아오지 않는 곳. 우린 돌아오지 않을 겁니다."

바론 박사가 낮은 음성으로 말했다.

"정 내키지 않으면 지금이라도 당장 저 미국인 친구를 따라 비행기를 타고 떠나온 세계로 되돌아가시지요, 부인?"

"내가 원한다고 해서 되돌아갈 수 있을까요?" 힐러리가 반문했다.

프랑스인은 어깨를 으쓱해 보였다.

"아마 그렇게는 안 될걸요."

"내가 그녀를 부를까요?" 앤디 피터스가 말했다.

"천만에요. 그럴 필요 없어요."

힐러리는 날카롭게 일축해 버렸다.

헬가 니드하임이 경멸적인 투로 말했다.

"이곳엔 연약한 여성들을 위한 방은 없다니까."

바론 박사가 낮게 중얼거렸다.

"저 여잔 연약한 여성이 아니에요. 저 여자는 자기가 똑똑한 여자임을 드러내 보이고 싶은 겁니다."

마치 독일 여자를 비난하려는 듯 '똑똑한'이라는 말에 유달리 힘을 주었다. 하지만, 니드하임은 그의 말은 들은 체도 하지 않았다. 그녀는 프랑스인을 완전히 무시해 버린 채 자기 가치에 대한 행복한 확신에 젖어 있었다.

에릭슨이 특유의 높고 신경질적인 음성으로 말했다.

"최종적인 자유에 도달하게 된다면 과연 되돌아갈 맘이 생길까요?"

"되돌아간다든가 되돌아갈 선택이 불가능하다면, 그건 자유가 아니죠!"

하인 하나가 그들에게로 와서 말했다.

"실례지만, 지금 차량이 출발하려고 대기 중입니다."

그들은 건물 반대편 출입구를 통해 밖으로 나갔다. 거기엔 제복을 입은 운전사와 함께 두 대의 캐딜락승용차가 대기하고 있었다.

힐러리는 운전사와 함께 앞좌석에 앉고 싶다고 했다. 대형 승용차의 흔들림 때문에 간혹 차멀미를 느끼는 체질이라고 설명했다. 그녀의 설명이 쉽게 받아들여진 모양이었다. 차를 타고 가는 도중 힐러리는 이따금씩 짤막하고 막연한 대화를 나누었다. 날씨도 화창했고 차의 성능도 훌륭했다. 그녀는 별로 힘들이지 않고 능숙한 불어를 구사했으며 운전사도 쾌활하게 대답해 주었다. 그의 태도는 자연스럽고 솔직했다.

이윽고 그녀가 질문을 던졌다.

"얼마나 가죠?"

"비행장에서 병원까지 말입니까? 아마 두 시간은 가야 할 겁니다, 부인."

이 말은 힐러리에게 뭔가 꺼림칙한 놀라움을 불러일으켰다. 깊이 생각할 것도 없이 헬가 니드하임이 휴게실에서 옷을 갈아입을 때 그 옷이 간호사복이었다는 사실이 떠올랐기 때문이었다. 이 사실과 운전사의 말이 딱 들어맞는다.

"그 병원에 대해 좀 얘기해 주시겠어요?" 그녀가 운전사에게 말했다.

그는 대답에 열을 올렸다.

"아, 부인 정말 엄청난 곳이죠. 시설이 그야말로 세계 최고지요. 많은 의사 선생님들이 와서 둘러보고 돌아가실 때에는 입에 침이 마르도록 칭찬하는 곳이랍니다. 인류를 위한 일이 거기서 이루어지고 있다는 것은 그야말로 위대한 사실입니다."

"그럼요. 두말할 것도 없죠." 힐러리가 말했다.

"불쌍한 사람들······." 그 운전사가 말했다.

"옛날 같으면 외딴 섬으로 추방되었을 사람들이죠. 하지만, 이곳에선 콜리니 박사님의 새로운 치료법으로 상당수의 사람들이 치료를 받고 있죠. 거의 다 죽어가는 사람들까지도 말입니다."

"병원이 아주 외진 곳에 있는 모양이군요." 힐러리가 말했다.

"아, 부인께서 가시는 곳은 아주 외딴 곳입니다. 당국에서 강력히 원하는 바람에 그곳으로 낙착되었죠. 하지만, 이곳 공기는 좋아요. 공기가 그저 그만입니다. 보세요, 부인. 그곳이 보입니다."

그가 한쪽을 가리켰다. 그들은 어느 산맥의 첫 번째 지맥을 향해 접근하고 있었다. 그 옆 언덕을 마주하고 있는 평지 위에 길고 반짝거리는 흰색 건물이

한 채 있었다.

운전사가 말했다.

"이런 곳에 저런 건물을 세운 건 정말 대단한 역사(役事)죠. 엄청난 돈이 들었을 겁니다. 전 세계의 자선가들 덕택이죠. 그분들은 언제나 싸구려로만 일을 처리하려는 정부와는 다르죠. 이곳엔 돈이 정말 물 뿌리듯 뿌려졌거든요. 후원자가 세계 최고의 부호들 중 한 분이라고 하더군요. 사실 그분은 이곳에다 인류의 고통을 덜어 주기 위한 업적을 세우신 셈이죠."

그는 길고 구불구불한 진입로를 따라 차를 몰고 올라갔다. 드디어 그들은 빗장이 채워진 거대한 철문 앞에 도달했다.

"여기서 내리셔야 합니다, 부인." 운전사가 말했다.

"저는 차를 몰고 안으로 들어가지 못하게 되어 있습니다. 차고가 1km 떨어진 곳에 있습니다."

일행은 모두 차에서 내렸다. 문에는 커다란 벨이 하나 붙어 있었다. 그런데 그들이 벨에 손을 대지도 않았는데도 문이 천천히 돌아 열렸다.

흰옷을 입은 어느 사내가 검은 얼굴에 미소를 띤 채 허리 굽혀 인사를 하며 그들에게 안으로 들어오라고 했다. 그들은 문을 통과했다.

높다란 철조망이 쳐진 곳에 넓은 마당이 있었다. 웬 남자들이 왔다 갔다 하고 있었다. 그 남자들이 일행이 도착하는 장면을 보려고 이쪽으로 돌아섰을 때, 힐러리는 그만 소스라치듯 신음을 토하고 말았다.

"저 사람들은 나병환자들이야!" 그녀가 놀라운 목소리를 내뱉었다.

"문둥이들."

공포의 선율이 그녀의 전신을 사로잡았다.

제11장

 나환자 수용소의 철문은 일행 뒤에서 덜커덩하는 금속성의 소리와 함께 닫혀 버렸다. 안 그래도 놀라 있던 힐러리의 뇌리 속엔 이젠 끝장이구나 하는 생각이 스치고 지나갔다. 그 소리는 마치, '이곳으로 들어온 그대들은 모든 희망을 버릴지어다.'라고 말하는 것 같았다. 그녀는 이제 끝장이라는 생각이 들었다. 이젠 진짜 끝이다……

 지금쯤 어떤 식으로든 퇴로가 될 만한 것들은 모두 차단되었을 것이다. 그녀는 사면초가의 궁지에 빠지고 말았다. 이제 그 속에서 발각되어 들통이 나는 것은 시간문제일 것이다. 어렴풋이 언젠가 이런 순간이 닥치리라는 것은 자신도 예상하고 있었다는 사실이 떠올랐다. 하지만, 인간 마음속에 내재되어 있는 설마 실패하지는 않겠지 하는 낙관주의와 자기 스스로 존재를 포기할 수는 없을 것이라는 믿음 속에 감추어져 있던 오만이 그녀로부터 그 사실을 감추어 왔던 것이다. 언젠가 카사블랑카에서 제솝에게 이렇게 말한 적이 있었다.

 "언제 톰 베터튼이 있는 곳에 닿게 될까요?"

 그러자 그는 심각한 표정으로 위험이 극도로 무르익어 갈 무렵이라고 대답했었다. 그리고 한 가지 사실을 덧붙였다. 그때쯤 그가 그녀를 보호해 줄 수 있는 위치에 있을 수 있다면 좋겠다고. 하지만, 그런 희망이 힐러리에겐 영 와 닿지 않았다. 그는 그 희망을 실현시키지 못했던 것이다.

 만일 '히더링턴 양이 제솝이 믿고 있던 정보원이었다면, '히더링턴 양은 이미 계략에 속아 마라케시에서 공작 실패를 고백하고 있을 것이다. 하지만, 어쨌든 결과적으로 히더링턴 양이 할 수 있는 일은 아무것도 없지 않았던가?

 그들 일행은 두 번 다시 돌아갈 수 없는 곳으로 들어왔다. 힐러리는 목숨을 건 도박을 했다. 그녀는 이제야 제솝의 말이 옳았다는 걸 깨달았다. 이제 그녀는 죽고 싶지 않았다. 살고 싶었다.

살고 싶다는 욕망이 마음속에 강하게 치솟아 올랐다. 나이젤이 떠올랐다. 슬프고 야릇한 연민과 함께 브렌다가 묻혀 있는 작은 흙무덤도 떠올랐다. 하지만, 이제 더 이상 그녀로 하여금 죽음의 망각 상태만을 쫓도록 했던 삶의 포기라는 무정한 절망감은 존재하지 않았다. 그녀는 생각했다.

'나는 원래의 모습으로 건강하게 다시 태어난 사람이다. 나는 지금 덫에 걸린 생쥐와 같아. 빠져나갈 수만 있다면······.'

그녀도 빠져나갈 문제를 전혀 생각해 보지 않은 것은 아니었다. 여러 번 생각해 보았다. 하지만, 영 꺼림칙한 것은 일단 베터튼과 마주치게 되면 도무지 빠져나갈 방법이 없을 것이라는 사실이었다. 베터튼은 이렇게 말하겠지.

"저 여자는 내 아내가 아닌데······."

너무나 뻔한 일이다! 그녀를 보는 순간 눈치챌 것이다. 그들 속에 침투한 첩자라는 것을······.

기발한 묘책이 없을까? 먼저 선수를 치면 어떨까? 톰 베터튼이 말을 꺼내기 전에 고함을 질러 버릴까? "당신은 누구죠? 당신은 내 남편이 아니에요!" 하고 말이다. 먼저 화를 내고 충격받고 무서워하는 흉내를 감쪽같이 내면 그게 그들의 확실한 의심을 불러일으킬 수 있을까?

베터튼은 과연 진짜 베터튼인가. 혹 다른 과학자가 침투해 그의 흉내를 내고 있는 것은 아닌가 하는 의혹. 다시 말해 첩자. 그들이 일단 그렇게 믿어 버리면 베터튼은 그야말로 궁지에 몰리고 만다! 그녀는 도통 생각의 갈피를 잡을 수 없었다.

하지만, 그녀는 베터튼이 반역자일 경우를 떠올렸다. 조국의 기밀을 팔아넘긴 반역자. 사실이 그렇다면 그가 궁지에 몰리든 말든 그게 무슨 상관인가? 하지만, 또 한편으로는 그의 애국심을 확인해 볼 수 없다는 생각이 들었다. 사람이나 일을 판단하는 것만큼 어려운 일도 없다. 하여간 그건 한 번쯤 시도해 볼 만한 일이다. 그에 대한 의심을 불러일으키는 일.

그녀는 가벼운 현기증과 함께 현재 당면하고 있는 현실로 되돌아갔다. 그녀의 생각은 마치 덫에 걸린 생쥐처럼 필사적으로 발버둥치며 의식의 밑바닥을 내달리고 있었던 것이다. 하지만, 그 와중에서도 그녀의 의식의 외적 흐름은 지시받은 역할을 계속 수행해 나가고 있었다.

외부세계에서 온 그들 일행은 어느 키가 크고 잘생긴 사내로부터 영접을 받았다. 그는 몇 개 국어에 능통한 것 같았다. 왜냐하면, 그들 일행 각자에게 출신국의 언어로 한두 마디씩 건넸기 때문이다.

"처음 뵙겠습니다. 만나서 무척 반갑습니다, 박사."

그가 바론 박사에게 조그만 음성으로 말했다. 불어였다.

그리고 그녀에게로 돌아섰다.

"아, 베터튼 부인. 이렇게 오시게 되다니 정말 다행입니다. 긴 여행에 정신이 없을 겁니다. 남편은 아주 잘 계십니다. 부인을 무척 기다리고 있습니다."

그는 그녀에게 조심스레 미소를 보냈다. 하지만, 그것은 그의 창백한 눈초리와는 전혀 어울리지 않는 웃음이었다. 그녀는 대뜸 그걸 알 수 있었다.

"남편이 무척 보고 싶으실 테죠?" 그가 말했다.

현기증이 한결 더 심해졌다. 현기증이 때를 지어 마치 바다의 파도처럼 주위를 왔다 갔다 하는 기분이었다. 옆에 있던 앤디 피터스가 손을 내밀어 그녀를 부축해 주었다.

그가 자기들을 영접한 사내에게 말했다.

"못 들은 모양이군요. 베터튼 부인은 카사블랑카에서 끔찍한 추락 사고를 당했습니다. 뇌진탕이 먼 길을 오느라고 더 악화되었어요. 곧장 남편을 만나면 더 충격받게 될 겁니다. 지금은 어두운 방에서 쉬어야 할 것 같은데요."

힐러리는 그의 음성과 받치고 있는 팔에서 친근감을 느꼈다. 그녀는 약간 더 휘청거렸다. 이런 것쯤이야 식은 죽 먹기지. 무릎을 꿇고 쓰러져 풀썩 드러누워 버리는 일쯤이야. 아예 의식을 잃은 체하거나 기절한 체하는 일쯤이야. 어둠침침한 방 침대에 눕게 된다면 당분간 발각될 염려는 없을 것이다······.

하지만, 베터튼이 그녀를 만나러 그곳으로 올 것이다. 이 세상 어느 남편이라도 그렇게 하겠지. 그는 거기 와서 어둠침침한 어둠 속에서 침대에 걸터앉겠지. 그의 눈이 침침한 어둠에 익숙해질 무렵, 최초로 그녀가 중얼거리는 소리를 듣게 되고, 처음으로 드러나는 그녀 얼굴의 희미한 윤곽만으로도 그녀가 올리브 베터튼이 아니라는 사실을 알게 될 것이다.

힐러리는 다시 용기를 내었다. 그녀는 똑바로 섰다. 양쪽 볼이 빨개졌다. 그녀는 고개를 바로 들었다. 비록 이것이 끝일지라도 정정당당한 끝이 되도록 하자! 베터튼에게로 가서 그가 그녀를 부인하는 순간, 최후의 거짓말을 시도하리라. 그리고 당당하게 떳떳하게 말하리라.

"그래요. 물론 나는 당신 아내가 아닙니다. 정말 안된 일이에요. 끔찍한 일이었어요. 그녀는 죽었어요. 나는 그녀가 죽을 때 함께 입원했던 사람입니다. 난 그녀에게 약속했어요. 어떻게 해서든 당신에게 가서 그녀의 마지막 유언을 전해 주겠다고. 나는 꼭 해주고 싶었어요. 보시다시피 나는 지금 당신이 하는 일에 공감하고 있어요. 현재 당신이 하고 있는 모든 일에 난 정치적으로 당신과 견해를 같이 하고 있습니다. 나는 돕고 싶답니다……"

뻔하다, 뻔해. 속이 뻔히 들여다보이는 거짓말이다. 너무나 뻔해서 설명하기조차 거북한 거짓말이다. 가짜 여권, 날조된 크레디트 카드. 그래, 하지만, 간혹 가장 뻔뻔스런 거짓말도 할 줄 알아야 하는 게 인간 아닌가! 분명한 신념을 가진 거짓말이라면 괜찮아. 마음만 단단히 먹으면 돼. 어쨌든 싸움에서 이기기만 하면 되는 거야.

그녀는 혼자 힘으로 곧게 섰다. 천천히 피터스의 부축으로부터 빠져나왔다.

그녀가 말했다.

"오, 그럴 것 없어요. 톰을 만나야겠어요. 꼭 그에게로 가봐야겠어요. 지금, 당장, 제발."

그 말에 그 키 큰 사내의 마음이 움직인 것 같았다. 애처롭게 보인 모양이었다. 하지만, 그의 매서운 눈초리는 여전히 창백하고 날카로웠다.

"물론이지요. 물론입니다, 베터튼 부인. 부인 마음은 잘 알겠습니다. 아, 젠센 양, 이리 와요."

가느다란 안경을 낀 아가씨가 그들에게로 왔다.

"젠센 양, 이분들은 베터튼 부인, 니드하임 양, 바론 박사, 피터스 씨, 에릭슨 박사야. 이분들에게 기록실에 대해 설명해 주겠소? 마실 걸 갖다 드리세요. 나는 조금 있다가 올 테니까. 지금 베터튼 부인을 남편에게 데려다 드려야겠소. 잠시 후 돌아오겠소." 그는 다시 힐러리를 쳐다보았다.

"나를 따라오시지요, 베터튼 부인."

그는 성큼성큼 앞서 걸어갔다. 그녀도 따라갔다. 통로가 꺾어지는 곳에 이르자 그녀는 어깨 뒤를 마지막으로 돌아보았다.

앤디 피터스는 여전히 그녀를 쳐다보고 있었다. 그의 표정에는 희미하나마 뭔가 알 수 없는 불만이 서려 있었다. 순간적으로 그녀는 그가 함께 오고 싶어서 저럴지도 모른다는 생각이 들었다. 뭔가 불길한 일이 도사리고 있다는 걸 그가 눈치챘을지도 모르는 일이었다. '나'에게서 그런 눈치를 챘을 것이다. 하지만, 그는 그게 무엇인지 모른다. 그녀는 가벼운 전율과 함께 이런 생각이 들었다.

"이게 내가 그를 보는 마지막 순간일지도 몰라……."

마침내 안내인을 따라 모퉁이를 돌아서는 순간, 그녀는 한 손을 흔들어 작별을 고했다.

그 키 큰 사내는 즐거운 듯 이야기를 하고 있었다.

"이 통로는 말입니다, 베터튼 부인. 부인같이 처음 오시는 분에겐 몹시 어리둥절하고 혼란스러울 겁니다. 복도가 여러 갈래인데다 모두가 엇비슷하거든요."

마치 꿈과 같았다. 힐러리는 위생적으로 보이는 백색의 복도를 따라가는 꿈을 꾸고 있다고 생각했다. 계속 통과해서 돌고, 또 가도 영원히 출구를 찾지 못할 그런 꿈을…….

"병원이, 병원이 있을 줄은 정말 몰랐어요." 그녀가 말했다.

"물론 그렇겠죠. 부인께선 전혀 생각지도 못했던 일이겠지요."

그의 목소리에는 희미하나마 잔학한 유희의 흔적이 담겨 있었다.

"부인께선 여태껏 '계기 비행'을 했다고 하더군요. 나는 반 하이뎀, 파울 반 하이뎀이라고 합니다."

"약간 이상한 곳이네요. 아니, 차라리 약간 두려운 곳이라고나 할까."

힐러리가 말했다.

"나병환자들이……."

"그럼요. 눈에 확 띄죠. 정말 의외일 겁니다. 그게 처음 오는 분들을 당황하게 만들죠. 하지만, 곧 익숙해질 겁니다. 그럼요, 조만간에 익숙해지고말고요."

그는 슬며시 킬킬거리며 웃었다.

"정말 재미있는 말씀이군요. 두고두고 기억해 두겠어요."

그가 갑자기 걸음을 멈추었다.

"한 계단 한 계단 올라가야 하는데, 지금부터 서두르진 마십시오. 발걸음은 쉽게. 자, 이제 거의 다 왔습니다."

그곳에 거의 다…… 그곳에 거의 다…… 죽음을 향해 내딛었던 그렇게도 많은 발걸음들…… 위로, 위로, 더 깊숙이 내딛어 버린 발걸음들…….

이제 막 또 다른 위생적인 복도를 지나 반 하이뎀은 이미 어느 문 앞에 서 있었다. 그가 노크를 하고 잠시 기다린 뒤 문을 열었다.

"아, 베터튼, 마침내 이렇게 오셨소. 당신 부인이오!"

그는 약간 과장된 몸짓을 하며 옆으로 비켜섰다.

힐러리는 방 안으로 걸어 들어갔다. 아무런 망설임도 없었다. 아무 거리낌도 없었다. 용기백배, 운명을 향해 앞으로 나아갔다.

어느 남자가 창문에서 몸을 반쯤 돌린 채 서 있었다. 숨이 막힐 정도로 잘생긴 사내였다. 대뜸 보는 순간 그의 수려한 용모가 거의 놀라울 정도라는 걸 느낄 수 있었다. 하여간 그는 그녀가 생각하고 있던 톰 베터튼이 아니었다. 그녀가 본 사진과는 조금도 닮지 않은 남자가 분명했다.

그녀로 하여금 결심을 하게 한 것은 놀라움으로 뒤범벅이 된 그녀의 느낌이었다. 그녀는 자포자기한 상태에서 벗어나고 싶었다. 그녀는 빠른 걸음으로 앞으로 나가던 도중 갑자기 뒤로 몸을 획 돌렸다.

그녀는 소리쳤다. 깜짝 놀라 당혹한 음성이었다.

"톰이 아니에요. 내 남편이 아니에요……."

정말 기가 막힌 연기였다. 스스로 생각하기에도 그랬다. 극적인 장면이었다. 하지만, 극을 넘어선 것은 아니었다. 그녀의 두 눈이 깜짝 놀라 의혹에 젖어 있는 반 하이뎀의 눈과 마주쳤던 것이다. 그러자 바로 그때 톰 베터튼이 껄껄 웃었다. 점잖게, 재미있다는 듯 아주 의기양양한 웃음이었다.

"정말 재미있지 않습니까, 반 하이뎀? 내 아내조차 나를 알아보지 못하니."

빠른 걸음을 네 번 옮기더니 그는 그녀에게로 바짝 다가왔다. 그리고 두 팔로 그녀를 힘껏 껴안았다.

"올리브, 여보. 당신이 나를 모를 리 있나. 얼굴은 비록 옛날과 다르지만 틀림없는 톰이야."

그는 자기 얼굴을 그녀의 얼굴에다 비벼댔다. 그의 입술이 그녀의 귀에 스치고 지나갔다. 그녀는 어렴풋한 속삭임이 스치고 지나가는 것을 들었다.

"그럴 듯하게 굴어요, 제발. 위험합니다."

그는 그녀를 잠시 풀어 주었다가 다시 끌어당겨 안았다.

"여보! 몇 년이나 지난 것 같군. 정말 수십 년이나 지난 것 같아. 하지만, 드디어 당신이 이렇게 오게 되다니!"

그녀는 그가 뭔가 주의를 주려는 듯 자신의 어깨뼈를 손가락으로 누르는 것을 느낄 수 있었다. 뭔가 그녀의 주의를 환기시키고 절박한 메시지를 전달하려는 것 같았다.

그는 1~2분 정도가 지나서야 그녀를 풀어 주었다. 그리고 그녀를 살짝 민 다음 그녀의 얼굴을 빤히 들여다보았다.

"난 아직도 믿어지지가 않아." 그는 흥분한 채 멋쩍게 웃으며 말했다.

"정말 아직도 날 못 알아보겠어, 여보?"

그의 두 눈은 여전히 경고의 메시지를 품은 채 그녀를 향해 깜박거리고 있었다. 그녀로서는 도무지 이해를 못 할 노릇이었다. 도무지 뭐가 뭔지 알 수가 없었다. 하지만, 그건 어쨌든 하늘로부터 뚝 떨어진 기적이었다. 그녀는 용기를 내어 자기 역을 해내기로 했다.

"톰!"

그녀는 말했다. 그건 그의 말을 들은 그녀의 귀가 뭔가를 알아차렸다는 의미를 담고 있는 목소리였다.

"오, 톰! 하지만, 이게 대체 어떻게 된 영문인지……."

"성형수술! 비엔나의 헤르츠가 여기 있어. 그는 하나의 살아 있는 불가사의지. 납작한 옛날의 내 코가 그립다고 말하지는 말아 줘."

그는 다시 그녀에게 키스를 했다. 이번엔 아까보다 살짝 키스했다. 그리곤 약간 겸연쩍은 듯한 미소를 띤 채 이쪽을 쳐다보고 있는 반 하이뎀에게로 돌아섰다. 그가 말했다.

"낯 뜨거운 짓을 용서하십시오, 반."

"뭘, 당연하지. 당연하고말고." 독일 남자는 호의적인 웃음을 지었다.

"너무 긴 시간이었어요." 힐러리가 말했다.

"난······." 그녀는 약간 휘청거렸다.

"좀 앉았으면 좋겠어요."

톰은 재빨리 의자를 밀어 주었다.

"그럼, 그렇겠지, 여보. 당신은 별의별 일을 다 겪었어. 정말 끔찍한 여행이었겠지. 비행기 사고까지 당했으니 오죽하겠소. 하느님 맙소사, 탈출은 탈출이로군!"

(이걸로 봐서 그들 간에는 긴밀한 연락이 되어 있었음이 틀림없었다. 그들은 비행기 추락 사고까지 몽땅 알고 있었다.)

"그 사고 때문에 머리가 완전히 흐리멍덩하게 되어 버렸어요."

힐러리가 약간 겸연쩍은 듯 웃으며 말했다.

"몽땅 까먹고 머릿속이 엉망진창이 되어 버렸어요. 게다가, 끔찍한 두통까지 얻었어요. 그러니 당신을 보는 순간 전혀 엉뚱한 사람으로 착각할 수밖에 없었죠. 내가 좀 돌았나 봐요, 여보. 당신에게 골칫거리나 되지 말아야 할 텐데!"

"당신이 성가실 거라고? 원 별 말을 다하는군. 당신은 지금부터 조금씩 조금씩 나아질 거야. 이곳 세계엔 여가 즐기는 일밖엔 할 일이 없거든."

반 하이뎀이 천천히 문쪽으로 갔다.

"그럼, 난 가겠소." 그가 말했다.

"조금 있다가 부인을 기록실로 데려다 주겠소, 베터튼? 잠시 동안이니 혼자 있어도 되겠지."

그는 문을 닫고 나갔다. 그 즉시 베터튼은 무릎을 꿇고 그녀 옆에 앉더니 얼굴을 그녀의 어깨에 파묻었다.

"오, 여보, 내 사랑." 그가 말했다.

다시 한 번 그가 경고를 하기 위해 어깨를 손가락으로 누르는 것을 느낄 수 있었다. 겨우 들릴락 말락 한 그의 목소리는 절실하고 긴박한 것이다.

"아까처럼 계속하세요. 어딘가 알 수 없는 곳에 도청장치가 있을 겁니다."

물론 맞는 말이었다. 아무도 알지 못할 곳에……. 공포, 불안, 의혹, 위협, 상존하는 위험을 그녀는 주위로부터 느낄 수 있었다.

톰 베터튼은 엉덩이를 깔고 돌아앉았다.

"당신을 만나게 되어 정말 기뻐." 그가 부드럽게 말했다.

"정말 꿈같은 일이야. 생시가 아닌 것 같아. 당신도 그런 기분이지?"

"예, 나도 꼭 꿈만 같아요. 마침내 당신과 함께 있게 되다니 실감이 안 나요, 톰."

그녀는 양손을 그의 어깨에다 얹었다. 그녀는 그를 쳐다보고 있었다. 엷은 미소가 그녀의 입술 위로 번지고 있었다(도청장치와 마찬가지로 어딘가에 염탐구멍이 있을지도 모를 일이었다).

그녀는 자기가 목격한 것을 냉정하고 차분하게 되새겨 보았다. 잔뜩 겁을 집어먹고 초조해하는 30세 전후의 미남자(거의 막다른 골목에 이른 듯한 남자), 애당초 희망에 부풀어 이곳으로 왔건만 결국 이렇게 전락해 버리고 만 남자.

어쨌든 이제 그녀는 첫 번째 난관을 뛰어넘은 셈이었다. 힐러리는 자기 역을 해나가는 데 있어 야릇하게 들뜬 기분을 느꼈다. 그녀는 분명히 올리브 베터튼이어야 한다. 올리브가 행동할 것처럼 행동하고, 올리브가 느낄 것 같은 대로 느끼자. 게다가, 살아 있다는 게 현실 같지 않았기 때문에 더더욱 자연스러워지는 것 같았다. 세상은 힐러리 크레이븐이 비행기 사고로 죽은 걸로 알고 있다. 지금 이 순간부터는 그녀 자신도 자기를 기억하지 않을 것이다.

단, 그녀가 그렇게도 꼼꼼히 공부한 것들에 대한 기억은 되살려야 한다.

"퍼뱅크에 있을 때처럼 젊어 보여요." 그녀가 말했다.

"위스커스, 위스커스 기억나세요? 그게 새끼를 낳았어요. 당신이 떠난 직후에 많은 일이 있었죠. 하지만, 내겐 모두 별 볼일 없이 멍한 나날이었어요. 당신은 알 수 없을 거예요. 정말 괴상망측한 나날이었죠."

"알 만해. 하지만, 지금부터 과거 생활을 모두 청산해 버리고 새 생활을 시작하는 거야."

"그렇다면 이곳이 괜찮은 곳이란 말이군요? 행복하세요?"

어느 아내라도 물을 수 있는, 그야말로 아내다운 질문이었다.

"최고야."

톰 베터튼은 어깨를 쭉 펴고 고개를 뒤로 젖혔다. 불행하다. 얼굴은 의기양양한 미소를 짓고 있지만 그의 두 눈은 겁에 질려 있다는 걸 알 수 있었다.

"시설이 만점이야. 비용도 전혀 안 들지. 연구를 계속하기엔 완벽한 조건들이야. 그리고 이곳 조직! 믿을 수 없을 정도야."

"오, 나도 그럴 줄 알았어요. 내 여행, 당신도 똑같은 경로로 왔나요?"

"그런 건 말하는 게 아니야. 이런, 내가 당신에게 핀잔을 주다니. 여보, 하지만, 보다시피 당신도 이곳 생활에 대해서 모두 배워야 해."

"그런데 그 나병환자들은? 진짜 나병환자 수용소인가요?"

"오, 그럼. 틀림없이 진짜지. 그 문제를 연구하며 대단히 좋은 일을 하고 있는 의사 팀이 있어. 하지만, 그쪽과는 완전히 격리되어 있어. 당신이 걱정할 건 없어. 그야말로 절묘한 위장이지."

"알았어요." 힐러리는 주위를 둘러보았다.

"이곳이 우리 숙소인가요?"

"그래. 여긴 거실이고, 저쪽은 목욕탕, 그다음은 침실. 이리와, 내가 구경시켜 줄게."

그녀는 일어서서 그를 따라갔다. 설비가 잘 갖추어진 목욕탕을 지나 제법 큼직한 침실 안으로 들어갔다. 그곳엔 더블베드가 놓여 있고 커다란 벽장도 붙어 있었다. 힐러리는 제법 신이 난다는 듯 벽장 안을 들여다보았다.

그녀가 한마디 했다.

"여기다 뭘 채워 두어야 할지 모르겠군요. 지금 내가 가진 것이라곤 몸에 걸치고 있는 것뿐인데."

"아, 그 문젠, 당신이 원하는 건 무엇이든 갖출 수 있어. 패션 코너가 있거든. 액세서리, 화장품 등 없는 게 없어. 모두가 최고급품이야. 일괄적으로 다 갖추어져 있어. 당신이 원하는 건 구내매점에 모두 다 있다는 소리야. 두 번 다시 밖에 나갈 필요가 없는 거지."

그는 슬쩍 넘어가는 소리처럼 그 말을 했다. 하지만, 촉각을 잔뜩 곤두세우고 있는 힐러리의 귀엔 그 말 뒤에 절망이 감추어져 있는 것 같이 들렸다.

두 번 다시 밖에 나갈 필요가 없다, 두 번 다시 밖에 나갈 기회가 없다.

'이곳에 들어온 그대들은 모든 희망을 버릴지어다……'

시설 좋은 교도소! 그 말이야말로 이곳에 가장 잘 어울리는 말이다. 이곳에 있는 각양각색의 모든 사람들은 정녕 각자의 조국과 애국심, 그리고 일상생활을 모두 내팽개친 사람들일까?

바론 박사, 앤디 피터스, 몽상에 빠진 듯한 표정의 에릭슨이라는 젊은이, 그리고 거만하기 짝이 없는 헬가 니드하임은 어땠을까? 그들은 마침내 자기들이 깨닫게 될 것이 무엇인지 알고 있을까? 과연 그들은 이곳 생활에 만족할까? 바로 이런 생활이 그들이 원하는 것이었단 말인가?'

그녀는 문득 이런 생각이 들었다.

'지나치게 많은 질문은 삼가는 게 좋겠다……. 누군가 엿듣고 있을지도 모르니까.'

누군가가 엿듣고 있을까? 염탐당하고 있을까? 톰 베터튼은 필경 그러리라고 생각하고 있었다. 하지만, 과연 그의 판단이 옳을까? 혹 신경과민, 히스테리는 아닐까? 그녀가 보기에 톰 베터튼은 신경 쇠약 증세에 걸리기 바로 직전에 있는 사람 같았다.

'그렇다.' 그녀는 단정을 내렸다.

'그럴지도 모른다. 그런데 불과 6개월 동안에 이렇게 될 수가…….'

도대체 이곳 사람들에게 무슨 짓을 저질렀기에 이들은 이렇게 살아가고 있는 걸까? 그녀는 단지 의아할 따름이었다.

톰 베터튼이 그녀에게 말했다.

"당신 누워서 쉬고 싶어?"

"아뇨, 싫어요. 괜찮아요."

"그럼, 나와 함께 기록실로 가보지."

"기록실이라뇨?"

"처음 들어오는 사람은 누구나 그곳을 통과해야 해. 당신에 대한 모든 것을 기록하지. 건강 상태, 치아, 혈압, 혈액형, 심리반응, 취미, 알레르기, 적성, 기호 등등."

"꼭 군대 같은 소리군요. 아니면, 진찰을 받아야 한다는 거예요?"

"양쪽 다." 톰 베터튼이 말했다.

"둘 다야. 이 조직은 정말 엄청나."

"그렇다고 하긴 하더군요. 철의 장막 뒤에선 모든 게 완벽하게 계획되어 있다더군요."

힐러리가 말했다. 그녀는 음성을 통해 그게 지당하다는 열성을 나타내려고 애썼다. 나중에 결국 올리브 베터튼이 그들 일당의 일원이 아닌 것으로 밝혀지는 한이 있더라도 일단은 그럴 듯하게 그들의 동조자가 된 셈이었다. 베터튼이 알 듯 모를 듯 모호한 말을 했다.

"당신이 알아야 할 게 많아." 그가 재빨리 덧붙였다.

"한꺼번에 너무 많은 걸 알려고는 하지 않는 게 좋아."

그는 다시 한 번 그녀에게 키스를 했다. 겉으로 보기에는 애정이 유별나게 넘치는 듯한 키스였다. 하지만, 실제로는 얼음같이 싸늘한 것이었다. 그가 그녀의 귀에다 대고 낮은 목소리로 속삭였다.

"계속 이런 식으로."

그리고 짐짓 남이 들을 수 있을 정도의 큰소리 말했다.

"자, 그럼 기록실로 내려가 볼까."

제12장

 기록실은 엄격한 보육원 교사처럼 보이는 어느 여자가 관장하고 있었다. 꼴사납게 쪽진 머리로 말아 올린 그 여자는 제법 편리해 보이는 프록 가운을 걸치고 있었다.
 간소한 사무실 같은 그 방으로 베터튼 부부가 들어서자 그 여자는 고개를 끄덕여 서 오라는 시늉을 했다. 그녀가 말했다.
 "아, 베터튼 부인을 데리고 오셨군요. 마침 잘 되었어요."
 그녀가 구사하는 영어는 관용어법상으로는 완벽한 것이었지만, 딱딱할 정도로 정확하게 말하는 것으로 봐서 아무래도 외국인 같았다. 실제로 그녀의 출신 국적은 스위스였다.
 그녀는 힐러리에게 의자를 권했다. 그리고 옆의 서랍을 열더니 용지 묶음을 꺼내고 거기다 빠른 속도로 적어 내려가기 시작했다.
 톰 베터튼이 우물쭈물 자신 없는 투로 말했다.
 "좋아, 그럼 올리브, 난 나갈게."
 "예, 그러시죠. 베터튼 박사님. 형식적인 절차야 즉석에서 몽땅 통과해 버리는 게 나을 거예요."
 베터튼은 문을 닫고 밖으로 나갔다.
 그 로봇은(힐러리에게는 그렇게밖에 생각되지 않았다) 계속 써 내려갔다.
 그녀가 말했다.
 "자, 그럼, 본명부터 불러 주세요. 나이, 고향, 부모님 성함, 심하게 앓았던 병력, 취향, 취미, 직업상의 경력, 졸업한 대학, 좋아하는 음식과 술까지."
 그것은 계속되었다. 겉으로 보기엔 끝도 없는 카탈로그 같았다.
 힐러리는 대답을 모호하게 했다. 거의 기계적이었다. 그녀는 하나도 거리낌

없이 조심조심 제숍이 가르쳐 준 그대로 털어놓았다. 그녀는 대답이 자동적으로 튀어나올 정도로 그것들을 통달하고 있었던 것이다. 생각하고 말고 할 것도 없었다.

그녀가 마지막 기재사항을 말하자 그 로봇이 말했다.

"됐습니다. 우리 소관 일은 다 끝난 것 같습니다. 자, 그럼 종합 검진을 위해 당신을 슈바르츠 박사에게로 넘기겠습니다."

"이런!" 힐러리가 말했다.

"꼭 이래야만 하나요? 괜히 쓸데없는 짓 같아요."

"오, 우린 철두철미한 것만 믿습니다, 베터튼 부인. 우리는 샅샅이 알아내어 기록하길 좋아합니다. 부인께서도 슈바르츠 박사가 맘에 들 거예요. 그분 다음에는 뤼벡 박사에게로 가세요."

슈바르츠 박사는 예쁘고 상냥한 여자였다. 그녀는 힐러리의 신체검사를 꼼꼼하게 한 다음 이렇게 말했다.

"됐어요! 끝났어요. 이제 뤼벡 박사한테 가보세요."

"뤼벡 박사는 어떤 분이죠? 다른 전문의사인가요?" 힐러리가 물었다.

"뤼벡 박사는 정신과 의사예요."

"난 정신과 의사를 원치 않아요. 난 정신과 의사를 좋아하지 않는다고요."

"자, 제발 당황하지 마세요, 베터튼 부인. 부인께선 지금 치료를 받으러 가는 게 아닙니다. 지능검사와 인성검사를 하기 위해 몇 가지 간단한 질문을 할 뿐이에요."

뤼벡 박사는 대략 40세 정도 되어 보이는 키가 크고 우울한 인상의 스위스인이었다. 그는 힐러리를 반가이 맞았다. 그리고 슈바르츠 박사를 거쳐 온 검진 카드를 흘끔 보더니 만족스러운 듯이 고개를 끄덕거렸다.

그가 말했다.

"부인의 건강 상태는 양호합니다. 만나 뵙게 되어 반갑습니다. 최근에 비행기 추락 사고를 당하셨다고 하던데?"

"예, 카사블랑카에서 병원에 4일인가 5일 동안 입원했었습니다."

힐러리가 대답했다.

"4~5일로는 충분치 못합니다. 그곳에서 더 오랫동안 입원했어야 했어요."

뤼벡 박사는 마치 꾸짖듯이 말했다.

"하지만, 더 이상 있고 싶지는 않았습니다. 여행을 계속하고 싶었어요."

"물론 그 점은 이해가 갑니다. 하지만, 뇌진탕은 충분한 휴식을 취해야 하는 병입니다. 사고 직후에야 건강하고 여느 때와 다름없이 보일지도 모르지요. 하지만, 심각한 영향을 받았을 수도 있습니다. 그렇습니다. 내가 보기에도 부인의 신경 반사 작용이 정상과는 무척 다른 것 같습니다. 부분적으로 여행의 긴장감 때문일 수도 있지만, 뇌진탕 때문인 수가 많죠. 두통이 있지요?"

"두통이 심해요. 게다가 머리가 어지러운 게 도통 제대로 기억할 수가 없어요."

힐러리는 자기가 바로 이 특별한 사실을 멋지게 잘 강조하고 있다는 사실을 스스로 느낄 수 있었다.

뤼벡 박사는 위로라도 하듯 고개를 끄덕거렸다.

"예, 예, 잘 알았습니다. 하지만, 너무 걱정할 필요 없습니다. 모든 게 괜찮아질 테니까요. 자, 이제 몇 가지 연상검사를 해봐야겠습니다. 부인의 심리 상태가 어떤지 알아야 하니까요."

힐러리는 약간 불안했다. 하지만, 모든 건 감쪽같이 위장된 형태로 나타날 것이다. 검사는 뻔히 판에 박힌 것들이었다.

뤼벡 박사는 제법 긴 형태로 된 여러 가지 설문을 던졌다.

"정말 기쁩니다." 그가 드디어 말했다.

"이렇게 사귈 수 있게 되어서 말입니다(실례의 말씀입니다만, 부인, 내가 하는 말을 언짢게 생각하진 마십시오). 더욱이, 천재가 아닌 사람과 이렇게 마주할 수 있게 되어서 말입니다!"

힐러리는 웃어 주었다.

"오, 나는 분명히 천재가 아니에요." 그녀가 말했다.

"다행입니다, 부인." 뤼벡 박사가 말했다.

"부인의 생활은 앞으로 훨씬 더 안정을 되찾게 될 겁니다."

그는 한숨을 내쉬었다.

"아마 부인께서도 짐작하실 일이지만, 이곳에서 내가 상대하는 사람들은 대부분 영민한 지식인들이지요. 간혹 감성적인 인물들도 있긴 하지만, 대부분은 쉽게 정신적 균형이 무너져 버리는 타입들이죠. 게다가, 이곳 자체가 정신적 스트레스가 심한 곳입니다. 부인, 과학자들은 소설 속에서처럼 그렇게 냉정하고 침착한 사람들이 아닙니다. 사실……."

뤼벡 박사는 뭔가 골똘히 생각하더니 말을 이었다.

"일류 테니스 스타와 오페라의 프리마돈나, 그리고 물리학자들 사이에는 별반 차이가 나지 않지요. 다들 심리적인 불안이 내재되어 있긴 마찬가지입니다."

"박사님 말씀이 맞는 것 같아요."

힐러리가 말했다. 자신이 몇 년 동안 과학자들과 밀접한 관련을 맺으면서 살아온 사람으로 간주되고 있으리란 생각이 떠올랐기 때문이었다.

"그래요, 과학자들만큼 까다로운 사람들도 없지요."

뤼벡 박사는 양손을 들어 보이며 말했다.

"부인께선 믿으려 하지 않겠지만, 이곳만큼 감정 충돌이 잦은 곳도 없답니다! 반목, 질투, 의견 충돌! 그 문제의 해결 방안을 강구해야 하는 사람이 바로 우리들이죠. 하지만, 부인께선……."

그는 싱긋 웃었다.

"이곳의 소수 집단에 속합니다. 행복한 그룹이죠. 나도 거기에 좀 속해 봤으면 좋겠습니다."

"무슨 뜻인지 모르겠군요, 소수라뇨?"

"부인들이죠." 뤼벡 박사가 말했다.

"이곳에 있는 사람치고 아내를 데리고 있는 사람들은 많지 않습니다. 극소수의 사람들에게만 허용되어 있죠. 대체적으로 봐서, 부인들은 남편과 남편 동료들의 정신착란 증세와는 무관하기 때문에 살맛 나죠."

"대체 부인들이 여기서 뭘 하길래요?" 힐러리가 물었다.

그녀는 실례인 줄을 알면서도 덧붙였다.

"그런 얘기가 내겐 생소한 것인 줄은 박사님이 더 잘 아실 거예요. 나는 도통 무슨 말씀인지 모르겠군요."

"모르는 게 당연하죠. 그게 바로 이곳 실정입니다. 취미 활동, 레크리에이션, 오락, 교육 과정 따위가 있습니다. 광범위한 분야에 걸쳐 있지요. 퍽 재미있는 생활이란 걸 부인도 알게 될 것입니다."

"박사님이 하시는 일은요?"

대답하기 짝이 없는 질문이었다. 힐러리는 잠시 동안 과연 이런 질문을 던진 게 현명한 짓이었을까 하는 의혹에 빠졌다.

그러나 뤼벡 박사는 단지 즐겁기만 한 모양이었다.

"그런 질문을 하고 싶을 만도 하겠죠, 부인." 그가 말했.

"이곳에서의 내 생활은 최고로 안정되고 재미있다고 생각합니다."

"고국이 그리운 적은 없었나요? 스위스가 말이에요."

"향수병 따윈 없습니다. 아니지, 있긴 있지요. 하지만, 그건 부분적인 것일 뿐입니다. 내 경우, 가정 사정이 참 안 좋았습니다. 아내에다 자식들도 여럿 있었어요. 하지만, 부인, 난 가정적인 남자가 될 수는 없었습니다.

이곳의 생활 조건은 최고입니다. 나는 관심을 갖고 있는 인간 심리의 여러 측면을 충분히 연구해 볼 수 있는 기회를 누리고 있습니다. 그래서 거기에 관한 책도 한 권 집필 중입니다. 가정을 돌볼 필요가 없으니 신경을 딴 데로 돌릴 필요도 없고, 결국 아무 방해도 받지 않는 셈이죠. 내겐 모든 게 최상의 조건입니다."

"이젠 어디로 가야 하나요?"

힐러리가 묻자 그는 정중하고 의례적인 악수를 청했다.

"마드모아젤 라 로슈가 부인을 의류코너로 모시고 갈 겁니다. 결과에 만족하실 겁니다."

그는 허리를 굽혀 인사를 했다. 그동안 로봇같이 딱딱한 여자들만 만나다가 라 로슈 양 같은 프랑스 여자를 만나게 되니 한편으로 놀랍기도 했지만 힐러리는 일단 기뻤다.

라 로슈는 파리의 일류 의상실 점원으로 근무했던 여자다. 그래서 그런지 그녀의 태도 또한 얼마나 상냥한지 거의 감격스럽기조차 했다.

"뵙게 되어서 무척 기뻐요, 부인. 제가 부인께 도움이 될 수 있었으면 좋겠어요. 방금 도착하셨으니 얼마나 피곤하시겠어요. 그러니 지금 당장은 몇 가지 필수적인 것들만 고르시는 게 좋겠군요. 내일, 아니 다음 주라도 언제든지 이 곳에 있는 물품들을 둘러보실 수 있어요. 숨 돌릴 틈도 없이 물건부터 골라야 한다는 건 아무래도 짜증 나는 일이죠. 옷 입는 즐거움이 싹 가시거든요. 지금은 그냥 속옷과 디너 드레스, 그리고 원피스나 한 벌 고르도록 하세요."

"정말 듣던 중 반가운 소리네요." 힐러리가 말했다.

"몸에 지닌 것이라곤 칫솔 한 개와 목욕 수건 한 장밖에 없는 기분, 정말 말로 표현할 수 없을 만큼 이상한 기분이죠."

라 로슈 양은 쾌활하게 웃었다. 그녀는 재빨리 힐러리의 치수를 잰 다음 벽장이 달린 커다란 방으로 데리고 들어갔다. 그곳에는 여러 치수의 옷이 있었는데, 모두 좋은 원단과 훌륭한 디자인으로 만들어진 것이었다. 사이즈별로 모두 갖추어져 있었다.

힐러리가 몇 가지 필수적인 옷가지를 고른 다음 간 곳은 화장품 코너였다. 거기서 힐러리는 파운데이션과 크림을 비롯해서 여러 가지 미용 액세서리들을 골랐다. 고른 물건들을 점원 중 한 사람에게 넘겨주었다. 검은 얼굴이 반들거리는 원주민 소녀였는데, 티 하나 없이 하얀 옷을 차려 입고 있었다. 그 소녀가 물건들을 힐러리의 방으로 배달하도록 지시 받았던 것이다.

이러한 절차들이 마치 꿈만 같다는 생각이 점점 더해 가는 기분이었다.

"조만간 부인을 다시 만나 뵐 수 있기를 바라요."

라 로슈 양이 말했다. 그녀는 우아했다.

"부인께서 우리 제품을 고르시는 데 제가 도움이 된다면 큰 영광이겠어요. '우리들 중엔' 제 작품을 탐탁지않게 여기는 분들도 종종 있어요. 여성 과학자들 중엔 의상엔 거의 관심이 없는 분들도 가끔 있거든요. 실은 채 30분도 되기 전에 부인과 함께 오신 일행 한 분을 모신 적이 있어요."

"헬가 니드하임?"

"아, 그래요. 그분 성함이지요. 독일 여성이었죠. 독일인들은 우리와는 느끼는 게 다르더군요. 미용 코너에 들어가면 더 예뻐질 수도 있을 텐데 통 관심이 없으니! 옷에는 전혀 무관심한 분들이에요. 그녀는 의사인 것 같았어요. 전문의죠. 그래, 겉치장에 신경을 쓰느니 차라리 환자들에게나 신경 쓰는 편이 더 낫겠어요. 아, 그분, 어느 남자가 다시 보고 싶어 하겠어요?"

젠센 양—도착 때 일행과 마주쳤던 바로 그 야위고 가무잡잡하고 안경을 낀 여자가 의상실 안으로 들어왔다.

"이곳에서 볼일은 다 끝났겠죠, 베터튼 부인?" 그녀가 물었다.

"예, 고맙습니다." 힐러리가 말했다.

"그럼, 가서서 부국장을 만나야 할 것 같은데요?"

힐러리는 라 로슈 양에게, "오 르부아(안녕, 다음에 뵙겠어요)." 하고 불어로 말하고 그 열성파 젠센 양을 따라 나섰다.

"부국장이 누구죠?" 힐러리가 물었다.

"니엘슨 박사."

이곳에 있는 사람들은 박사 아닌 사람이 없구나 하는 생각이 들었다.

"니엘슨 박사는 정확하게 무슨 박사죠? 의학? 과학? 전공이 무엇인지요?"

"오, 그분은 의학박사가 아니랍니다, 베터튼 부인. 그분은 관리 담당자예요. 불만이 있으면 모두 그분께 털어 놓아야 합니다. 그는 이 단지의 책임자예요. 이곳에 오는 사람은 누구나 그와 면담을 하지요. 아마 별달리 심각한 문제만 발생하지 않으면 두 번 다시 그분을 만날 기회도 없을 거예요."

니엘슨 박사가 있는 곳으로 가기 위해선 속기사들이 일하고 있는 두 개의 대기실을 통과해야만 했다.

그녀와 안내원에게 드디어 안으로 들어오라는 허락이 떨어졌다. 니엘슨 박사가 커다란 집무용 책상 뒤에서 일어섰다. 덩치가 크고 얼굴이 불그스레한, 도시풍의 세련미가 몸에 밴 사내였다. 어투에서 약간 미국적인 억양이 묻어 나오긴 했지만, 힐러리는 그가 아무래도 유럽인인 것 같았다.

"아!"

그가 말하며 일어서서 앞으로 나오더니 힐러리에게 악수를 청했다.

"이곳까지 나를 만나러 와주시다니…… 와주셔서 대단히 고맙습니다, 베터튼 부인. 우리는 부인과 더불어 행복을 누릴 수 있기를 희망합니다. 여행 중 불행한 사고를 당하신 일은 정말 안됐습니다. 하지만, 끔찍한 일을 모면하셔서 정말 다행입니다. 부인은 정말 운이 좋으셨습니다. 진짜 행운이죠 글쎄, 남편께서 얼마나 기다리셨는지 모릅니다. 이제 이곳에 정착하셔서 우리와 함께 행복한 삶을 누리시길 희망합니다."

"고맙습니다, 니엘슨 박사님."

힐러리는 그가 앞으로 당겨 준 의자에 앉았다.

"내게 물어보고 싶은 건 없습니까?"

니엘슨 박사는 격려라도 하듯 책상 앞으로 몸을 바짝 굽혔다.

"대답하기 무척 어려운 질문이네요." 그녀가 말했다.

"제가 할 수 있는 진짜 대답은 도대체 어떤 것부터 물어야 할지 모를 정도로 물어보고 싶은 게 많다는 거예요."

"그럼요. 물론 그러실 겁니다. 무슨 말씀인지 잘 알겠습니다. 내가 충고 한 가지를 해 드리죠(이건 어디까지나 충고입니다. 다른 의미는 없습니다). 어디까지나 권장사항일 뿐이죠. 스스로를 적응시키기만 하십시오. 그러면 무슨 일이 있을지 훤히 알 수 있게 되죠. 그게 최선의 방법입니다."

"무슨 말씀을 하시는지 통 모르겠군요. 정말 이상한 말씀이세요."

"예, 대부분이 그렇게 생각하죠. 대부분이 모스크바로 가게 되어 있는 줄로 알고 있었겠죠."

그는 재미있는 듯 껄껄 웃었다.

"우리의 보금자리가 사막 한가운데 있으니 다들 놀랄 수밖에요."

"놀란 건 저도 마찬가지예요."

"글쎄요, 우린 사전에 너무 많은 것을 말해 주지는 않습니다. 처음부터 몽땅 다 알 수는 없는 거지요. 아시다시피 스스로 알아차려야 한다는 게 중요하죠. 하지만, 이곳에서의 부인의 생활은 편안할 겁니다. 곧 느끼게 될 겁니다. 마음에 들지 않는 게 있다든가, 특별히 갖고 싶은 게 있으시면 요청만 하시면 즉각 해결됩니다. 그리고 그게 시행되었는가 안 되었는가는 우리가 살펴 드립니다. 예를 들어, 예술에 관련된 요구사항들도 괜찮습니다. 그림, 조각, 음악 등 기타 모든 종류의 물건들을 준비해 두고 있는 코너들이 있지요."

"어머, 어떡하나, 그 방면엔 도통 소질이 없는데."

"괜찮습니다. 다른 다양한 사회적 활동도 할 수 있도록 되어 있으니까요. 그러니까, 게임 같은 것 말입니다. 테니스 코트도 있고, 스쿼시 코트도 있습니다. 대충 보니까 익숙해지는 데 대개 1~2주일 정도 걸리더군요.

남편께서는 일거리를 갖고 바쁘게 움직이다 보니까 이곳에 적응하는데 시간이 별로 안 걸렸죠. 취미가 비슷한 부인네들끼리 서로 어울리기도 합니다. 내 말을 이해하실 겁니다."

"그런데 꼭 이곳에만 붙어 있어야 하나요?"

"이곳에 있어야 하다니요? 무슨 말씀을 하시는지 모르겠군요, 베터튼 부인?"

"제 말은 꼭 이곳에만 있어야 하느냐, 아니면 다른 곳으로 갈수도 있느냐 하는 거예요."

니엘슨 박사는 아리송한 태도를 보이기 시작했다.

"아, 그건 남편께 달렸습니다. 아, 그래요, 그래, 전적으로 남편께 달린 문제죠. 가능성은 있습니다. 여러 가지 가능성. 하지만, 지금 당장 그런 문제를 거론하는 건 좋지 않은 것 같습니다. 약 3주 정도 뒤에 다시 한 번 오셔서 나를 만나 주십시오. 자리가 좀 잡혔는지 알려 주시고요. 그런 문제들도 그때 얘기하도록 하십시다."

"도대체 사람들이 밖으로 나갈 수는 있나요?"

"나가다니요, 베터튼 부인?"

"울타리 밖으로 말이에요. 그 문"

"당연한 질문입니다."

니엘슨 박사가 말했다. 그 순간 그의 말투는 친절을 가득 담고 있었다.

"예, 아주 당연한 질문입니다. 이곳으로 들어오는 사람들 대부분이 그런 질문을 하지요. 하지만, 우리 단지의 핵심이 바로 하나의 세계를 이루고 있다는 사실 아니겠습니까? 다시 말해, 밖으로 나갈 일이 전혀 없다는 겁니다. 이곳 주위는 온통 사막일 뿐입니다.

나는 지금 부인을 나무라고 있는 게 아닙니다, 베터튼 부인. 처음 이곳에 오는 사람들은 대부분 그런 느낌을 가지죠. 폐쇄공포증. 그건 뤼벡 박사가 처리해 줄 일입니다. 반드시 괜찮아질 겁니다. 그건 떠나온 세계의 유물이지요.

개미탑을 관찰해 본 적이 있습니까, 베터튼 부인? 퍽 재미있는 장면입니다. 재미있기도 하지만, 퍽 교훈적이죠. 수백 마리의 작고 새까만 것들이 각자의 목적에 따라 열심히, 부지런히 이리저리 돌아다니고 있죠. 그게 바로 부인이 떠나온 잘못된 구세계입니다. 이곳은 여가와 목적과 무한한 시간이 있는 곳입니다. 내가 보장합니다."

그는 웃었다.

"지상낙원입니다."

제13장

"마치 학교 같군요." 힐러리가 말했다.

그녀는 자기 방에서 또다시 벌렁 드러누웠다. 고른 옷가지와 액세서리들이 침실에서 그녀를 기다리고 있었다. 그녀는 옷가지들을 벽장 속에 걸고, 다른 물건들은 내키는 대로 정리했다.

"알아. 나도 처음엔 그런 느낌이었어." 베터튼이 말했다.

그들의 대화는 조심스럽고 약간 과장된 것이었다. 도청장치가 되어 있을지도 모른다는 우려가 여전히 그들을 사로잡고 있었기 때문이다.

그가 모호한 투로 말했다.

"그래, 그래 맞아. 내가 아마 엉뚱한 생각을 하고 있었나 봐. 하지만, 여전히……"

그는 거기서 말을 남겨 두었다. 하지만, 힐러리는 그가 무슨 말을 하려다가 남겨 두었는지 알고 있었다.

"하지만, 여전히 조심하는 편이 낫겠습니다."

힐러리는 모든 일이 종잡을 수 없는 악몽 같다는 생각이 들었다. 여기서 그녀는 생전 알지도 못하는 남자와 한 침실을 쓰고 있다.

비록 연극에 불과할지라도 이렇게 두 사람이 친밀한 부부인 체하다가 실제로 무슨 일이라도 일어나지나 않을까 불안했다. 마치 스위스의 어느 산을 등반하는 일과 같다는 생각이 들었다. 물론 다른 등산자들도 마찬가지겠지만, 안내원들과 한 오두막에서 같이 지내야 하는 등반.

1~2분쯤 지났을까, 베터튼이 입을 열었다.

"익숙해지자면 시간이 제법 걸릴 거야. 마음을 아주 편하게 가지라고, 평상시와 똑같이. 여전히 집에 있다는 생각으로 말이야."

그녀는 차라리 그게 현명하리라고 생각했다. 여전히 꼬리를 물고 일어나는 비현실적인 느낌, 이것은 더 오랫동안 계속될지도 모른다.

베터튼이 영국을 떠난 이유, 그의 희망, 그의 환멸 따위는 지금 이 순간 그들 사이에서 거론할 성질의 것이 못 된다. 다시 말해, 그들은 지금 자기들을 향해 다가오는 정체불명의 위협과 함께 숨바꼭질을 하고 있는 셈이었다.

그녀가 재빨리 말했다.

"몇 군데 형식적인 절차를 거쳐야만 했어요. 내과와 정신과 등."

"그래, 그건 누구나 으례 거치는 거야."

"당신도 그랬나요?"

"그럼."

"그러고 나서 부국장을 만나러 갔었어요. 부국장이라고 하는 것 같던데?"

"맞아. 이곳을 관리하는 분이야. 아주 유능하고 나무랄 데 없이 훌륭한 관리자지."

"하지만, 실제로 그가 이곳의 총책임자인가요?"

"오, 아니야. 국장님이 따로 있어."

"만날 수……, 나도 국장님을 뵐 수 있을까요?"

"조만간에 만나게 될 거야. 하지만, 자주 모습을 드러내는 분은 아니야. 가끔 우리에게 교시를 내리지. 크게 힘이 되시는 분이야."

베터튼의 미간이 희미하게 찌푸려졌다. 힐러리는 그것을 이런 얘기는 하지 않는 게 현명하다는 뜻으로 받아들였다.

베터튼이 손목시계를 흘끔 들여다보더니 말했다.

"저녁식사는 8시야. 8시에서 8시 30분까지. 준비 다 되었으면 내려가도록 하지?"

그는 자기들이 마치 어느 호텔에 묵고 있기나 한 것처럼 정확하게 말했다.

힐러리는 아까 골라 온 옷으로 갈아입었다. 붉은 머리칼의 아름다운 뒷모습이 녹회색의 부드러운 그림자로 어우러졌다. 그녀는 멋진 모조품 목걸이를 걸친 뒤 준비가 다 되었다고 말했다. 그들은 2층을 내려가 복도를 따라 마침내 커다란 식당에 도달했다.

젠센 양이 앞으로 오더니 그들을 맞았다.

"약간 큰 테이블을 준비해 두었어요, 톰." 그녀가 베터튼에게 말했다.

"부인과 함께 온 일행들과 앉으시게 될 거예요. 뮈르시송 부부도 함께."

그들은 지정된 테이블이 있는 곳으로 갔다. 그 방에 있는 테이블들은 대부분이 네 명, 아니면 여덟 명에서 열 명 정도 앉을 수 있는 조그만 것들이었다.

앤디 피터스와 에릭슨은 벌써 자리를 차지하고 있다가 힐러리와 톰이 다가가자 일어섰다. 힐러리는 두 사람에게 '남편'을 소개했다. 그들은 자리에 앉았다. 바로 그때 또 다른 한 쌍의 부부가 그들과 합석했다.

베터튼이 그들을 뮈르시송 부부라고 소개했다.

"시몬과 나는 같은 일을 하고 있습니다." 그가 설명했다.

시몬 뮈르시송은 야위고 빈혈 환자같이 안색이 창백한 젊은이였는데, 대략 스물여덟 살 정도 되어 보였다. 그의 아내는 가무잡잡하고 옹골찬 인상이었다. 그녀의 말투에는 강한 외국인 억양이 실려 있었는데, 힐러리가 생각하기에 아무래도 이탈리아인 같았다. 그녀의 세례명은 비앙카였다.

그녀는 힐러리에게 정중하게 대했다. 하지만, 힐러리가 보기엔 괜히 그래 보는 것 같았다. 오히려 쌀쌀맞게만 느껴졌다. 그녀가 말했다.

"내일, 내가 두루두루 구경시켜 드리겠어요. 부인은 과학자가 아니죠, 그렇죠?"

"나는 과학이라면 전혀 문외한이에요." 힐러리가 대답했다.

"결혼 전엔 비서로 근무했어요."

"비앙카는 법률 공부를 했답니다." 그녀의 남편이 말했다.

"경제학과 상법(商法)을 공부했습니다. 간혹 이곳에서 강의를 하기도 하지만, 그것만으로는 시간을 보내기에 충분치가 않죠."

비앙카는 양어깨를 들썩해 보였다.

"그런대로 괜찮아요." 그녀가 말했다.

"하지만, 시몬, 당신과 이곳에 온 뒤, 이곳엔 아직도 체계를 더 잡아야 할 게 많다는 생각을 하게 되었어요. 그래서 지금 현황을 조사 중이랍니다. 베터튼 부인도 과학 일에 종사할 수 없을 바에야 내 일이나 도우시면 될 텐데요."

힐러리는 쾌히 이 계획에 동의했다.

앤디 피터스가 익살스런 말을 하는 통에 한바탕 폭소를 자아내었다.

"막 기숙학교에 입학해서 향수병을 앓는 개구쟁이 같은 심정입니다. 어서 빨리 일에 착수하고 싶은데요."

"연구에는 최적격인 곳이죠." 시몬 뮈르시송이 신이 나는 듯 말했다.

"아무 간섭도 없고, 원하는 장비는 모두 다 갖추어져 있어요."

"당신은 어느 계통입니까?" 앤디 피터스가 물었다.

이윽고 세 명의 남자는 그들만의 전문 용어로 이야기를 나누기 시작했다.

힐러리는 잘 알아들을 수 없었다. 그녀는 에릭슨에게로 시선을 돌렸다. 그는 멍한 눈빛으로 의자에 등을 푹 기대고 있었다.

"당신도 개구쟁이 같은 향수병을 앓고 있나요?" 그녀가 물었다.

그는 마치 먼 산을 바라보다 만 눈빛으로 그녀를 쳐다보았다.

"난 가정 따위 필요 없습니다." 그가 말했다.

"가정, 애정에의 속박, 부모, 자식—이런 모든 것들은 장애가 될 뿐입니다. 일을 하자면 완전히 자유로워야 합니다."

"그럼, 이곳에선 자유로워질 것 같으세요?"

"아직 장담할 수는 없습니다. 하지만, 그렇게 되길 빌어야지요."

비앙카가 힐러리에게 말했다.

"식사 후엔, 마음만 먹으면 할 일은 많아요. 카드 놀이하는 방으로 가서 카드놀이도 할 수 있고, 또 영화관도 있답니다. 그리고 1주일에 3일 저녁은 연극 공연이 있어요. 이따금 무도회도 열립니다."

에릭슨이 불쾌한 듯 노골적으로 인상을 찌푸렸다. 그가 말했다.

"그 따윈 모두 불필요한 것들이오. 정력 낭비지요."

"우리와 같은 여자들에겐 예외예요. 여자들에겐 그런 게 필요하다고요."

비앙카가 말했다.

그는 그녀를 냉담하고 혐오스런 눈초리로 쳐다보았다.

힐러리는 생각했다.

'저런 남자에겐 여자가 필요 없어.'

"가서 일찌감치 잠이나 자야겠어요." 힐러리가 말했다.

그녀는 일부러 하품을 했다.

"오늘 저녁엔 영화도 카드놀이도 하고 싶은 맘이 없어요."

톰 베터튼이 재빨리 맞장구를 쳤다.

"그래, 여보. 사실 일찍 잠자리에 들어 하룻밤 푹 쉬는 게 낫겠어. 여행 때문에 무척 피곤할 테니까 말이야."

그들이 테이블에서 일어서자 베터튼이 말했다.

"이곳의 밤공기는 일품이야. 대개 저녁식사 후 각자 레크리에이션이나 연구를 위해 뿔뿔이 흩어지기 전에 옥상 정원을 한두 바퀴 돌지. 우리도 잠깐 올라가려고 하는데, 당신도 잠자리에 들기 전에 한번 가보지 그래?"

그들은 흰 옷을 말끔하게 차려입은 원주민 남자가 조종하는 승강기를 타고 올라갔다. 피부가 가무잡잡한 보이들은 몸매가 호리호리한 사막 타입의 베르베르인들보다는 훨씬 크고 건장한 것 같았다.

옥상 정원을 보고 힐러리는 깜짝 놀랐다. 예상과는 딴판으로 너무나 아름답게 꾸며져 있었기 때문이다. 그 정도로 만들자면 엄청난 돈을 쏟아 부었음이 틀림없다. 몇 톤의 흙이 이 위로 운반되었을 것이다. 그 결과 이곳은 차라리 아라비안나이트에 나오는 동화와도 같았다. 찰랑거리는 물, 키 큰 종려나무, 바나나 나무 같은 열대성 잎사귀들. 그 외 다른 나무들도 있었으며, 통로에는 페르시아 꽃무늬가 그려진 아름다운 빛깔의 타일들이 박혀 있었다.

힐러리가 말했다.

"믿어지지 않아요. 사막 한 가운데 이런 곳이 있다니, 아라비안나이트의 동화예요."

"나도 마찬가지입니다, 베터튼 부인." 뮈르시송이 말했다.

"마치 도깨비를 불러내어 만든 곳 같군요! 아, 글쎄 이곳은 분명 사막 한가운데가 아닙니까? 그런데도 이렇게 못 하는 일이 없으니……. 물도 있고, 돈도 있고 그것도 두 가지 다 철철 넘칠 정도로 말입니다."

"저 물은 어디서 오는 거죠?"

"깊은 산속에서 뽑아 올리는 샘입니다. 그게 바로 이 단지의 레종 데트르

(raison d'etre; 존재 이유)지요."

제법 많은 사람들이 옥상 정원 여기저기에 흩어져 있었다. 하지만, 점차 줄어들었다. 뮈르시송 부부가 먼저 내려가겠다고 양해를 구했다. 그들은 발레 구경을 갈 것이라고 했다. 이제 몇 사람밖에 없었다.

베터튼은 힐러리의 팔을 잡고 그녀를 난간 바로 옆 환히 트인 장소로 데리고 갔다. 그들의 머리 위엔 별이 반짝이고 있었다. 제법 차가웠다. 서늘한 게 기분이 상쾌했다. 이곳엔 오직 그들뿐이었다. 힐러리는 콘크리트 바닥에 앉았다. 바로 옆엔 베터튼이 서 있었다.

"도대체 당신의 정체는 뭐요?"

그가 신경을 바짝 곤두세운 채 낮은 음성으로 물었다.

그녀는 아무 대답도 않고 잠시 동안 그를 올려다보았다. 그의 질문에 대답하기 전에 먼저 알고 싶은 게 있었기 때문이다.

"왜 나를 당신의 아내로 인정했었죠?" 그녀가 물었다.

그들은 서로를 빤히 쳐다보았다. 둘 다 서로의 질문에 먼저 대답하려고 하지 않았다. 그것은 두 사람 사이의 의지의 대결이었다.

하지만, 힐러리는 알고 있었다. 톰 베터튼이 애당초 영국을 떠나올 무렵에는 어느 정도의 배짱을 갖고 있었는지는 모르지만, 지금은 그녀의 의지가 그보다 한 수 위였다. 그녀가 이곳에 첫발을 내디딜 무렵, 그녀는 스스로의 목숨을 스스로 책임지겠다는 자신감에 차 있었다. 하지만, 톰 베터튼은 남에 의해 계획된 삶을 살아온 사람이다. 그녀가 더 강자였다.

마침내 그가 그녀에게서 눈을 뗐다. 그리곤 시무룩하게 중얼거렸다.

"일시적인 충동이었소. 내가 어처구니없는 바보였나 봅니다. 난 당신이 나를 탈출시키기 위해 이곳에 온 사람인지도 모른다고 생각했어요."

"그럼, 이곳에서 탈출하고 싶은가요?"

"맙소사, 그걸 몰라서 묻소?"

"어떻게 해서 파리에서 이곳으로 오게 되었죠?"

톰 베터튼은 짧게 자조의 웃음을 지었다.

"혹 그런 생각을 하고 있을지도 모르겠지만, 사실 난 납치된 게 아니었소

나는 내 자유 의지로, 내 발로 스스로 찾아왔단 말이오. 내친김에 미친 듯이 서둘러 와버렸죠."

"이곳으로 오게 되리라는 것을 알고 있었나요?"

"아프리카로 오게 될 줄은 몰랐소. 나는 뻔한 함정에 걸려들었던 겁니다. 인류의 평화, 전 세계 과학자들 간의 과학 기밀의 자유로운 공유, 자본주의자들과 전쟁주의자들의 처단, 모두가 뻔한 헛소리들이었어! 당신과 함께 온 피터스라는 친구도 똑같습니다. 그도 똑같이 미끼를 삼킨 거요."

"그래도 처음 이곳에 왔을 땐 그렇게 생각하지 않았을 텐데요?"

또다시 그는 짧은 쓴웃음을 지었다.

"당신도 알게 될 거요. 오, 그럼, 곧 알게 될 거요! 당신이 생각한 것과는 전혀 다르지. 이건 사실 자유가 아니오."

그는 인상을 찌푸리며 그녀 옆에 앉았다.

"집이 싫어진 것도 이와 똑같은 이유였소. 감시받고 염탐당하고 있다는 기분. 모든 보안장치들. 행동을 낱낱이 감시하고 심지어 친구들까지도……. 모두가 필요한 일이긴 하지요. 하지만, 결국 거기에 짜증을 내고 마는 거요. 그래서 서로 상대할 만한 사람이 나타나기라도 하면, 글쎄, 들어봐요. 얼마나 반가운지 모르오."

그는 피식 웃었다.

"하지만, 결국 끝장을 보게 되지. 바로 여기서!"

힐러리가 천천히 말했다.

"그렇다면 지겨워서 탈출한 그곳과 똑같은 곳으로 오게 되었단 말인가요? 똑같은 식으로 감시받고 염탐당하고 있다는 건가요? 아니면, 더 지독하게?"

베터튼은 이마에 붙은 머리칼을 뒤로 쓸어넘겼다. 그가 말했다.

"솔직히 말해서 모르겠소, 모르겠어. 확신할 순 없소. 모든 건 내 마음먹기에 달려 있는 것 같습니다. 내가 감시당하고 있는지의 여부는 알 수 없는 일이오. 내가 왜 감시받아야 한단 말입니까? 그들이 나를 괴롭힐 이유가 뭐죠? 그들이 나를 이곳에다 데려다 놓았어요. 감옥 속에다!"

"그 정도야 당신도 예상하지 않았나요?"

"그런데 이상한 일입니다. 그런대로 괜찮은 것 같기도 합니다. 작업 조건은 완벽해요. 온갖 설비와 장비들이 다 갖추어져 있어요. 오래 하든 적게 하든 마음 내키는 대로 연구할 수 있습니다. 갖은 편의시설에다 부대시설도 완벽합니다. 의식주 모두. 하지만, 한시도 감옥 속에 있다는 생각을 떨쳐 버릴 수가 없습니다."

"알 만해요. 오늘 들어서면서 뒤에서 문이 쾅하고 닫히는 순간 공포감 같은 게 느껴지더군요."

힐러리는 전율을 느꼈다.

"거 참……." 베터튼도 그녀의 말에 동감하는 모양이었다.

"난 당신 질문에 대답했습니다. 이젠 내 질문에 대답할 차례요. 여기서 올리브로 위장해서 도대체 뭘 하는 겁니까?"

"올리브……." 그녀는 말을 멈추었다.

그 말에서 뭔가 막연한 느낌이 와 닿았기 때문이다.

"어? 올리브가 어떻단 말이오? 그녀에게 무슨 일이 생겼소? 무슨 말을 하려다가 멈춘 거요?"

바짝 긴장해서 굳어 있는 그의 얼굴을 그녀는 연민의 눈초리로 쳐다보았다.

"나는 당신에게 말하기가 두려웠답니다."

"그렇다면, 그녀에게 무슨 일이 생겼단 말이오?"

"그렇습니다. 안된 일이에요. 정말 안됐어요. 댁의 부인은 죽었어요. 당신 곁으로 오던 도중에 그만 비행기 추락 사고를 당했답니다. 병원으로 후송되었지만, 이틀 뒤에 숨을 거두고 말았어요."

그는 정면을 똑바로 응시했다. 감정의 동요를 내색해 보이기 싫은 모양이었다. 그가 조용히 말했다.

"그래, 올리브는 죽었단 말이죠? 알았습니다."

긴 침묵이 흘렀다.

마침내 그가 그녀를 쳐다보았다.

"좋습니다. 계속합시다. 그런데 당신이 그녀로 가장해서 이곳으로 온 이유가 뭐죠?"

이런 질문이라면, 힐러리는 대답할 만반의 준비를 하고 있었다. 톰 베터튼은 예상했던 대로 그녀가 '자기를 탈출시키려고' 침투한 사람이라고 철석같이 믿는 것 같았다. 하지만, 그건 아니었다.

힐러리의 임무는 스파이였다. 그녀는 정보를 수집하려고 침투한 것이지, 제 발로 이곳으로 찾아온 남자 하나를 탈출시키는 게 아니었다. 더군다나 지금의 그녀로서는 어떠한 탈출 방안도 장담할 수 없는 처지였다. 그녀 역시 그와 마찬가지로 갇힌 신세였기 때문이다.

그를 충분히 이해시키기 위해서는 다소 위험을 감수해야 한다는 생각이 들었다. 베터튼은 거의 절망적인 상태에 놓여 있다. 어느 순간에 산산조각으로 허물어져 버릴지 모르는 사람이다. 이런 상태에서 그가 비밀을 지킬 수 있으리라고 기대하는 것은 그야말로 미친 짓이다.

그녀는 말했다.

"나는 댁의 부인이 임종할 때 병원에 같이 있었던 사람입니다. 내가 그녀가 되어서 당신이 있는 곳까지 가겠다고 제안했습니다. 그녀는 아주 애매모호한 메시지 하나를 당신에게 전달해 달라고 하더군요."

그는 인상을 찌푸렸다. 그녀는 서둘러 계속했다. 그에게 그녀가 하는 말의 허점을 파악할 틈을 주지 않기 위해서였다.

"나는 지금 거짓말을 꾸며대는 게 아니에요. 나는 그 모든 이상(理想)들에 공감하고 있었답니다. 바로 조금 전에 당신이 말한 이상들……, 모든 국가 간 과학기밀의 공유, 새로운 세계 질서. 나는 이러한 이상들의 열렬한 팬이었습니다. 그리고 또 내 머리칼이 그들이 기대하던 인물과 똑같았지요. 나이도 비슷했고요. 그래서 그럭저럭 통과할 수 있었던 것 같습니다. 어쨌든 한번 해볼 만한 것 같아요."

"그렇군."

그가 말했다. 그의 눈길이 그녀의 머리를 스치고 지나갔다.

"당신 머리칼이 정말 올리브와 똑같군요."

"그런데 당신 부인께서는 꼭 그 메시지를 당신에게 전해 달라고 하더군요."

"아, 예, 그 메시지, 무슨 내용이죠?"

"당신더러 조심하라고 하더군요. 매우 조심하라고, 당신이 위험에 빠져 있다고, 어떤 사람 때문이라고 했어요. 보리스라고 하는 것 같았는데?"
"보리스? 보리스 글라이더 말입니까?"
"예, 맞아요. 아는 사람이세요?"
그는 고개를 저었다.
"한 번도 만난 적이 없는 사람입니다. 하지만, 이름은 알고 있지요. 전처의 친척입니다."
"왜 그가 위험하다는 것이죠?"
"예?" 그는 멍하니 말했다.
힐러리는 질문을 다시 말해 주었다.
"오, 그건……."
그는 먼 기억이 되살아나는 모양이었다.
"그가 왜 '내게' 위험인물이 되는지는 모르겠습니다. 하지만, 곰곰이 따져 보면 그가 위험한 작자라는 건 사실입니다."
"어떤 면에서?"
"글쎄요, 반쯤 돌아버린 이상주의자 중 하나거든요. 자기네들 생각에 괜찮다고 여겨지기만 하면 세계 인구의 절반 정도는 기꺼이 죽일 수 있는 작자들."
"그런 사람이라면 나도 알고 있어요."
그녀는 자신도 그런 인물을 아는 것 같았다. 분명히(하지만, 왜?).
"올리브가 그를 만났던가요? 대체 그가 그녀에게 무슨 말을 했길래?"
"난 모르겠어요. 아까 그게 부인이 말한 전부예요. 위험에 대해서만 말하는 것 같던데. 아, 그래! 그 말도 했어요. 믿을 수가 없다고 하더군요."
"뭘 믿을 수 없다던가요?"
"나도 도무지 모르겠어요." 그녀는 잠깐 망설이다가 말을 이었다.
"사실 그때 부인은 막 숨을 거두기 직전이었어요."
순간 고통의 경련이 그의 얼굴을 스치고 지나갔다.
"알……, 알았습니다. 세월이 가면 익숙해지겠지요. 그런데 지금 보리스에 대한 의문이 한 가지 떠올랐소. 나는 분명히 '이곳'에 있는데 그가 어떻게 내게 위험인물이 될 수 있단 말입니까? 그가 올리브를 만났다면 필경 그는 런던에 있을 텐데?"

"그래요, 그는 런던에 있었어요."

"도무지 알 수 없는 일이군. 글쎄 도대체 무슨 관련이 있는 걸까? 정말 알 수 없는 변괴인걸. 지금 우리는 이 지독한 단지 내에서 사람 같지도 않은 로봇들에게 둘러싸여 꼼짝없이 갇힌 몸이 아닙니까?"

"내 생각도 바로 그거예요."

"우린 빠져나갈 수 없어."

그는 주먹으로 콘크리트를 쾅쾅 쳤다.

"도저히 못 빠져나갑니다."

"오, 천만에 우린 나갈 수 있어요." 힐러리가 말했다.

그는 무척 놀란 듯 고개를 돌려 그녀를 휘둥그레 쳐다보았다.

"무슨 뚱딴지같은 소리요?"

"방법이 있을 거예요." 힐러리가 말했다.

"어휴, 이런 가련한 여자 봤나."

그는 조소를 보냈다.

"댁이야말로 지금 이곳에서 발등에 불이 떨어진 사람이오."

"전쟁 땐 정말 불가능한 곳에서 탈출해온 사람들도 있어요."

힐러리는 자신 있게 말했다. 그녀는 결코 절망에 항복하지 않을 작정이었다.

"터널 같은 걸 뚫고 나오기도 했단 말이에요."

"순전히 암석뿐인데 어떻게 뚫는단 말이오? 또, 어디로 뚫겠소? 주위엔 온통 사막뿐인데."

"하여간 그렇게 될 거예요. 혹 그렇지 않으면 '뭔가 일이' 나도 날 거예요."

그가 그녀를 쳐다보았다. 그녀는 자신 있는 웃음을 지었다. 진짜 자신이 있어서라기보다는 차라리 오기였다.

"정말 예사 여자가 아니군. 당신은 너무 자신을 과신하고 있습니다."

"길은 오직 하나뿐이에요. 분명히 기회가 올 거예요. 그때를 위해 계획이나 철저히 세워 두어야죠."

또다시 그의 얼굴에 핏기가 싹 가셨다. 그가 말했다.

"기회라, 기회……. 나는 그때를 기다릴 만한 시간적 여유가 없소"

"왜요?"

"당신이 이해할 수 있을지는 모르지만, 이유는 이렇소. 사실 나는 이곳에서 일을 해낼 수가 없어요."

그녀는 살짝 인상을 찡그렸다.

"대체 무슨 말이죠?"

"뭐라고 할까? 난 일을 못 하겠어요. 생각도 못 하겠습니다. 내가 하는 일의 성격은 고도의 집중력을 요구하는 겁니다. 글쎄 뭐랄까, 고도의 창의력을 요구하는 것이지요. 그런데 이곳에 온 이후 나는 그 추진력을 상실해 버렸어요. 내가 할 수 있는 일이란 고작 빛 좋은 개살구처럼 하찮은 일들뿐입니다. 그런 일이라면 싸구려 삼류 과학자들도 할 수 있소. 하지만, 고작 그런 정도의 결과를 얻으려고 그들이 나를 이곳까지 데려온 것은 아니잖겠소? 그들은 독창적인 연구 업적을 원하고 있습니다. 하지만, 나는 그런 독창적인 연구를 할 수 없습니다. 더욱이, 연구다운 연구를 해보려고 마음을 먹으면 먹을수록 더더욱 초조해지고 불안한 마음만 더해 가는 겁니다. 그게 나를 더더욱 코너로 몰아넣는 기분입니다. 내 말 아시겠소?"

알 것 같았다. 그녀는 이해할 수 있을 것 같았다. 뤼벡 박사가 프리마돈나와 과학자에 대해 하던 말이 떠올랐던 것이다.

"상품을 만들어내지 못하는 기계가 갈 곳이 어디겠소? 그들은 나를 없애 버릴 겁니다."

"오, 그럴 리가?"

"오, 오, 할 게 아니오. 그들은 그렇게 할 거요. 이곳 사람들은 감상주의자가 아니란 말입니다. 여태까지나마 내가 살아남을 수 있었던 건 바로 이 성형수술 덕분이요. 그들은 한 번에 조금씩 조금씩 수술하죠. 작은 수술을 계속 받는 사람이 일에 전념하리라고 기대할 수 없음은 당연하지요. 하지만, 이젠 수술도 끝났어요."

"그런데 도대체 그 짓은 왜 했죠? 무슨 마음으로 수술까지?"

"오, 그건! 안전을 위해서죠. 나의 안전을 위해서. 그건 말이죠, 만일 당신이 '수배 인물'이라고 생각해 봐요."

"그렇다면, 당신이 '수배 인물'이란 말인가요?"

"그렇소. 그걸 몰랐소? 오, 난 신문에 광고까지 낼 줄은 몰랐어요. 올리브조차 몰랐을 겁니다. 하지만, 나는 분명히 수배를 받았소."

"그렇다면, 그 말은 반역죄를 지었다는 뜻인가요? 그들에게 뭔가 기밀이라도 팔았다는 거예요?"

그는 그녀의 시선을 피했다.

"팔아먹은 것은 아무것도 없습니다. 내가 아는 공정(工程)을 가르쳐 주었을 뿐이지. 기꺼이 가르쳐 주었어요. 제발 내 말을 믿어 주시오. 그것은 나 스스로 가르쳐 주고 싶었어요. 전체 과정 중 일부입니다. 과학 지식의 작은 웅덩이에 불과합니다. 오, 내 말을 이해하시겠소?"

그녀는 알 것 같았다. 앤디 피터스도 그와 똑같이 하고 있지 않았던가. 광신주의에 빠져 조국을 배반한 에릭슨이라는 몽상가의 두 눈이 훤하게 떠올랐다. 하지만, 톰 베터튼이 그런 짓을 하는 광경을 그려보기란 보통 어려운 일이 아니었다.

몇 달 전 광신주의에 사로잡혀 의기양양 이곳에 도착한 베터튼과 지금의 베터튼을 비교해 보니 단지 충격적일 따름이었다. 지금의 베터튼은 초조해하고 의기소침하고, 좀 모자라게 보일 정도로 잔뜩 겁을 집어먹은 사내였다.

그녀가 한참 이런 생각에 빠져 있을 때 베터튼이 초조하게 주위를 두리번거리더니 말했다.

"다들 내려갔습니다. 우리도 내려가는 게 좋겠어요."

그녀는 일어섰다.

"그래요. 하지만, 오히려 잘 됐어요. 그들은 이런 걸 오히려 자연스럽게 생각할 거예요. 이런 환경 속에선."

그는 말을 꺼내기가 좀 쑥스러운 듯 우물쭈물하더니 이렇게 말했다.

"우린 지금부터 계속 이런 식으로 굴어야 합니다. 말하자면 댁은 계속 내 아내가 되어야 한단 말입니다."

"물론이죠."

"게다가 방도 줄곧 함께 써야 할 겁니다. 하지만, 아무 일 없을 거요. 괜히 나를 무서워할 필요는 없습니다."

그는 당황한 듯 침을 꿀꺽 삼켰다.

'정말 미남이야!' 그의 옆얼굴을 보며 힐러리는 이렇게 생각했다.

'괜히 두근거리는데……'

"그런 걱정할 때가 아닌 것 같아요." 그녀가 유쾌하게 말했다.

"중요한 건 이곳에서 살아남아 빠져나가는 것이니까요."

제14장

　마라케시 마무니아 호텔의 어느 방에서는 제솝이라 불리는 사나이가 히더링턴 양에게 이야기하고 있었다. 이곳의 히더링턴 양은 힐러리가 카사블랑카와 페즈에서 알고 지냈던 히더링턴 양과는 전혀 다른 인물이었다. 외모는 똑같았다. 쌍둥이처럼 닮았다. 늘어뜨린 헤어스타일도 똑같았다. 하지만, 태도가 전혀 달랐다. 지금의 그녀는 활발하고 당당한 여자였으며, 언뜻 보기에 외양보다 몇 년은 젊은 것 같았다.

　그 방 안에 있는 제3의 인물은 가무잡잡하고 단단한 체격에다 예리한 눈매를 가진 어느 사나이였다. 그는 손가락으로 테이블 위를 점잖게 톡톡 두드리며, 호흡을 조절해가며 짤막한 프랑스어 노래를 흥얼거리고 있었다.

　제솝이 말하고 있었다.

　"당신이 알기에는 페즈에서 그녀와 얘기를 나누었던 사람은 오직 그 두 사람밖에 없었단 말이죠?"

　재닛 히더링턴은 고개를 끄덕였다.

　"캘빈 베이커란 여자였는데, 그 여자는 그전에 벌써 나와 카사블랑카에서 만났던 여자예요. 솔직히 말씀드려서, 나는 아직도 그 여자에 대해 감을 못 잡겠어요. 그 여잔 올리브 베터튼과도 가까이 지냈고, 나와도 마찬가지였어요. 하지만, 미국인들이란 대개 그렇게 사람 사귀기를 좋아합니다. 호텔에서도 곧잘 얘기를 트기도 하고 같이 여행하기도 좋아하거든요."

　"그래." 제솝이 말했다.

　"하지만, 그건 우리가 예상했던 것보다 너무 노골적이란 말이야."

　재닛 히더링턴은 계속했다.

　"게다가, 그 여자는 그 비행기에도 동승했어요."

"당신은 지금 넘겨짚고 있군." 제숍이 말했다.

"그 추락 사고는 조작된 것이라고 말이오."

그는 가무잡잡하고 단단하게 생긴 사내를 흘끔 쳐다보았다.

"르블랑, 자네 생각은 어때?"

르블랑은 흥얼거리던 멜로디를 멈추었다. 테이블 위를 톡톡 치며 박자를 맞추던 동작도 잠깐 멈추었다.

그는 불어로 말했다.

"그럴 수도 있겠지. 엔진에 조작을 해두었다면 그게 추락 원인이 되었을 수도 있겠지. 하지만, 우리로선 알 수 없는 일이야. 비행기는 추락해서 몽땅 타 버리고, 탄 사람들도 모두 죽어 버렸으니까."

"자네, 그 조종사에 대해서 뭐 좀 아나?"

"알카디? 젊고 유능한 사람이었지. 더 이상은 몰라. 보수가 안 좋지."

그는 마지막의 두 마디를 하기 전에 말을 살짝 끊었다.

제숍이 말했다.

"그래서 다른 고용의 손길이 뻗쳐 왔을지도 모른단 말이지. 하지만, 제 발로 죽음을 향해 뛰어들진 않았을 텐데?"

"시체는 모두 일곱 구였어." 르블랑이 말했다.

"새까맣게 숯이 되어 버려 도저히 알아볼 수가 없어. 하지만, 시체는 분명히 일곱 구, 그건 부인할 수 없는 사실이야."

제숍은 다시 히더링턴 양 쪽을 쳐다보았다. 그가 말했다.

"아까 하던 얘기 계속해 보시오."

"페즈에 어느 프랑스인 일가가 묵고 있었는데, 그들도 베테튼 부인과 몇 마디 주고받았어요. 매력적인 아가씨와 함께 있던 스웨덴 사업가 그리고 늙은 부호도 한 명 있었어요. 아리스티드라고."

르블랑이 말했다.

"아, 그 엄청난 거물 말이지. 어쩐지 그럴 것 같더라니. 난 가끔 자문을 해본다네. 내가 만일 이 세상 모든 돈을 가질 수 있게 된다면? 그럼 나는……"

그는 탁 털어놓고 말했다.

"경마와 여자, 그리고 이 세상 모든 걸 내 손에 넣겠어. 하지만, 아리스티드 란 늙은이는 스페인의 자기 성(城)에다 자신을 가두어 버렸어. 문자 그대로 스페인의 자기 성에다 맙소사, 수집인가 뭔가를 한다고 하더군. 중국 송나라 도자기 말이야. 하지만, 이건 기억해야 해." 그가 덧붙였다.

"벌써 그의 나이가 일흔이야. 그 정도 나이면 중국 도자기가 관심의 전부가 될 수도 있어."

"중국인들의 말을 빌리면, 예순과 일흔 사이의 삶이 가장 풍부하고 미적 감각도 깊어져서, 삶의 환희가 넘친다고 하더군." 제솝이 말했다.

"내 경우는 달라!"

르블랑이 분노로 말했다.

"페즈에는 독일인들도 제법 있었어요." 재닛 히더링턴이 계속했다.

"하지만, 내가 알기로 그들이 올리브 베터튼과 말을 나누는 것 같지는 않았어요."

"웨이터나 하인들이었는지도 모르지." 제솝이 말했다.

"그럴 가능성도 있어."

"그럼 그 고도(古都)에 들어갈 때에는 그녀 혼자였소?"

"공식 안내원을 데리고 갔어요. 하지만, 도중에 누군가가 접촉을 시도했을지도 모르죠."

"하여간 그녀가 지나치리만큼 서둘러 마라케시로 가려고 한 건 아무래도 이상해."

"갑작스런 일이 아니었어요." 그녀는 제솝의 말을 고쳐 주었다.

"그녀는 이미 예약을 해두었을걸."

"아, 오해하지 마세요. 내 말은 캘빈 베이커 부인이 그녀와의 동행을 지나치리만큼 갑작스레 결정했다는 거니까." 제솝이 말했다.

그는 일어나더니 이리저리 왔다 갔다 했다.

"그녀는 마라케시행 비행기를 탔다. 그리고 그 비행기는 추락해서 불길에 휩싸여 버렸다. 이건 재수가 나빴던 것으로 보일 수도 있어. 하지만, 그게 아니야. 누군가가 올리브 베터튼에게 그 비행기를 타고 가라고 지시를 한 거야.

처음엔 카사블랑카 부근에서의 추락 사고, 그리고 이번엔 또 이런 식으로 추락해 버리고, 정말 우연한 사고였을까? 아니면, 미리 계획된 것이었을까? 만일 올리브 베테튼을 없애 버리려고 작정한 자들이 있었다면, 비행기를 폭파시키기보다 훨씬 쉬운 방법이 있었을 거야."

"장담할 수는 없어." 르블랑이 말했다.

"내 말을 들어봐. 일단 몇 사람 목숨쯤이야 상관없다고 마음먹어봐. 그때는 깜깜한 밤에 어느 구석에 서 있다가 칼로 누군가를 찌르는 따위보다야 비행기 좌석 밑에다 조그만 폭탄 하나 던져 놓는 일이 훨씬 손쉬운 일이지. 그렇게 마음먹고, 다른 여섯 명도 함께 죽으리라는 생각은 전혀 고려하지 않고 폭탄 꾸러미를 던져두었을 거야."

"물론, 내 추측이 맞을 가능성이 희박하다는 사실은 나도 알아. 하지만, 제3의 해답이 있다고 생각하네. 즉, 그들이 추락 사고를 조작했다는 것이지."

제솝이 말했다.

르블랑이 재미있다는 듯 그를 쳐다보았다.

"그랬을 수도 있겠지. 그래, 비행기를 착륙시킨 다음 불을 질러 버렸을지도 몰라. 하지만 말이야, 제솝, 그 사실은 부인할 수 없어. 비행기 속에 사람이 타고 있었다는 사실. 분명히 거기에는 까맣게 탄 시체가 있었어."

"알고 있어." 제솝이 말했다.

"바로 그게 난점이야. 그래, 내 추측이 어디까지나 상상에 불과하다는 건 나도 알아. 하지만, 끝이 너무 깔끔하단 말이야. 너무 깔끔해. 난 그게 이상해. 그건 우리에게 사건 종료를 말해 주고 있어. 보고서 여백에다 R. I. P(Requiescat In Pace; 고이 잠드소서)라고 쓴다. 그리고 그것으로 끝이다. 더 이상 아무런 추적의 실마리도 없다."

그는 다시 르블랑 쪽을 보았다.

"수색은 계속하고 있는가?"

"벌써 이틀째야." 르블랑이 말했다.

"추락 장소가 유달리 외진 곳이야. 중간에 항로를 이탈했어."

"뭔가 의미가 있는 사실이군."

제숍이 한마디 툭 던졌다.

"마을이나 주거지 주변, 그리고 자동차 도로 주변은 모두 샅샅이 조사해 보았어. 자네 쪽도 마찬가지겠지만, 우리 쪽도 충분한 수색이 진행되어야 한다는 점에는 이의가 없어. 프랑스도 젊은 과학자를 몇 명이나 잃었거든. 사실 말이야, 과학자 하나 다루는 것보다야 차라리 변덕스런 오페라 가수 다루기가 훨씬 쉽지. 그들은 총명하고 젊어서 반항적이야. 그래서 결과적으로 위험한 사람들이라 할 수 있지. 대부분 남을 너무 쉽게 믿어 버리거든. 도대체 그들은 그곳이 어떤 곳인지 상상이나 해보았을까? 진리와 천 년 왕국에 대한 매력과 서광, 그리고 욕망? 어휴, 저런 철부지들. 자기들을 기다리는 것은 온통 환상뿐인걸."

"탑승자 명단이나 다시 한 번 살펴보도록 하세." 제숍이 말했다.

그 프랑스인은 손을 뻗더니 철사 바구니 속에서 명단을 끄집어내어 동료에게 내밀었다.

두 사나이는 함께 그것을 꼼꼼히 살펴보기 시작했다.

"캘빈 베이커 부인, 미국인. 베터튼 부인, 영국인. 토르퀼 에릭슨, 노르웨이인—그런데 자네, 이자에 대해서 뭘 좀 아는가?"

"기억나는 게 전혀 없는데." 르블랑이 말했다.

"젊은이였어. 기껏 스물 일고여덟도 안 됐어."

"나도 이름은 알아."

제숍이 말하고 문득 인상을 찡그렸다.

"그래, 생각난다. 영국 학사원에 논문을 발표했던 자야."

"수녀도 있는데." 르블랑이 뒷장을 넘기면서 말했다.

"수녀회 소속인가 본데. 앤드루 피터스, 역시 미국인. 바론 박사, 이건 유명한 이름인데. '바론 박사' 저명한 인물이지. 바이러스 질병 전문가야."

"세균전." 제숍이 말했다.

"맞아, 바로 그거야."

"가난해서 불만이 많은 사람이지." 르블랑이 말했다.

"생 이브에는 얼마나 자주 가는가?"

제숍이 조그만 목소리로 물었다.

그 프랑스 사내가 그를 휙 쳐다보더니 겸연쩍은 웃음을 지었다.

"꼭 옛날 자장가 같은 질문이군. 생 이브라면 물음표를 달아 둬. 행선지 없는 여행."

테이블 위의 전화벨이 울렸다. 르블랑이 수화기를 집어들었다.

"여보세요." 그가 불어로 말했다.

"누구십니까? 아, 예 올려 보내세요."

그는 고개를 제숍에게로 돌렸다. 그의 얼굴에 갑자기 생기가 돌고 표정이 환해졌다. 그가 말했다.

"내 정보원 중 한 명이야. 뭘 좀 알아낸 모양이야. 장담은 못 하지만, 그럴지도 몰라. 혹 자네의 낙관론이 입증될지도 모르겠는걸."

몇 분이 지났을까. 사내 두 명이 방으로 들어왔다.

첫 번째 사내는 르블랑을 그대로 빼어 닮았다. 똑같은 타입에, 단단하고 까무잡잡하고, 눈매도 예리했다. 그의 태도는 공손하면서도 명랑했다. 그는 유럽인의 복장을 하고 있었는데, 심하게 얼룩이 지고 먼지로 더럽혀져 있었다. 그와 함께 온 사내는 흰색 원주민 복장을 하고 있었다. 그는 오지의 주민들에게서 흔히 찾아볼 수 있는 의젓함이 몸에 배어 있었다. 태도가 정중하긴 했으나 결코 굴종적이지는 않았다. 함께 온 사내가 빠른 불어로 설명하는 동안 그는 방 안을 어리둥절하니 둘러보고 있었다.

"보수를 제시해서 계산을 끝냈습니다." 그 사내가 설명했다.

"이 사람과 이 사람의 가족, 그리고 그의 많은 친구들이 부지런히 수색을 했습니다. 찾아낸 것에 대해 물어보시라고 이렇게 데리고 왔습니다."

르블랑은 그 베르베르인을 쳐다보았다.

"좋은 일 하셨습니다."

이제 그는 그 사내 나라의 언어로 말하고 있었다.

"당신은 매의 눈을 가지셨군요, 영감님. 그럼 찾아낸 것을 우리에게 보여 주시지요."

그 사내는 입고 있던 하얀 옷의 고름에서 작은 물건 하나를 끄집어내었다.

그리고 앞으로 다가와 르블랑 앞의 탁자 위에다 그걸 올려놓았다. 회색빛이 감도는 짙은 연분홍빛의 제법 큼직한 모조 진주였다.

"내가 본 것과 똑같소. 다른 사람들도 봤소." 그가 말했다.

"귀한 것이요. 내가 찾았소."

제솝이 한 손을 내밀어 그 진주를 집었다. 호주머니에서 그것과 똑같은 진주를 끄집어냈다. 그리고 방을 가로질러 창문쪽으로 걸어갔다. 그리고는 큼직한 돋보기로 그것을 비추어 보았다.

"그래. 표시가 있어."

그는 기뻐서 어쩔 줄을 몰랐다. 그는 탁자가 있는 곳으로 되돌아왔다.

"정말 대단한 여자야. 대단한 여자, 예사 여자가 아니야! 그녀는 해냈어!"

르블랑은 빠른 아랍어로 베르베르인에게 뭔가를 물어보고 있었다.

마침내 그가 제솝을 쳐다보았다. 그가 말했다.

"내가 사과하겠네, 친구. 이 진주는 불탄 비행기에서 약 반 마일 정도 떨어진 곳에서 발견한 것이라고 하네."

제솝이 말했다.

"이건, 올리브 베터튼이 살아있다는 사실을 말해 주고 있어. 제아무리 그 비행기를 탄 사람이 일곱 명이고, 새까맣게 탄 시체가 일곱 구라 해도, 그 불탄 시체들 중 최소한 하나는 그녀의 것이 아니라는 사실은 확실해졌네."

"지금 당장 수색을 더 확대하십시오."

르블랑이 말했다. 그는 재차 그 베르베르인에게 말했다. 그러자 그 사내는 기분이 좋은 듯 빙글빙글 웃으며 돌아섰다. 그는 자기를 데리고 들어온 사내와 함께 방을 나갔다.

르블랑이 말했다.

"그에겐 약속한 대로 충분한 보수를 지급하겠네. 지금부터 이 진주가 발견된 곳을 중심으로 주위를 샅샅이 뒤지면 뭔가 추적의 실마리가 나타날 거야. 그들은 매의 눈을 가진 종족이지. 이 일에 보수를 많이 준다는 소문이 포도덩굴처럼 좍 퍼질 거야. 아무래도 말일세, 친구. 뭔가 결과가 나올 것 같은데! 그들이 그녀의 임무만 눈치채지 않는다면 말일세."

제솝은 고개를 내저었다. 그가 말했다.

"우연한 일이었을 거야. 흔히 여자들이 걸고 다니는 그런 모조 보석 목걸이가 갑자기 풀어졌다. 그래서 그녀는 눈에 띄는 대로 진주 알맹이들을 주워 호주머니 속에 집어넣었다. 하지만, 호주머니에 작은 구멍 같은 게 나 있었을 것이란 얘기지. 그리고 말일세, 왜 그들이 의심하겠나? 분명히 그녀는 올리브 베터튼인데, 남편을 만나고 싶어 애를 태우는 올리브 베터튼."

"우리 지금부터 이 사건을 새로운 시각에서 다시 한 번 재검토해 보도록 하세."

르블랑이 말했다. 그는 탑승자 명단을 내밀었다.

"올리브 베터튼, 바론 박사." 그 두 이름을 재확인했다.

"그들이 가는 곳이 어디였든 간에 하여간 그곳으로 가고 있었던 사람은 최소한 두 사람이야. 미국 여자, 캘빈 베이커 부인. 이 여자에 대해서도 편견을 품어선 안 돼. 영국 학사원에서 논문을 발표했다던 토르퀼 에릭슨. 여권에 화학자라고 기재되어 있는 피터스라는 미국인. 그리고 수녀. 글쎄, 아무래도 감쪽같은 위장 같아. 사실 그 비행기를 탄 사람들 모두는 제각기 다른 곳에서 바로 그날 그 비행기를 타도록 절묘하게 안내를 받았을지도 몰라. 그 뒤 비행기는 화염에 휩싸인 채 발견되었고, 그 속엔 까맣게 타 버린 몇 구의 시체가 있었다. 어때, 감쪽같지 않아? 어쨌든 엄청난 일이 아닐 수 없어!"

"그래, 아주 그럴 듯한 접근이야." 제솝이 말했다.

"하지만, 우리는 지금 여섯 또는 일곱 명의 사람들이 첫 단계 도정(道程)에 올랐다는 것과, 그들의 출발 지점밖에 모르고 있어. 그다음은 어떻게 해야 하지? 어디로 가봐야 하는가 말일세."

"바로 그 점이 문제야." 르블랑이 말했다.

"성과가 있긴 있을 거야."

예측은 여러 갈래로 애매모호하기만 했다. 자동차의 진행 정도는 연료를 재공급 받을 수 있는 정도의 거리일 것이요, 여행자들이 그날 밤을 보낸 마을이 있을지도 모른다. 하지만, 도로가 여러 갈래였기 때문에 종잡을 수가 없었다.

절망적인 상태가 계속 되었다. 하지만, 마침내 긍정적인 결과가 나오고 말았다.

"대위님, 드디어 찾아냈습니다! 지시한 대로 화장실을 뒤졌습니다. 압둘 모하메드라는 자의 집 화장실 어두컴컴한 구석에서 씹다 만 껌에 박아 붙여 놓은 진주 하나가 발견되었습니다. 그자와 아들 녀석들을 족쳤지요. 처음에는 부인하더니 마침내 털어놓고 말더군요. 독일 고고학 답사팀이라면서 여섯 명이 자기 집에서 하룻밤 묵고 갔는데, 그 사람들 짐에서 꺼낸 것이랍니다. 많은 돈을 주면서 누구에게도 말하지 말라고 해서 그랬다면서 미안해하더군요. 엘 카이프라는 마을의 아이들도 진주를 갖고 왔는데, 두 개 이상이나 된답니다. 예측한 대로 파티마의 손이 목격되었습니다. 이곳에만 있는 관례죠. 이 사람이 말해 줄 겁니다."

이 '관례'는 특히 베르베르인들 사이에 널리 퍼져 있는 것이었다.

그가 말했다.

"나는 내 양떼와 함께 있었소. 밤이었지요. 차 소리가 들리더군요. 눈 깜짝할 사이에 나를 지나쳐 갔습니다. 차 옆으로 파티마의 손이 언뜻 보이더군요. 어둠 속에서 반짝거리고 있었소."

"장갑에 야광 물질을 발라두는 것도 쓸모가 있군." 르블랑이 중얼거렸.

"그런 생각을 해내다니, 축하하네."

"그럴듯해." 제솝이 말했다.

"하지만, 위험해. 적들 스스로도 너무나 잘 아는 것이거든."

르블랑이 어깨를 으쓱해 보였다.

"낮에는 볼 수 없었을 텐데."

"아냐, 중간에 잠깐 휴식이라도 취했었더라면 어둠 속에서 차에서 반짝반짝 빛이 나는 걸 볼 수 있었을 거야."

"설령 그랬다 해도, 그건 어디까지나 아랍인들의 미신이야. 간혹 차나 수레에 칠하곤 하지. 어느 신앙심 깊은 이슬람교도 녀석이 자기 차에다 야광 칠을 해두었을 거야."

"그랬을 수도 있어. 하지만, 좀더 신중히 생각해야 해. 만일 적들이 그걸 알고 있었다면, 그건 우리에게 거짓 발자국을 남겨 주려는 고도의 속임수야. 파티마의 손이라는 그 야광 칠을 이용한 속임수."

"아, 그 점에 관해서라면 나도 동감일세. 바짝 신경을 써야 할 필요가 있어. 암, 조금도 방심해선 안 되지."

다음 날 아침, 르블랑은 또 다른 모조 진주 세 개를 찾아냈다. 세 개가 추잉검 조각에 삼각형 모양으로 가지런히 박혀 있었던 것이다.

"이건, 여행의 다음 단계가 비행기를 이용한 것임을 의미하는 것 같네."

제숍이 의문에 찬 시선으로 르블랑을 쳐다보았다.

"자네 말에 전적으로 동감이야." 나머지 한 사내가 말했다.

"이게 발견된 곳은 멀고 외진 곳에 있는 어느 폐쇄된 군용 비행장이야. 근래에 비행기가 이착륙했던 흔적이 남이 있었어."

그는 어깨를 들썩해 보이더니 말했다.

"정체불명의 비행기가 왔다가 정체불명의 행선지를 향해 떠난 거야. 그걸로 미루어 볼 때 그들이 거기서 한 번 더 멈추었다는 걸 알 수 있을 뿐, 그다음에 어디로 떠났는지 이제 우리는 그 흔적을 쫓을 수 없게 되어 버렸어."

제15장

"정말 믿어지지가 않아." 힐러리가 생각했다.
"내가 이곳에서 열흘 동안이나 있었다니!"
 힐러리는 삶에서 가장 무서운 문제는 얼마나 쉽게 자기 자신을 적응시키느냐 하는 것이라고 생각했다.
 그녀는 언젠가 프랑스에서 보았던 중세의 무시무시한 고문 도구인 철창을 떠올렸다. 그 속에 갇힌 죄수는 앉지도 눕지도 못하게 되어 있었다. 하지만, 안내원의 이야기에 따르면, 그 속에 갇힌 상태로도 18년간이나 살아남아 결국 나머지 20년의 여생을 밖에서 살다가 죽은 사내도 있다고 했다.
 적응력이야말로 인간과 동물의 세계를 구별시켜 주는 것이다. 인간은 어떤 기후에서도, 어떤 음식을 먹고서도, 어떤 상황에서도 살아남을 수 있다. 노예 상태이건, 자유로운 상태이건 인간은 살아남을 수 있는 것이다.
 처음 이 단지에 들어왔을 때 그녀를 사로잡은 것은 앞이 탁 가로막혀 버린 듯한 당혹감이었다. 갇혀 버렸다는 공포와 좌절감, 그리고 감금 그 자체가 호화로운 생활로 위장되고 있다는 사실이 그녀를 더욱 깊은 공포의 심연으로 몰아넣었던 것 같았다. 마치 꿈을 꾸는 듯한 이상한 나날이었다.
 1주일 정도가 지난 다음에야 그녀는 자신의 생활을 무감각적으로나마 자연스럽게 받아들이기 시작했다. 하지만, 그렇다고 해서 현실로 느껴지는 것은 아무것도 없었으며, 한 차례 길게 쓸고 간 그 꿈이 또다시 길게 계속되리라는 예감만 들었다. 아마 언제까지나, 영원히 이 단지 내에서만 살 것이고 이곳에서 생애를 마감하게 될 것이다. 외부 세계란 없는 것이다.
 이런 위험한 생각을 하게 된 것은 부분적으로는 그녀가 여자라는 사실에서 기인하고 있는 것 같았다. 여자는 천부적으로 쉽게 적응하는 기질을 갖고 있다. 그것은 여자의 장점인 동시에 단점이기도 했다. 여자는 일단 상황을 검토하고 나서 그것을 받아들이고 그것에 최선을 다한다.

그녀의 최대 관심사는 같이 도착한 일행들의 반응이었다. 헬가 니드하임은 식사시간을 제외하곤 좀처럼 보기가 어려웠다. 어쩌다 마주칠 때에도 그 독일 여자는 무뚝뚝한 목례가 고작이고, 더 이상 아무것도 없었다. 그녀가 판단하기에는 헬가 니드하임은 행복하고 만족해하는 것 같았다. 이 단지는 그 여자가 마음속으로 그려 오고 있던 그림과 딱 맞아떨어지는 곳이었다.

그녀는 오직 일만 아는 여자였으며, 또 그것을 무리 없이 지탱시켜 주는 것은 그녀의 타고난 오만이었다. 자신과 동료 과학자들의 우월감은 헬가의 신념목록 제1호였다. 그녀는 인류애, 평화의 시대, 정신과 영혼의 자유 등에 대해서는 아무런 전망도 갖고 있지 않았다. 그녀의 세계관은 편협했으며 모든 게 자신만만했다. 그녀는 우수 종족 집단의 한 일원이었으며, 나머지 그들에게 속박된 세계는 그들의 마음이 내키는 대로 대해주면 그만이었다.

그녀의 동료 과학자들 중엔 그녀와 다른 전망을 가진 자들도 있었다. 그 사람들의 생각은 파시스트적이라기보다는 공산주의에 가까웠다. 하지만, 헬가는 그 사람들의 생각엔 전혀 무관심했다. 비록 그들의 연구는 훌륭하고 필요불가결한 것들이었지만, 각자의 생각은 서로 달랐던 것이다.

바론 박사는 헬가 니드하임보다야 훨씬 지적인 인물이었다. 힐러리는 가끔 그와 짤막한 대화를 나누었다. 그는 일에 심취하고 자기에게 제공된 조건들에 깊이 만족하고 있었다. 하지만, 호기심 많은 프랑스인의 기질이 그로 하여금 자신의 생활 환경에 대해 골똘히 생각하고 회의하게 만들었다.

어느 날 그가 말했다.

"솔직히 말해, 내가 기대했던 것과는 다릅니다. 우리 사이니까 하는 말이지요, 베터튼 부인. 하지만, 나는 감옥 같은 분위기에는 신경 쓰지 않습니다. 이곳은 감옥 같은 곳이다, 그러니까 겉만 번듯하게 꾸며놓은 철창 같다 해도 말입니다."

"당신이 찾아온 자유가 이곳엔 없는 모양이죠?"

힐러리가 넌지시 떠보았다.

그는 힐러리를 보고 웃었다. 언뜻 침울한 미소가 스치고 지나갔다.

그가 말했다.

"아니, 그건 아니오. 부인이 잘못 보셨습니다. 사실 내가 찾고 있었던 것은 자유가 아닙니다. 나는 문명인입니다. 문명인이라면 그런 것은 이 세상 어디에도 존재하지 않는다는 것쯤은 알죠. 신생국에서나 '자유'라는 말을 기치로 내걸죠. 안전을 위해 기획된 구조물은 있어야 하니까요. 문명의 본질은 생활의 절도입니다. 중용이란 뜻이죠. 항상 중용으로 회귀하는 것. 아니, 내 솔직히 말하지요. 사실 내가 이곳으로 온 것은 돈 때문이었소."

힐러리도 되받아 웃어 주었다. 그녀의 눈썹이 치켜져 올라갔다.

"그럼, 여기서 얼마나 많은 돈을 받아요?"

"매우 고가품의 실험기재들을 제공받지요."

바론 박사가 말했다.

"내 호주머니 돈을 축내지 않고도 나의 과학적 주장을 추진할 수 있으며, 또 나의 지적 호기심도 충족시킬 수 있습니다. 나는 일을 사랑하는 사람입니다. 하지만, 내가 일을 사랑하는 것은 인류를 위해 그러는 것이 아닙니다. 인류를 위해 일한다는 작자들은 좀 아둔하고 무능한 친구들이죠. 난 그렇지 않아요. 나는 연구에서 비롯되는 순수한 지적 쾌감을 음미합니다. 그리고 또 한 가지 이유가 있다면, 프랑스를 떠나기 전에 엄청난 돈을 받았다는 것이오. 그 돈은 다른 사람의 이름으로 은행에 예치되어 있소. 일이 순조롭게 되어 이곳에서의 일이 끝나게 되면 마음 내키는 대로 그 돈을 쓸 겁니다."

"이곳 일이 언제 끝나는데요?" 힐러리는 재차 반복해서 물었다.

"대체 이 일이 끝날 수 있을 것 같나요?"

바론 박사가 말했다.

"뻔합니다. 영원한 것은 없습니다. 끝까지 가는 건 아무것도 없어요. 내 생각에 이곳은 어느 미친 남자에 의해 운영되고 있는 것 같소. 어느 미친 사내, 퍽 머리가 좋은 사람이라고 할 수 있죠. 만일 당신이 돈 많고, 머리 좋고, 미친 사람이라면 당신 역시 길고 긴 시간 동안 그 환상을 뿌리치지 못할 겁니다. 하지만, 결국 종국에 가선……"

그는 어깨를 으쓱해 보였다.

"종국에 가선 그 환상은 깨어지고 말 겁니다. 왜냐고요? 그건 순리에 맞지 않기 때문이오. 바로 이곳에서 일어나는 일이! 이치에 맞지 않는다는 그 점을 항상 계산에 넣고 있어야죠. 여태까지는 그럭저럭―."

그는 다시 양 어깨를 으쓱해 보였다.

"지낼 만하더군요."

격렬한 환멸을 느끼고 있을 줄로 알았던 토르퀼 에릭슨은 오히려 이 단지의 분위기에 매우 만족해하는 것 같았다. 그는 프랑스인보다는 훨씬 비현실적인 인물이었다. 그는 초지일관 자기의 뜻대로만 살아가고 있었다. 그의 세계는 힐러리로서는 도저히 이해할 수 없는 이상한 세계였다. 금욕적인 만족감, 수학적 계산에의 심취, 끝도 없는 확률 계산 따위가 그의 세계 전부였다.

힐러리는 괴상하고 비인간적이며 몰인정한 그의 성격이 두려웠다. 힐러리가 생각하기에 에릭슨은 오직 자기 머릿속에서만 존재할 뿐인 실현 불가능한 유토피아 건설을 위해, 세계 인구의 4분의 3 정도는 죽음으로 몰아붙여도 무방하다는 이상주의에 빠진 젊은이였다.

힐러리는 앤디 피터스라는 미국인과는 많은 점에서 공감하는 것 같았다. 곰곰이 생각해 보니, 그 이유는 다름이 아니라 피터스가 천재가 아니라 단순히 재능있는 한 남자에 불과하기 때문인 것 같았다. 다른 사람들의 말을 통해 그녀는 그가 자기 분야에서는 일류급에다 신중하고 숙련된 화학자이지만, 그렇게 첨단을 걷는 사람은 아니라는 사실을 알았다.

그녀와 마찬가지로 피터스도 그 단지의 분위기를 혐오하고 무서워했다.

"나야말로 나의 행선지를 모르고 있었던 사람입니다. 나는 내가 생각하고 있는 곳인 줄 알았어요. 하지만, 그건 틀렸더군요. 당은 이곳과 아무 상관도 없어요. 이곳은 모스크바와는 아무 접촉도 없습니다. 이것은 일종의 고독한 쇼입니다. 파시스트들이나 보여줌 직한 쇼이지요."

"선전 문구를 지나치게 믿어 버렸다는 생각이 들죠?"

그는 곰곰이 생각하더니 말했다.

"당신 말이 옳은 것 같습니다. 곰곰이 생각해 보면, 우리가 내뱉었던 말들은 그야말로 무의미한 것들뿐이었어요. 하지만, 이젠 알았어요. 나는 이곳에서 빠져나가고 싶습니다. 나갈 작정입니다."

"쉽지 않을 텐데요."

힐러리가 말했다, 낮은 음성이었다.

그들은 저녁식사 후 옥상 정원의 분수 부근을 걷고 있었다. 어둠의 환영 속에서 총총히 내리비치는 별빛을 받으며 그들은 어느 폭군의 궁전에 있는 개인 정원에 있었던 것이다. 목적에 알맞게 지어진 콘크리트 건물은 그들의 시야를 가리고 있었다.

피터스가 말했다.

"물론입니다. 쉽지는 않을 겁니다. 하지만, 불가능한 건 없지요."

"난 그런 말을 듣고 싶었답니다."

힐러리가 말했다.

"오, 얼마나 그런 말을 듣고 싶었던지!"

그는 이심전심 마음이 통한다는 듯 그녀를 쳐다보았다.

"낙심하고 있었군요?" 그가 물었다.

"아주 많이. 하지만, 내가 진짜로 두려워하는 건 그게 아니에요."

"그게 아니라니! 그럼 뭐죠?"

"나는 그것에 익숙해지는 게 두려운 겁니다."

"그렇습니다."

그는 뭔가를 곰곰이 생각하더니 말을 이었다.

"그렇습니다. 당신이 무슨 말을 하려는지 알았습니다. 이곳에서 일어나는 일들에 대해서는 여러 가지 추측들이 있어요. 아마 부인의 추측이 맞는지도 모릅니다."

"사람들이 반란을 일으키는 게 당연할 것 같은데." 힐러리가 말했다.

"그렇습니다. 나도 똑같은 생각을 해왔습니다. 사실 한두 번이 아니었어요. 분명히 무슨 속임수 같은 게 진행되고 있는 것 같습니다."

"속임수? 그게 무슨 뜻이죠?"

"글쎄요. 솔직히 말하자면 마취제 같은 것."

"마약 같은 것 말인가요?"

"그렇습니다. 그럴 가능성이 있어요. 음식이나 음료수 따위에 타 놓는다면, 그것 때문에 뭐랄까 사람이 고분고분해져 버리지 않을까요?"

"하지만, 그런 약이 있을까요?"

"글쎄요. 내 전공 분야라 해서 굳이 과장하려는 것은 아닙니다만, 사람을 고분고분하게 만들고, 수술 따위의 짓거리를 하지 않고도 사람을 순종하게 할 수 있는 약은 분명히 있습니다. 오랜 기간 지속적으로 먹게 되면 마침내 사람의 능률이 저하되어 버리는 그런 약인지는 잘 모르겠습니다. 하지만, 정신적인 영향을 미친다는 것은 분명합니다. 다시 말해, 이곳의 조직자들과 관리자들은 최면술과 심리학에 정통한 자들입니다. 그리고 이것은 엄청난 효과를 불러일으키지요. 만일 자기 스스로 자기의 재능이 어느 정도 되는지 알고 있는 사람들이 이런 식으로 연구하게 된다면 엄청난 연구가 이루어질 수 있는 겁니다."

"굴복해선 안 돼요." 힐러리는 격앙된 목소리로 말했다.

"단 한 순간이라도 이곳에 있는 게 좋다는 생각을 해서는 안 돼요."

"댁의 남편 생각은 어떻습니까?"

"톰이요? 난……, 오, 모르겠어요. 도무지 갈피를 못 잡겠어요. 나는……."

그녀는 입을 다물어 버렸다. 그와 겨우겨우 의사소통이나 하며 지내 온 일상들은 그야말로 기괴하기 그지없는 생활이었다.

지난 열흘 동안 그녀는 전혀 알지도 못하는 남자와 한방에서 살아왔다. 그들은 같은 침실을 썼으며, 한밤에 자다가 잠을 깨면 또 다른 침대에 누운 그 남자의 숨소리가 들렸다. 둘 다 어차피 그 일은 불가피한 것으로 여기고 있었다. 그녀는 모종의 임무를 띤 채 누군가의 흉내를 내는 협잡꾼이요, 스파이였다. 솔직히 말해 그녀는 톰 베터튼을 이해할 수 없었다.

그녀가 보기에 그는 사람을 무기력하게 만드는 이 단지의 환경 속에서 몇 달을 지낸 영민한 젊은이에게 어떤 일이 일어날 수 있는가를 보여 주는 무서운 예에 불과했다. 하여간 그는 자신의 운명을 차분하게 받아들이려 하지 않았다. 연구를 함으로써 기쁨을 얻으려고 하기는커녕, 연구에 신경을 집중할 수 없는 자신의 무능함만을 계속해서 걱정했다. 툭하면 첫날 저녁에 한 말을 되풀이할 뿐이었다.

"도통 생각을 못 하겠습니다. 내 내부의 모든 것이 바짝 말라 버린 듯한 기분입니다."

그녀는 생각했다. 그래, 톰 베터튼이야말로 진짜 천재다. 누구보다도 자유가 필요한 사람이다. 그녀의 충고도 그의 상실되어 버린 자유를 상쇄시킬 수는 없었다. 오직 완전한 자유 속에서만 그는 창조적인 연구를 해낼 수 있는 것이다. 그는 쉽게 낙담해 버릴 수 있는 그런 예민한 사내였다.

그런데 한 가지 신기한 일은, 그가 힐러리를 전혀 무관심하게 대했다는 것이다. 그녀는 그에게 있어 여자가 아니었다. 그렇다고 친구도 아니었다. 그녀는 그가 혹시 아내의 죽음으로 괴로워서 그러지나 않을까 하고 생각해 보았다. 하지만, 그게 아니었다. 그를 지속적으로 괴롭히는 것은 바로 감금 생활 그 자체였다.

그는 계속 되풀이해서 말했었다.

"나는 여기서 나가야 합니다. 나가야 해요. 꼭 나가야 합니다."

간혹 이런 말도 했다.

"나는 몰랐습니다. 무슨 일이 벌어질지 전혀 몰랐어요. 여기서 어떻게 나가죠? 어떻게? 이미 들어와 버렸어요. 바보처럼 들어와 버린걸."

피터스가 한 말도 본질적으로는 똑같은 뜻이었다. 하지만, 그의 말은 베터튼과는 크게 다른 의미를 내포하고 있었다. 피터스의 말은 젊고, 패기 있고, 분노와 증오와 자기 확신과 자기를 가두는 집단의 흉계에 대항해서 제정신을 잃지 말아야겠다는 결의에 가득 찬 것이었다.

하지만, 톰 베터튼의 언사(言辭)는 막다른 골목에 몰려 탈출을 못해 거의 미치광이가 되다시피 한 한 사내의 절규에 불과한 것이었다. 그래서 힐러리는 문득 이런 생각이 들었다. 그녀와 피터스에게는 적어도 6개월의 여유가 있다.

만일 지금 이 순간, 왕성한 반항심과 이성적인 자신감이 아직 마음속에 남아 있을 때 시작하지 않으면 종국에 가서 덫에 걸린 생쥐처럼 제정신을 잃고 절망에 빠져 버릴지도 모른다. 그녀는 이런 속마음을 옆에 있는 사내에게 털어놓고 싶었다. 이렇게 털어놓아 버릴 수만 있으면 얼마나 좋은가.

"톰 베터튼은 내 남편이 아닙니다. 전혀 모르는 사람입니다. 이곳으로 오기 전의 그가 어떤 사람이었는지도 전혀 모른답니다. 그래서 지금 이렇게 미혹 속에 빠져 있어요. 난 그를 도울 수 없어요. 내가 뭘 어떻게 말하고 행동해야 할지 도무지 모르겠어요."

그녀는 무슨 말을 해야 할 것인가 말을 조심스럽게 골랐다.

"지금 내겐 톰이 마치 낯선 사람인 것 같아요. 그는 도대체 말을 하려 들지 않아요. 간혹 가다 감금되었다는 기분, 이곳 울타리 속에 갇혀 버렸다는 느낌이 그를 미치게 하지나 않았나 하는 생각이 든답니다."

"그럴지도 모르죠." 피터스는 냉담하게 말했다.

"그런 체할 수도 있겠죠."

"그런데 말 좀 해보세요. 당신 말을 들으니 탈출에 자신이 있는 것 같은데 어떻게 탈출하죠, 대체 기회가 있긴 있나요?"

"내일모레 당장 걸어나가자는 것이 아닙니다, 올리브. 심사숙고해서 계획을 세워야죠. 아시다시피 전혀 불가능한 상황에서도 탈출한 사람들이 있어요. 우리나라에서나 대서양 건너 당신네 나라에서나 독일군 수용소에서 탈출해, 그걸 책으로 쓴 사람들이 많단 말입니다."

"그것과는 달라요."

"근본적으로는 다르지 않습니다. 돌아오는 길이 있으면 나가는 길도 있는 법입니다. 물론 터널을 파는 일은 여기선 해당 밖이오. 여러 가지 다른 방법들을 강구해 보아야지요. 하지만, 내가 한 가지 분명히 말할 수 있는 것은, 들어오는 길이 있으면 나가는 길도 있다는 겁니다. 거짓말, 위장, 속임수, 기만, 뇌물 등등 모두 다 시도해 봐야 합니다. 부인이 연구하고 생각해 보아야 할 것도 바로 그런 것들입니다. 내가 말해 줄 수 있는 것은 이것뿐입니다. 나는 이곳을 탈출할 겁니다. 그 술책이 나를 이곳에서 끄집어내어 줄 겁니다."

"당신은 나갈 수 있을 거예요."

힐러리가 말했다. 그리고 한마디 더 덧붙였다.

"하지만, 나는 어떡하죠?"

"글쎄요. 부인의 경우는 다른데."

그의 목소리는 무척 당황한 것이었다. 순간 그녀는 왜 그러는지 의아했다.

하지만, 이내 그 이유를 알 수 있었다. 아마 그녀 자신의 목적은 달성되었지 않았느냐 하는 뜻인 것 같았다. 사랑하는 남자와 함께 있기 위해 이곳으로 와서, 이제 그 남자를 만난 마당에 혼자 탈출하겠다니 이게 도대체 무슨 돼먹지 못한 말이냐 하는 뜻이었다.

그녀는 피터스에게 그냥 모든 걸 다 말해 버릴까 싶었다. 하지만, 본능적인 조심성이 그것을 막았다. 그녀는 잘 자라고 말하고서 옥상을 떠났다.

"안녕하세요, 베터튼 부인?"

"안녕, 젠센 양."

야위고 안경을 낀 그 여자는 제법 들떠 있는 것 같았다. 두꺼운 안경 뒤에서 그녀의 두 눈동자가 반들거리며 빛났다.

"오늘 저녁 모임이 있어요." 그녀가 말했다.

"지도자께서 우리를 위해 친히 교시를 내리신대요!"

그녀는 착 가라앉은 음성으로 조심스럽게 말했다.

"잘 됐군." 옆에 있던 앤디 피터스가 말했다.

"안 그래도 지도자를 한번 보려고 벼르던 참이었는데."

젠센 양은 깜짝 놀라 마치 나무라는 듯한 눈초리로 그를 쳐다보았다. 그러고는 엄숙하게 말했다.

"지도자는 정말 훌륭한 분이세요."

그녀가 온통 체념만을 느끼게 할 뿐인 백색의 복도를 빠져나가자, 앤디 피터스가 귓속말을 했다.

"내가 '하일 히틀러' 하는 태도를 취했는지 안 취했는지, 무슨 낌새를 알아차렸을까요?"

"말하는 걸 보니 뭔가 낌새를 알아차린 게 분명해요."

"이놈의 동네는 뭐가 어떻게 돌아가는지 알 수가 있어야지. 그놈의 알량한 구닥다리 인류 동포주의가 유치한 환상에 불과하다는 것을 미국을 떠나기 전에 미리 깨달았어야 하는 건데. 이런, 젠장, 이곳에 와 보니 웬 되먹지도 않은 하늘에서 내려온 독재자가 나를 꽉 붙들고 놔주지 않으니."

그는 두 팔을 하일 히틀러 하는 식으로 착 내밀었다.

"아직까진 몰라요." 힐러리는 그를 일깨워 주었다.

"난 분위기에서 알 수 있어요." 피터스가 말했다.

"오—." 힐러리가 큰소리로 말했다.

"이곳에 당신 같은 분이 있다니 여간 반가운 게 아니에요."

그녀의 얼굴이 빨개졌다. 그가 의아한 눈초리로 그녀를 쳐다보았기 때문이다.

"당신은 정말 예민하고도 보편적인 분이세요."

힐러리는 솔직히 말했다.

피터스는 우스운 모양이었다.

"우리나라에선 보편적이라는 말이 부인이 쓴 의미와는 다릅니다. 못생겼다는 걸 의미하죠."

"나는 그런 의미로 쓰지 않았어요. 여느 사람들과 비슷하다는 뜻이에요. 오, 그러니까 좀 거칠다는 뜻이에요."

"평범한 남자, 그런 남자를 원합니까? 숱한 천재들을 겪어 보았을 텐데?"

"예, 하지만, 당신도 여기 온 이후 바뀌었잖아요. 증오와 반항의 기질을 이미 상실해 버렸어요."

하지만, 바로 그때 그의 표정이 갑자기 일그러졌다.

"그 얘긴 하지 맙시다. 아직은 저 밑바닥에 숨겨져 있소. 난 여전히 증오할 수 있소. '증오해야 할 게' 있기 때문에."

젠센 양의 말대로 저녁식사 후에 집회가 있었다. 그 단지의 모든 구성원들이 커다란 강당에 모였다. 소위 '기술·예능' 파트라는 데 소속된 사람들은 청중에 포함되지 않았다. 실험실 조수들, 발레단, 기타 각종 서비스에 종사하는 사람들과 예쁘장한 여자들로 이루어진 위안부 팀이 그것이었다. 위안부 팀은 단지 내의 남자들 중 아내가 없는 사람들을 대상으로 위안 활동을 하는 단체였는데, 여자 연구원들과는 일절 접촉하지 않았다.

베터튼의 바로 옆 자리에 앉은 힐러리는 마치 신비의 제단처럼 꾸며놓은 단상 위에 지도자란 자가 나타나길 호기심에 가득 찬 채 기다렸다. 그녀는 톰 베터튼에게 이 단지를 지배하는 그 남자는 도대체 어떤 인물이냐고 물었다.

하지만, 그는 애매모호한 말만 할 뿐 만족스러운 대답은 해주지 않았다.

"겉보기엔 별 볼품도 없는 분이야." 그가 말했다.

"하지만, 엄청난 감화를 주지. 사실 나도 두 번 밖에 본 적이 없어. 자주 모습을 내보이는 분이 아니거든. 하지만, 솔직히 말해 나도 왜 그분이 그렇게 자주 모습을 내보이지 않는지 그 이유는 모르겠어."

젠센 양과 다른 몇몇 여자들이 그에 대한 경건한 얘기들을 주고받고 있었다. 힐러리는 마음속으로 어렴풋이나마 흰 가운을 입고, 황금빛 턱수염이 난 어느 키 큰 남자의 모습을 그려 보았다―마치 탈속(脫俗)한 신(神)의 모습.

드디어 가무잡잡하고 체격이 육중한 중년 남자 한 명이 점잖게 단상 위로 올라오고 있었다. 청중은 일제히 기립했다.

힐러리는 하마터면 깜짝 놀랄 뻔했다. 외양이 그야말로 평범하기 이를 데 없었기 때문이었다. 잉글랜드 중부지방에서 온 사업가일지도 모른다는 생각이 들 정도였다. 그의 국적은 분명치 않았다. 그는 사람들에게 세 가지 언어를 교대로 사용해가며 말했는데, 결코 되풀이하는 법이 없었다. 그는 불어, 독어, 영어를 썼으며 세 가지 언어 다 아주 유창한 편이었다.

그가 연설을 시작했다.

"우선, 이곳에서 우리와 합류하게 된 새 동지들을 환영합니다."

그는 새로 온 사람들 하나하나에게 일일이 몇 마디씩 짤막하게 치하를 했다. 그리고 치하를 마치자 그는 이 단지의 목적과 신조에 대한 연설을 늘어놓기 시작했다.

잠시 후, 힐러리는 그가 한 말을 하나하나 곰곰이 새겨보았다. 하지만, 도대체 뭘 말하고자 하는지 핵심이 없었다. 한결같이 진부하고 평범한 얘기일 뿐이었다. 하지만, 다른 사람들에게는 아주 유별나게 들리는 모양이었다.

힐러리는 문득 2차대전이 발발하기 전 독일에 살았던 친구에게서 들은 이야기가 생각났다. '그 미치광이 히틀러'의 연설을 들어보고 싶은 단순한 호기심으로 어느 집회에 참석했는데, 자기도 모르게 격정에 사로잡혀 열광적으로 소리를 지르고 있더라는 것이다. 한마디 한마디가 그렇게도 지당하고 감동적으로 들리는 것 같았는데, 나중에 다시 생각해 보니 그야말로 평범하기 이를 데 없는 말들에 불과하더라는 것이다.

그와 비슷한 현상이 지금 벌어지고 있었다. 실제 속마음과는 별도로 힐러리는 격정에 사로잡히고 감격하기 시작했다.

지도자는 말을 아주 간단간단하게 했다. 그는 주로 청년에 관한 말을 했다. 인류의 미래는 청년에게 달렸다는 것이다.

"축적된 부(富), 명예, 유력한 가문. 구시대에는 이런 것들이 힘이었습니다. 하지만, 오늘날 그 힘은 청년의 손아귀에 들어 있습니다. 힘은 두뇌 속에 있습니다. 화학자, 물리학자, 의사의 두뇌 속에……. 엄청난 파괴력을 지닌 권력은 실험실에서 나옵니다. 그 권력을 손에 쥐고 우리는 말할 수 있습니다. '항복하겠는가, 아니면 파멸을 택하겠는가!' 권력은 국가에 주어지는 것이 아닙니다. 권력은 그것을 창조하는 자의 손에 들어 있는 것입니다.

이 단지는 전 세계의 권력을 모으기 위한 곳입니다. 여러분은 세계 곳곳에서 창조적인 과학적 지식을 갖고 오신 분들입니다. 또 여러분은 '젊음'을 갖고 왔습니다! 이곳에 45세 이상 되는 사람은 아무도 없습니다. 언젠가 때가 오면 우리는 '원리'를 만들어 낼 것입니다. 과학자의 두뇌에서 나온 원리. 그리고 우리는 그 원리로써 세계를 통치합니다. 또한, 우리는 자본가들과 통치자들과 군대와 사업가들에게 우리의 명령을 내리게 될 것입니다. 우리는 세계에 '과학의 힘으로 유지되는 평화'를 부여하게 될 것입니다."

연설은 더 길게 계속되었다. 모두가 한결같이 강력한 마취제나 다름없었다. 하지만, 꼭 말 그 자체 때문만은 아니었다. 청중의 넋을 송두리째 빼앗아 가 버리는 연설자의 수완 때문이었다. 청중은 아무리 태연하고 냉정함을 지키려고 해도 생전 느껴 보지도 못한 야릇한 감정에 이끌려 마음이 동요되는 걸 어쩔 수 없었다.

그 지도자란 작자가 연설을 갑자기 끝마쳤다.

"용기와 승리를! 다들 안녕히 주무십시오!"

기고만장한 몽상에 빠진 상태로 힐러리는 그 강당을 빠져나왔다. 주위 사람들의 표정에서도 똑같은 느낌을 읽을 수 있었다. 그녀는 에릭슨을 유심히 살펴보았다. 그의 창백한 두 눈이 번들거리고 있었다. 환희에 젖어 고개를 뒤로 흔들고 있었다.

바로 그때 앤디 피터스가 한 손으로 그녀의 팔을 잡았다. 그리고 귀에다 대고 말했다.

"옥상으로 갑시다. 바람이나 좀 쐬게."

그들은 승강기를 타고 올라갔다. 아무 말도 없었다. 종려나무 사이를 걸어갔다. 별이 반짝이고 있었다.

피터스가 깊이 숨을 들이마셨다. 그가 말했다.

"그래, 내게 필요한 건 바로 이거요. 공기가 영광의 구름을 씻어가 버리는 것."

힐러리는 깊은 한숨을 내쉬었다. 여전히 현실 같지가 않았다.

그가 그녀의 팔을 다정스럽게 흔들었다.

"냉정을 되찾아요, 올리브."

"영광의 구름, 알고 계셨군요, 그게 어떤 것인지!"

힐러리가 말했다.

"정신 차려야 합니다. 한 명의 여성으로 되돌아가세요. 지상으로 내려가 현실로 되돌아가야 합니다! 영광의 가스라는 독약의 약 기운이 사라지고 나면, 부인은 똑같은 처방전의 소리를 듣고 있었다는 걸 깨닫게 될 겁니다."

"하지만, 연설 하난 훌륭했어요. 정말 멋진 생각인 것 같아요."

"머리통 속의 생각일 뿐이지. 현실을 봐요. 젊음과 두뇌—영광, 영광, 할렐루야! 대체 젊음과 두뇌가 무엇이란 말이오? 헬가 니드하임, 인정머리라곤 손톱만큼도 없는 이기주의자. 토르퀼 에릭슨, 비현실적인 몽상가. 바론 박사, 연구 장비를 구하려고 자기 할머니라도 도살장에 팔아먹을 작자.

그럼 나는 어떤 놈인가, 당신 말대로 난 평범한 놈이오. 시험관과 현미경이나 다룰 줄 알았지 이곳 당국에서 아무리 지원을 잘해 줘도 아무 소용없는, 재능이라곤 하나도 없는 작자요. 세속적인 이해(利害)는 말할 것도 없고! 당신 남편은 어떻소(그래, 난 이렇게 말하고 싶소). 신경쇠약으로 아무 일도 못하고, 사고(思考)도 할 수 없고, 단지 보복당할까 봐 공포에 사로잡혀 있는 사람.

내가 여태까지 말한 사람들은 우리가 가장 잘 아는 사람들입니다. 하지만,

여기 있는 사람들 모두가 마찬가지입니다. 내가 만난 사람들도 모두 그 꼴이 있으니까. 천재들, 그들 중 상당수는 자기네들 스스로 선택한 일에 철저히 환멸을 느끼고 있습니다. 하지만, 전 세계(지옥)의 관리자로서의 그들이 나는 조금도 우습지 않아요! 기막힌 난센스, 그게 바로 우리가 들은 것이니까."

"알고 계시는군요." 그녀가 말했다.

"당신 말씀이 옳아요……. 하지만, 여전히 그 영광의 구름은 맴돌고 있어요. 도대체 어떻게 하겠다는 걸까요? 그는 확신하고 있을까요? 그는 그렇게 믿는 게 틀림없어요."

피터스가 침울하게 말했다.

"궁극적으론 똑같다고 생각합니다. 자신을 신이라고 생각하는 미치광이."

"내 생각도 그래요. 하지만, 그것만 가지고는 해답이 부족한 것 같은데."

"하지만, 그런 일은 종종 일어납니다. 역사 속에서 계속 되풀이해서 일어납니다. 이건 그런 것들 중 하나에 불과합니다. 오늘 저녁 내 가까이에서 일어났다는 것뿐이지요. 물론 당신에게도 일어났고 부인을 괜히 이리로 데리고 올라왔군요."

그의 태도가 갑자기 돌변했다.

"괜히 올라오자고 한 것 같습니다. 베터튼이 뭐라 그럴까? 그가 이상하게 생각할 텐데."

"괜찮을 거예요. 눈치도 못 챌걸요."

그는 안심할 수 없다는 듯한 눈초리로 그녀를 쳐다보았다.

"미안합니다, 올리브. 이곳이 마치 지옥 같으실 테죠. 내려가서 남편이나 만나세요."

힐러리가 화를 벌컥 내며 말했다

"우린 이곳에서 나가야 합니다. 꼭, 반드시 나가야 해요."

"그렇게 될 겁니다."

"당신은 전에도 말했어요. 하지만, 아무 진전도 없잖아요."

"오, 천만에 그동안 나는 게으름만 피우고 있었던 게 아닙니다."

그녀는 깜짝 놀라며 그를 쳐다보았다.

"정확한 계획은 아닙니다. 하지만, 나는 타도 활동에 착수했습니다. 이곳은 불만으로 가득 차 있습니다. 우리의 하느님 같은 지도자 선생이 아는 것보다 훨씬 더 많은 불만이 팽배해 있습니다. 이 단지의 하급 요원들 사이에 말입니다. 음식, 돈, 사치, 그리고 여자만이 전부가 아니지요. 내가 당신을 여기서 내보내 드리겠습니다, 올리브."

"톰도 함께요."

피터스의 안색이 어두워졌다.

"잘 들어요, 올리브. 그리고 내 말을 믿어요. 톰은 안간힘을 다해 이곳에 남으려고 할 겁니다. 그는……(피터스는 잠시 망설이더니), 외부 세계로 나가는 것보다 이곳이 훨씬 안전합니다."

"안전하다고요? 정말 모를 말이군요."

"안전하다……." 피터스가 말했다.

"이 말은 보통 이상의 의미를 내포하고 있습니다."

힐러리는 불쾌하다는 표정을 지었다.

"도통 무슨 말씀을 하시는지 모르겠군요. 톰은 아닙니다. 설마 톰이 미쳤다는 뜻은 아니겠죠?"

"최소한 그런 뜻은 아닙니다. 그의 마음이 들쭉날쭉하고 있는 건 사실입니다. 하지만, 부인이나 나처럼 그도 정상입니다."

"그렇다면, 왜 그가 여기 있는 게 더 안전하다는 말씀이죠?"

피터스가 천천히 입을 열었다.

"철창 속이야말로 가장 안전한 곳이지요."

"오, 그럴 리가!" 힐러리는 신음을 토했다.

"설마 그걸 믿으라는 말은 아니겠죠? 설마 집단 최면 상태나 암시 따위를 말씀하시는 건 아니겠죠. 안전하고 고분고분해서 만족하다니! 우리는 반항해야 해요! 우린 자유를 원해야 해요!"

피터스가 천천히 말했다.

"예, 물론 압니다. 하지만……."

"하여간, 톰은 이곳에서 탈출하길 필사적으로 원하고 있어요."

"톰은 뭐가 자기한테 이로운지 모르고 있을 겁니다."

문득 톰이 언젠가 자기에게 넌지시 비추었던 말이 생각났다. 만약 그가 자기가 책임져야 하는 비밀 정보를 팔아먹었다면 그는 국가보안법에 따라 기소를 당하게 된다. 바로 그것이다.

피터스가 뭔가 시원하게 밝히지 못하는 이유는 바로 이것이리라. 하지만, 힐러리는 분명히 알 수 있었다. 여기 있느니 차라리 징역을 치르는 편이 낫다.

그녀는 완강하게 말했다.

"분명히 톰도 함께 가야 해요."

피터스가 불쑥 말했다. 고통에 일그러진 음성이었다. 그녀는 깜짝 놀랐다.

"정신 똑바로 차리십시오. 경고합니다. 이 지옥이 당신으로 하여금 그 친구를 그렇게도 염려하게 했습니까?"

그녀는 예기치 않았던 그의 그런 말에 어안이 벙벙한 채 그를 쳐다보았다.

말이 그녀의 입술을 맴돌았다. 하지만, 그녀는 참았다. 그녀는 자신이 하고 싶은 말을 알고 있었다.

"나는 그를 걱정하는 게 아니에요. 나는 그와 아무 상관도 없어요. 그는 다른 여자의 남편입니다. 나는 단지 그의 아내의 책임을 떠맡았을 뿐이에요."

또 그녀는 이렇게 말하고도 싶었다.

"당신은 바보 같은 사내야. 내가 걱정하고 있는 사람이 있다면, 그건 바로 당신이야……."

"그 고분고분한 미국인과 즐기다가 왔소?"

그녀가 침실로 들어서자 톰 베터튼이 한마디 던졌다. 그는 침대에 등을 기대고 누워 담배를 피우고 있었다.

힐러리는 살짝 얼굴이 붉어졌다. 그녀가 말했다.

"이곳에 올 때 함께 온 사람이에요. 어떤 점에선 생각이 서로 맞는 사람 같아요."

그는 웃었다.

"오, 당신을 비난하려는 건 아니오."

그는 보석 감정이라도 하려는 듯한 이상한 눈초리로 그녀를 쳐다보았다. 이곳에 온 이래로 이런 일은 처음이었다.

"당신은 아름다운 여자요, 올리브."

애초부터 힐러리는 그에게 자기를 항상 아내의 이름으로 불러 달라고 했다. 그는 계속했다.

"그래, 당신은 굉장한 미인이오. 처음 보는 순간 알았지. 하긴 어차피 나와 아무 상관도 없지만."

그의 눈길이 그녀를 아래위로 훑고 있었다.

"그야 나도 마찬가지죠." 힐러리가 냉담하게 말했다.

"나는 지극히 정상적인 남자요. 젠장, 아니면 옛날에 그랬던가. 지금의 나를 아는 것은 오직 하느님뿐이지."

힐러리가 그의 옆에 바짝 다가가 앉았다.

"도대체 당신의 문제가 뭐예요, 톰?"

"말했잖소? 집중을 못 하겠다니까. 과학자로서의 나는 산산조각이 나버렸어요. 이곳은……"

"다른 사람들은 대부분 당신 같지는 않은 것 같은데요?"

"그들은 신경이 무딘 사람들이라서 그럴 거요."

"하긴, 신경이 바짝 곤두서 있는 사람들도 제법 있긴 하더군요."

힐러리가 말했다. 냉랭한 투였다. 그녀는 계속했다.

"지금 이곳에서 당신의 유일한 친구, 진정한 친구가 있다면?"

"글쎄, 뮈르시송이오. 비록 아둔한 강아지이긴 하지만. 그리고 최근엔 토르퀼 에릭슨과도 자주 만났소."

"사실이에요?"

힐러리는 깜짝 놀랐다. 몇 가지 이유가 있었기 때문이었다.

"그렇소. 뭐 그리 놀랄 게 있소. 총명한 사람이더군. 나도 그 사람처럼 비상해져 봤으면 좋겠소."

"그는 살짝 돈 사람이에요. 나는 그 사람을 볼 때마다 무서운 생각이 들어요."

"무섭다고? 토르퀼이? 그는 우유처럼 부드러운 사람이오. 어떤 때는 어린아이 같아요. 천진무구한 사람이오."

"글쎄요. 내가 보기엔 무서운 사람이던걸요."

힐러리는 완강하게 되풀이해서 말했다.

"당신도 신경과민 증세에 걸린 모양이오."

"천만에요. 그들이 돌았지 내가 돈 게 아니에요. 톰, 토르퀼 에릭슨과 너무 친하게 지내지 마세요."

그가 그녀를 빤히 쳐다보았다.

"대관절 왜 그래요?"

"모르겠어요. 다만 느낌이 그래요."

르블랑은 어깨를 으쓱해 보였다.

"아프리카를 떠난 게 분명해."

"확실친 않아."

"확률적으론 그래."

프랑스 사나이는 고개를 설레설레 내저었다.

"대체 어디로 튀었을까?"

"만일 그들이 우리가 생각하는 곳으로 튀었다면, 왜 하필이면 아프리카에서 출발했겠나? 유럽 어디에서 출발하는 편이 훨씬 간편했을 텐데."

"자네 말도 일리는 있어. 하지만, 그 이면을 생각해 봐. 그들이 여기서 집합해서 출발하리라곤 아무도 짐작할 수 없질 않겠나."

"난 여전히 그쪽보다는 이쪽이라고 생각하네."

제솝은 침착하게 자기의 주장을 전개했다.

"아까 그 이유뿐만이 아닐세. 그 비행장을 사용할 수 있는 건 소형 비행기밖에 없어. 지중해를 횡단하려면 어딘가 착륙해서 연료를 공급받아야 할 걸세. 그렇다면, 그들이 연료를 재공급 받은 곳의 흔적이 남아 있어야지."

"이 사람아, 우린 수색할 수 있는 데까진 다해 보았어. 한 곳도 빠뜨리지 않고 샅샅이."

"가이거 카운터(가이거 계수관이라고 하는 방사능 측정기)를 들고 갔으니 반드시 무슨 결과가 나올 거야. 조사받을 비행기 숫자는 한정되어 있어. 방사능 흔적만 있으면 우리가 찾는 비행기를 알 수 있어."

"만일 자네 정보원이 향수 스프레이라도 뿌려 두었더라면. 제기랄! 언제까지나 마일, 마일 타령이군……."

"우린 그곳에 갈 거네!"

제숩이 집요하게 주장했다.

"내가 의아해 하는 것은……."

"뭔가?"

"우리가 그들의 진로를 '북쪽'으로, 지중해 쪽으로 가정했다는 점이야. 혹시 그와는 정반대로 '남쪽'으로 날았을지도 몰라."

"흔적을 이중으로 남겼다? 하지만, 그런 경우 그들이 날아갈 수 있는 곳이 어딘가? 지도 상으론 산밖에 없고, 또 산이 끝나면 사막밖에 없는데."

"시디(Sidi; 아프리카에서 사용하는 존칭), 약속대로 할 거라고 맹세하셨죠? 미국 시카고의 주유소? 분명하지요?"

"그럼, 모하메드, 이곳을 빠져나가기만 한다면야 그까짓 것은 문제도 아냐."

"성공은 알라신에 달렸소"

"그럼 알라신께 당신이 시카고에 주유소를 가질 수 있도록 기도나 하세. 그런데 하필이면 왜 시카고지?"

"시디, 미국으로 건너간 처남이 있는데 그가 시카고에서 석유 도매상을 하고 있습죠. 나라고 해서 이 촌구석에서 평생을 썩고 싶겠습니까? 여긴 돈도 많고 음식도 풍족하고, 양탄자와 여자들도 많습니다. 하지만, 그건 현대적인 것들이 아닙니다. 미제가 아니란 말이지요."

피터스는 그 위엄 있는 검은 얼굴을 찬찬히 들여다보았다. 흰 옷을 걸친 모하메드는 풍채도 당당했다. 인간의 가슴속에는 도대체 무엇이 감추어져 있기에 저렇게 끊임없이 욕망이 솟아오르는 것일까!

"자네의 선택이 과연 현명한지는 모르겠네."

그가 한숨을 길게 내쉬었다.

"하지만, 반드시 성공해야 하네. 만일, 발각 날 때엔……."

검은 얼굴 위로 번지는 미소가 아름다운 흰 치아를 드러내 보였다.

"그땐 죽음입니다. 저는 반드시 죽습니다. 하지만, 당신은 모릅니다, 시디. 당신은 가치가 있으니까."

"이곳에선 쉽게 사람을 죽이는 모양이군?"

상대방의 어깨가 으쓱하며 올라가더니 가소롭다는 듯이 내려왔다.

"죽음이 무엇입니까? 그것 역시 알라신의 뜻이지요."

"자네가 할 일이 무엇인지는 알고 있겠지?"

"알고 있습니다, 시디. 날이 지고 나면 당신을 옥상까지 모셔다 드리는 일이지요. 물론 저는 평소와 똑같이 다른 하인들과 똑같은 복장을 하고 당신의 방으로 들어가게 되어 있습니다. 나중에 다른 일이 벌어지겠죠."

"좋아, 그럼 지금 나를 승강기 밖으로 안내해 주게. 우리가 오르내리는 것이 다른 사람들의 눈에 띌 수 있도록, 그 사람 기억에 남을 수 있도록."

춤이 계속되고 있었다. 앤디 피터스는 젠센 양과 함께 춤추고 있었다. 그는 그녀를 바짝 끌어당겨 귀에다 대고 무엇인가 속삭이고 있는 것 같았다. 그들은 힐러리가 서 있는 주변을 빙글빙글 돌았다. 그때 눈이 그녀와 마주쳤다.

그는 깜빡하고 윙크를 보냈다. 힐러리는 웃음이 나오려는 걸 참으려고 입술을 깨물며 재빨리 시선을 딴 곳으로 돌렸다.

그녀의 시선이 이제 막 토르퀼 에릭슨과 방 맞은편에서 얘기를 나누고 있던 베터튼과 마주쳤다. 힐러리는 그들을 보고 인상을 찡그렸다.

"저와 한 곡 추시겠습니까, 올리브?" 뮈르시송의 목소리가 바로 곁에서 들렸다.

"예, 물론이죠, 시몬."

"염려 마십시오. 춤이라면 자신 있으니까."

그는 은근히 춤 솜씨를 과시했다.

힐러리는 그에게 혹 발이라도 밟히지 않을까 두 발에도 신경을 곤두세웠다.

"이 정도야 연습 게임밖에 안 되죠."

뮈르시송이 숨을 가볍게 몰아쉬며 말했다. 그는 대단한 춤꾼이었다.

"입고 있는 드레스가 무척 산뜻하게 보이는군요, 올리브."

그가 건네는 말은 언제나 구닥다리 소설책에서 끄집어내온 것 같았다.

"맘에 드신다니 다행이네요."

"패션 코너에서 고른 건가요?"

"그럼, 그곳밖에 더 있나요?" 하고 팩 신경질을 내고 싶었지만, 꾹 참고 그냥, "예." 하고 대답했다.

"쾌적한 이곳 생활이 맘에 드실 겁니다."

뮈르시송은 바닥을 빙글빙글 돌면서 숨찬 목소리로 말했다.

"언젠가 비앙카도 그러더군요. 이곳의 완벽한 복지제도에 늘 놀라지 않을 수 없다고. 돈 걱정이 있나, 소득세를 내라고 하나, 수선비나 유지비 따위도 들지 않죠. 사실 여성들에겐 그런 것들이 전부 걱정거리일 뿐입니다. 정말 여자들에겐 안성맞춤인 곳이죠."

"비앙카가 그러던가요?"

"글쎄, 그녀는 잠시 쉴 틈도 없습니다. 위원회를 몇 개 조직한데다가 토론회와 강좌도 한두 가지 개설했나 봅니다. 부인께서 참여했음 직도 한데 적극적으로 나서지 않는다고 투덜거리더군요."

"원래 그런 사람이 못 되는 걸 어떡합니까, 시몬. 본래 나서기를 싫어하는 성미라서."

"그렇다면, 할 수 없죠. 하지만, 여자들이란 원래 한두 가지 소일거리를 가진 걸로 알고 있습니다. 온통 그 일에만 달라붙는다는 뜻은 아니지만……."

"일을 가지라는 뜻인가요?" 힐러리가 물었다.

"그렇습니다. 현대 여성들은 자기만의 일을 갖고 싶어 하는 걸로 알고 있습니다. 어찌 보면 비앙카나 부인 같은 분은 이곳에 옴으로써 자기를 희생한 분들이죠. 두 분 다 과학자도 아니면서 정말 고마운 일이 아닐 수 없습니다. 사실 이곳에 있는 여성 과학자들이란! 대부분 뻔한 여자들이죠. 내가 비앙카에게 말했죠. '올리브에겐 여유를 줘요. 그러면 그녀도 참여하게 될 게요.' 하고 말입니다. 이곳에 익숙해지려면 시간이 좀 걸릴 겁니다. 대부분 처음엔 폐쇄공포증 같은 걸 느끼죠. 하지만, 차차 없어집니다. 점차 나아집니다."

"그러니까, 인간은 어디나 적응할 수 있다는 말인가요?"

"글쎄요, 폐쇄공포증을 점점 더 심하게 느끼는 사람들도 있습니다. 현재 톰 같은 사람이 그걸 심하게 느끼는 모양입니다. 오늘 저녁엔 톰 그 친구 안 보이는 것 같은데요? 오, 그래, 저기 토르퀼하고 같이 있군. 둘은 아주 찰떡같은 사이지요."

"그렇지 않은 것 같은데요. 사실 둘 사이엔 별로 공통점도 없는 것 같아요."

"댁의 남편이 토르퀼이란 청년을 따라다니는 것 같습니다. 그가 있는 곳이라면 어디든 따라다니죠."

"그건 나도 알아요. 하지만, 왜 그럴까요?"

"글쎄요. 그의 머릿속에선 항상 기상천외한 아이디어들이 튀어나오죠. 내 능력으로는 도저히 그를 따라가지 못하겠습니다. 아시겠지만, 그는 영어도 잘 못합니다. 하지만, 톰은 그걸 전부 알아듣는 모양입니다."

춤이 끝났다. 앤디 피터스가 와서 힐러리더러 다음번에 같이 추자고 했다.

"꽤 곤혹해하던 눈치던데요." 그가 말했다.

"발꺼나 밟혔겠습니까?"

"오, 잽싸게 피했죠."

"내 연기 보셨소?"

"젠센하고?"

"그렇습니다. 나는 일단 기회를 잡으면 지나치게 겸손 따위를 떨면서 얘기하는 성미는 아닌 것 같소. 저런 못생기고 앙상한, 단세포 같은 여자들은 좀 잘 대해 주기만 하면 즉시 응답을 하는 법이죠."

"그녀에게 홀딱 반한 체했군요."

"바로 그거요, 올리브. 저 여자를 적당히 구워삶으면 아주 유용하게 써먹을 수 있어요. 저 여자는 이곳의 예정 사항들을 속속들이 알고 있거든요. 예를 들어, 내일 당장 이곳에선 각 분야의 VIP들을 위한 파티가 있답니다. 박사들과 몇몇 관리, 그리고 갑부 후원자를 위한 파티랍니다."

"앤디, 기회다 싶은 모양이죠……?"

"아니오. 절대 아니오. 그들은 틀림없이 나를 요주의 인물로 감시할 겁니다. 하지만, 그걸 통해 뭔가 탈출 방법에 대한 아이디어를 생각해낼 수 있을 겁니다. 그래서 다음 기회엔, 글쎄요, 뭔가 일을 벌여 볼 수도 있을 겁니다. 시간을 두고 젠센을 슬슬 꾀어가다 보면 잡다한 정보들을 제법 얻어낼 수 있을 겁니다."

"여기로 오는 사람들은 얼마나 되죠?"

"우리 같은 사람(이 단지 내의 인원)이라면 전혀 모르겠소. 그들이 이곳에 와서 의학 연구 실험실을 설치한 지는 얼마 되지도 않습니다. 이곳은 완벽한 미로형으로 지어졌어요. 그래서 이곳으로 일단 들어온 사람들은 누구도 이 지역의 범위가 얼마나 되는지 알 수 없지요. 내가 알기에는 일종의 차단벽 같은 게 있어서, 그게 우리를 가두어 놓는 것 같아요."

"정말 믿어지지 않는 일이에요."

"그렇습니다. 이곳 생활의 절반 정도는 마치 꿈을 꾸는 것과 똑같아요. 게다가 또 하나 이곳의 기이한 일은, 어린애를 전혀 찾아볼 수 없다는 사실입니다. 정말 다행이오! 당신도 아이를 데리고 오지 않은 게 정말 다행입니다."

그는 갑자기 그녀의 몸이 뻣뻣하게 굳는 듯한 감촉을 느낄 수 있었다.

"이런, 미안하오. 내가 괜한 말을 했나 보군요!"

그는 그녀를 무도장 밖으로 데리고 나가 의자에다 앉혔다.

"미안해요." 그는 되풀이해서 말했다.

"내가 괜한 말을 했나 보군요?"

"괜찮아요. 당신 잘못이 아니에요. 어린애가 있었는데, 죽었어요. 괜찮아요."

"아니, 아이가 있었단 말입니까?"

그는 깜짝 놀아 그녀를 쳐다보았다.

"내가 알기론 베터튼과 결혼한 지 6개월밖에 안 되는 줄 아는데."

힐러리는 얼굴을 붉혔다. 그녀는 얼른 대답했다.

"예, 그래요. 하지만, 난 전에 결혼한 적이 있었어요. 첫 남편과는 이혼했죠."

"오, 그랬었군요. 이곳이야말로 정말 흉측한 곳이죠. 사람들이 이곳에 오기 전 생활이 어땠는지 전혀 알 수가 없죠. 그래서 본의 아니게 이렇게 엉뚱한 말을 내뱉게 된답니다. 내가 당신에 대해서 전혀 아무것도 모르고 있다는 사실을 문득문득 생각하면, 이건 정말 뭔가 이상하다는 생각이 들곤 합니다."

"나도 당신에 대해 전혀 몰라요. 어떻게 자랐으며, 어디서, 그리고 가족 관계는 어떤지."

"나는 철저하게 과학적인 분위기 속에서 컸습니다. 시험관 위에서 자랐다고 해도 과언이 아니죠. 누구도 감히 상상할 수 없는 일이죠. 가정적인 분위기에서 자란 밝은 소년은 아니었습니다. 하지만, 천재적인 기질은 딴 곳에 있었어요."

"정확히 어디에?"

"어느 여자였습니다. 그녀는 총명했습니다. 제2의 퀴리 부인이 됨직한 여자였는데……, 아마 새로운 지평(地平)을 열 수 있었을 텐데……."

"그녀, 그녀에게 무슨 일이라도 있었나요?"

그는 짧게 대답했다.

"죽었습니다."

힐러리는 전쟁의 와중에서 일어난 비극이 아닐까 하는 생각이 들었다. 그녀가 슬그머니 물었다.

"그녀를 좋아했나요?"

"그녀만큼 좋아해 본 사람은 없었습니다."

그가 벌떡 일어났다.

"제기랄, 괜히 신경 쓰이는군. 지금 여기 그대로 있자니 보통 신경이 쓰이는 게 아닙니다. 저 노르웨이 친구 좀 보세요. 눈을 흘끔흘끔 돌리는 게 마치 나무인형 같습니다. 저렇게 깍듯이 살짝살짝 굽히는 인사 폼이 마치 꼭두각시 끈을 잡아당기는 것 같군요."

"그건 그의 키가 크고 몸이 야위었기 때문일 거예요."

"그렇게 크지도 않아요. 내 키 정도밖엔 안 됩니다. 5피트 11이나 6피트, 그 이상은 안 됩니다."

"얼핏 보기에만 크게 보였군요."

"그렇소. 여권의 기재 사항도 마찬가지입니다. 에릭슨, 키는 6피트, 금발, 푸른 눈, 얼굴은 긴 편에다 무표정, 코는 중간, 입은 보통. 여권에 없는 사항을 추가해서 살펴보더라도(과장 않고 정확히 말해), 저게 토르퀼의 본연의 모습이라는 생각이 안 들 겁니다. 어떻게 된 영문일까?"

"거 참 별일이네요."

그녀는 건너편에 있는 에릭슨을 쳐다보고 있었다. 아니, 저건 보리스 글라이더의 모습인데! 제숩한테서 들은 것과 거의 흡사했다. 그랬기 때문에 그녀는 토르퀼 에릭슨을 볼 때마다 괜히 신경이 곤두섰던 것이다. 저럴 수가 있을까.

그녀는 갑자기 피터스를 쳐다보았다. 그리고 말했다.

"그가 과연 에릭슨일까요? 누군가 다른 사람이 아닐까요?"

피터스는 소스라치게 놀라며 그녀를 쳐다보았다.

"다른 사람이라니? 누구?"

"내가 생각하기엔(어디까지나 내 생각입니다만), 누군가 에릭슨으로 가장해서 이곳으로 들어온 게 아닐까요?"

피터스는 뭔가 골똘히 생각했다.

"그럴 리가 없소. 그렇게 될 수가 없어요. 그는 분명히 과학자였어요······. 어쨌든, 에릭슨은 굉장히 널리 알려진 인물입니다.

"하지만, 이곳에 있는 사람들 중 전에 그를 본 적이 있는 사람은 아무도 없잖아요. 그를 에릭슨이라고 할 수 있다면, 그만큼 다른 사람일 수도 있어요."

"부인 말은 에릭슨이 이중생활을 했을 수도 있다는 얘긴가요? 그럴지도 모르죠. 하지만, 그건 도저히 있을 법한 일이 아닙니다."

"예, 물론 있을 법한 일은 아니겠죠." 힐러리가 말했다.

물론 에릭슨은 보리스 글라이더가 아니었다. 하지만, 왜 올리브 베터튼은 그토록 집요하게 톰이 보리스를 조심해야 한다고 경고했던 것일까? 보리스가 이 단지로 오게 될 것이라고 알고 있었기 때문이 아닐까? 그렇다면, 런던에서 보리스 글라이더를 자칭하고 나타났던 인물은 진짜 보리스 글라이더가 아니었단 말인가? 그가 진짜 토르퀼 에릭슨이라고 생각해 보자.

그렇다면, 그 외모는 딱 맞아떨어진다. 그는 이 단지에 도착한 이래로 줄곧 톰에게 관심을 집중시키고 있었다. 그녀는 확신했다. 에릭슨은 분명히 위험인물이 틀림없다. 저 꿈을 꾸는 듯한 창백한 두 눈 뒤에 도대체 무슨 꿍꿍이속이 감추어져 있는지 도무지 알 수가 없다······.

그녀는 전율을 느꼈다.

"올리브, 무슨 일이오? 왜 그래요?"

"아무것도 아니에요. 보세요. 부국장이 무슨 할 말이 있는 모양이에요."

니엘슨 박사가 잠시만 조용히 해달라고 손을 들고 있었다. 그가 홀의 단상 위에 있는 마이크를 잡고 말했다.

"친구, 동료 여러분. 내일은 비상 구역에서 지내야겠습니다. 오전 11시에 점호가 있을 테니 집합해 주십시오. 비상 명령은 오직 14시간 동안만 발효됩니다. 불편이 있더라도 양해해 주십시오. 구체적인 사항은 게시판에 공고되어 있습니다."

그는 웃으며 단상에서 물러났다. 음악이 다시 시작되었다.

피터스가 말했다.

"젠센을 다시 한 번 설득해 봐야겠어요. 진지한 표정으로 기둥 옆에 서 있군요. 비상 구역이 어딘지 알아봐야겠어요."

그는 갔다. 힐러리는 곰곰이 생각에 젖은 채 앉아 있었다. 과연 그녀는 상상력이 풍부한 바보일까? 토르퀼 에릭슨? 보리스 글라이더?

점호는 대형 강의실에서 있었다. 모두 참석해서 각자의 이름에 대답했다. 그 다음 긴 열을 지어 앞으로 걸어갔다. 진로는 여느 때와 마찬가지로 고불고불한 미로형의 보도를 따라가는 것이었다. 피터스 옆에서 걷고 있던 힐러리는 그가 손에 조그만 나침반 하나를 숨기고 있는 것을 알았다. 그것을 이용해 그는 조심스럽게 지금 그들이 가는 방향을 재고 있었던 것이다.

"아무 도움도 되지 않습니다."

그가 허탈한 듯 낮은 음성으로 말했다.

"어쨌든 지금 당장은 도움이 되지 않을 겁니다. 하지만, 언젠가 때가 닥치면 도움이 될지도 모르죠."

그들이 따라가던 복도의 끝에 이르자 문이 하나 있었다. 문이 열리고 그곳에서 잠시 동안의 휴식이 있었다.

피터스가 자기 담배 케이스를 끄집어내었다. 하지만, 그 즉시 반 하이뎀의 명령조의 목소리가 들려왔다.

"금연입니다. 벌써 말했을 텐데요?"

"미안합니다, 선생."

피터스는 담배 케이스를 손에 든 채 잠시 지체를 했다. 그들 모두는 다시 앞으로 걸어갔다.

"양 같군요."

힐러리가 짜증 섞인 목소리로 말했다.

"기운 냅시다." 피터스가 낮게 중얼거렸다.

"음매, 음매, 지독하게 남을 괴롭힐 궁리만 하는 검은 양 한 마리가 양떼 속에 들어 있군."

그녀는 싱긋 웃음을 지으며 그를 한 번 흘끔 쳐다보았다. 얼굴이 화끈 달아올랐다.

"여자 기숙사는 오른쪽입니다."

젠센 양이 말했다. 그녀가 여자들을 지정된 방향으로 인솔해 갔다.

남자들은 왼쪽으로 갈라져 갔다. 기숙사는 병원 병동처럼 위생적으로 보이는 커다란 방이었다. 벽 쪽으로 침대들이 나란히 놓여 있었으며, 보안을 위해서인지 벽에는 유연한 천으로 된 커튼이 쳐져 있었다. 침대마다 자물쇠가 하나씩 달려 있었다.

젠센 양이 말했다.

"시설이 좀 단순하긴 해도 그리 투박한 편은 아닙니다. 목욕탕은 오른쪽으로 돌아가면 있습니다. 공동 휴게실은 저 끝쪽 문으로 들어가면 됩니다."

일행이 다시 만난 공동 휴게실은 마치 비행장 대기실처럼 간단한 시설만 갖추어져 있을 뿐이었다. 바 하나에다가 한쪽 모퉁이로 경양식 코너가 있었다. 반대편 벽 쪽으로는 책장들이 가지런히 놓여 있었다.

그날은 그럭저럭 유쾌하게 지냈다. 자그마한 이동식 스크린을 갖다 놓고 영화 두 편을 상영해 주었기 때문이다.

조명은 창문이 없다는 사실을 의식하지 못할 정도로 햇빛과 거의 흡사했다. 저녁에는 신선한 구근식물(球根植物) 요리가 나왔다. 저녁 조명은 부드럽고 어슴푸레했다.

"빈틈없군요." 피터스가 조심스럽게 말했다.

"저 조명이 산 채로 갇혀 있다는 느낌을 최소한 줄여 주겠지."

힐러리는 생각했다. 이들 전부는 얼마나 무력한가! 그들과 근접한 곳 어딘가에 일단의 외부 사람들이 있다. 하지만, 그들과 연락을 취한다거나, 그들에게 도움을 요청할 만한 수단이라고는 아무것도 없었다. 평소와 마찬가지로, 모든 것은 한치의 착오도 없이 계획되어 있었다.

피터스는 젠센 양과 함께 앉아 있었다. 힐러리는 뮈르시송에게 카드놀이를 하는 게 어떻겠냐고 제안했다. 톰 베터튼은 사양했다. 그는 집중을 못 하겠노라고 했다. 하지만, 그 대신 바론 박사가 가세했다.

힐러리는 이상하게도 그 게임이 흥이 나지 않았다. 세 판 승부 결승전을 세 번 치르고 나니 시간은 11시 반을 지나고 있었다. 그녀와 바론 박사가 각각 이겼다.

"참 재미있었어요."

그녀가 말하고 손목시계를 흘끔 쳐다보았다.

"좀 늦었군요. 지금쯤 VIP들은 모두 갔을 것 같은데, 혹시 오늘 밤 이곳에서 지내기라도 할 건가요?"

"나도 모르겠습니다." 시몬 뮈르시송이 말했다.

"특별히 열성적인 의사 한두 명이 남아 있을 것 같습니다. 하여간 내일 정오까지는 다들 돌아갈 겁니다."

"그럼 그때 우리가 돌아가는 건가요?"

"그렇죠. 그때쯤 되겠죠. 이런 일이 있으면 일과가 뒤죽박죽이 되어 버리죠."

"하지만, 곧 정상적으로 될 거예요."

비앙카가 맞장구를 쳤다.

그녀와 힐러리는 자리에서 일어나 두 남자에게 잘 자라고 인사를 했다. 힐러리는 비앙카가 그 어둠침침한 침대 기숙사로 먼저 들어갈 수 있도록 약간 뒤로 비켜서 주었다. 그녀가 바로 그렇게 서 있을 때, 누군가가 그녀의 팔을 살짝 건드리는 것 같았다. 그녀는 움찔 돌아보았다. 바로 옆에 키가 크고 얼굴이 거뭇거뭇한 하인 하나가 서 있었다.

그가 불어로 말했다. 낮고 다급한 목소리였다.

"실례합니다, 부인. 가시지요."

"가다니? 어디로?"

"저를 따라오시기만 하면 됩니다."

그녀는 잠시 망설이며 서 있었다.

비앙카는 이미 기숙사 안으로 들어가 버린 뒤였다. 휴게실에 남은 몇 안 되는 사람들은 제각기 자기네들끼리 이야기를 나누느라 정신없는 것 같았다. 다시 한 번 그녀의 팔을 살짝 건드리는 느낌이 왔다.

"저를 따라오셔야 합니다, 부인."

그는 몇 걸음 물러가서 등을 보이며 따라오라는 손짓을 하고 있었다. 약간 미심쩍은 생각이 들긴 했지만, 힐러리는 일단 그의 뒤를 따랐다.

그녀는 이 사나이가 보통의 원주민 하인들보다 훨씬 호화로운 옷을 입고 있다고 생각했다. 그가 걸친 옷에는 황금빛 명주로 두껍게 수가 놓여 있었다.

그는 그녀를 데리고 공동 휴게실 한쪽 모퉁이에 있는 자그마한 문으로 들어갔다. 그리고 예나 다름없는 그 정체불명의 흰 복도를 따라 걸어갔다. 그들이 비상 지역으로 들어올 때와 똑같은 통로인 것 같지는 않았다. 하지만, 사실 그렇게 단정해 버리기도 어려운 일이었다. 통로들은 모두 비슷비슷했기 때문이다. 그녀는 일단 물어보았다. 하지만, 그 안내원은 귀찮다는 듯 고개만 흔들 뿐 묵묵히 발걸음을 서둘렀다.

그는 마침내 어느 복도의 끝에 멈추었다. 그리고 벽에 있는 버튼 하나를 눌렀다. 벽이 스르르 뒤로 미끄러지며 소형 승강기 하나가 나타났다. 그는 그녀더러 안으로 들어가라는 시늉을 했다. 자기도 따라 들어왔다. 그러자 승강기가 위로 움직이기 시작했다.

힐러리가 발끈 쏘아붙였다.

"대체 날 어디로 데려가는 겁니까?"

두 개의 검은 눈동자가 나무라기라도 하듯 근엄하게 그녀를 노려보았다.

"주인어른께로 갑니다, 부인. 부인껜 큰 영광입니다."

"지도자한테 말이에요?"

"주인어른께……."

승강기가 멈추었다. 그는 문을 열고 그녀를 밖으로 나가게 했다. 그리고 또 다른 복도를 따라 내려가 어느 문 앞에 도달했다.

안내원이 문을 가볍게 두드리자 안에서 문이 열렸다. 이곳엔 또 다른 하인이 있었는데, 그도 역시 금빛 수가 놓인 흰옷을 입고 있었다. 검고 무표정한 얼굴이었다.

사내는 힐러리를 데리고 작고 붉은 양탄자가 깔린 대기실을 지나갔다. 앞쪽에 있는 커튼을 옆으로 걷었다. 뜻밖에도 그녀가 들어선 그곳은 내부가 온통 동양식으로 장식되어 있었다. 나지막한 소파와 커피 테이블, 그리고 벽에는 아름다운 양탄자가 한두 장 걸려 있었다. 소파 위에 어떤 사람이 앉아 있었다.

그녀는 도저히 믿어지지가 않는다는 듯 그를 쳐다보았다. 체구가 작고, 누르스름한 주름살투성이의 늙은이, 바로 아리스티드 씨의 웃음을 머금은 눈매를 그녀는 도저히 믿어지지 않는다는 눈초리로 쳐다보고 있었다.

제18장

"앉으십시오, 부인." 아리스티드가 불어로 말했다.

그는 갈고리처럼 못생긴 손을 내저었다. 힐러리는 마치 꿈을 꾸는 듯 안으로 들어갔다. 그리고 그와 마주 보고 있는 다른 낮은 소파에 앉았다. 그는 잠깐 껄껄거리며 점잖게 웃었다.

그가 말했다.

"놀랐을 겁니다. 전혀 예상 밖이었지요?"

"사실이에요." 힐러리가 말했다.

"이럴 줄은, 정말 이럴 줄은 꿈에도 몰랐어요."

하지만, 이미 그녀의 놀라움은 진정을 되찾았다. 아리스티드를 알아보는 순간, 지난주일 동안의 비현실적인 꿈의 세계는 산산이 부서지고 깨어져 버렸다.

그녀는 이제야 알았다. 이 단지가 비현실적인 것으로 보였던 이유는 결국 그것 자체가 비현실적이었기 때문이다. 결코, 가공적인 것이 아니었다. 청중을 매료시키는 환상적인 목소리의 주인공, 바로 그 지도자 동지 역시 가공적인 인물이었다. 그 가공적인 인물, 단지 명목상의 우두머리일 뿐인 그가 진실을 감추고 있었던 것이다. 진실은 바로 이곳, 이 은밀한 동양풍의 방 속에 감추어져 있었다. 저기 자그마한 늙은이 하나가 앉아 조용히 웃음을 짓고 있다. 모든 사건의 중심인물은 바로 아리스티드였다.

이제야 모든 걸 알겠다. 하나하나 낱낱이 알 것 같았다.

"이젠 알겠군요." 힐러리가 말했다.

"이곳은 모두 당신 것이군요?"

"그렇소, 부인."

"그럼, 그 지도자는? 지도자라 불리는 그 남자는?"

"제법 유능한 사람이지요."

아리스티드는 힐러리가 묻는 말이 무슨 뜻인지 알겠다는 듯이 대답했다.

"나는 그 사람에게 상당히 많은 보수를 지급하고 있소. 그는 부흥회에서 뛰던 사람이지요."

그는 뭔가 골똘히 생각하는 듯 잠깐 동안 담배만 피웠다.

힐러리는 아무 말도 하지 않았다.

"거기 터키 과자(설탕을 묻힌 일종의 과일 젤리)가 있습니다, 부인. 사탕도 좀 있을 겁니다. 드시지요."

또다시 침묵이 흘렀다. 그가 입을 열었다.

"나는 박애주의자입니다, 부인. 아시다시피 부자입니다. 대부호 중 한 명이 올시다. 현재 세계 제일의 부자일지도 모르지요. 나는 내 재산으로 인류를 위해 공헌해야 한다는 책임감을 느끼고 있었습니다. 그래서 이 먼 곳에 이 단지를 설립하고, 나환자 격리지구와 거대한 나병 치료 연구소를 세운 겁니다. 어떤 유형의 나병들은 치료가 가능하지요. 하지만, 치료 불가능한 것으로 판명된 것들도 있습니다. 그러나 우리 연구소에서 좋은 결과들이 속속 나오고 있지요.

사실, 나병은 쉽게 전염되는 병이 아닙니다. 나병의 거의 절반 정도는 천연두, 발진티푸스, 페스트 등의 질병과 같이 전염성이 있거나 접촉성 전염성을 띠지 않소. 그런데도 사람들에게 이곳이 '나병환자 수용소'라고 하면 몸을 추스르며 슬금슬금 피하기만 하지요. 그것이야말로 진부하기 그지없는 두려움입니다. 성서 속에서 찾아볼 수 있는 나병에 대한 공포, 그것이 지금까지 계속 이어져 내려온 셈이오. 나병에 대한 일반적인 공포심이 내가 이곳을 설립하는 데 많은 도움을 주었습니다."

"그 이유 때문에 이곳을 설립하셨나요?"

"그렇소. 우리는 이곳에 암 연구 센터도 가지고 있지요. 그리고 결핵에 대한 중요한 연구가 진행 중이고 세균 연구도 마찬가지지요. 물론 의학적인 목적 때문이오. 생물학전이 목적이 아닙니다. 모두 인류를 위한 일이고 환영받을 만한 일이지요. 물론 내게는 큰 영광이 돌아오는 일입니다.

오늘 온 사람들처럼 가끔 유명한 내과의사, 외과의사, 그리고 화학자들이 우리의 연구 업적을 시찰하려고 이곳으로 옵니다. 건물 자체가 교묘하게 지어졌기 때문에 부서별로 서로 차단되어 있고, 심지어 공기마저 통하지 않는 것처럼 보이지요. 더 많은 비밀 실험실들이 암석층 중심부에 굴을 파고 지어지고 있습니다. 하여간, 나는 확신합니다."

그는 웃었다. 그리고 간단히 덧붙였다.

"보시다시피, 나는 이 정도로 부자요."

"하지만, 왜? 이곳은 파괴를 강권하고 있죠?" 힐러리가 물었다.

"나는 파괴를 강권하고 있는 게 아니오, 부인. 부인도 나를 오해하고 있군요."

"하지만, 그래도 저는 도무지 이해가 안 가는걸요."

"나는 한 사람의 사업가요." 아리스티드는 잘라 말했다.

"수집가이기도 하지요. 부(富)의 도(度)가 지나치면 할 일은 오직 하나뿐이오. 나는 평생을 통해 많은 것을 수집해 왔습니다. 그림, 나는 유럽에서 가장 훌륭한 예술 소장품을 갖고 있소. 도자기류도 있고 우표 수집—나의 우표 수집은 널리 알려진 사실이오. 충분한 수집을 하게 되면 사람이란 다른 일을 찾게 되는 법이오. 나는 늙은이요, 부인. 내가 더 이상 수집할 만한 것도 별로 없다오. 그래서 나는 마침내 두뇌 수집을 하게 된 거라오."

"두뇌라고요?" 힐러리가 물었다.

그는 점잖게 고개를 끄덕였다.

"그렇소. 그것이야말로 수집 중에서도 제일 흥미가 가는 것이지요. 부인, 나는 조금씩 조금씩 이 세계의 두뇌들을 모으는 중이오. 그 젊은이들은 모두 내가 이곳으로 데려왔소. 전도가 유망한 젊은이들, 성취심이 강한 젊은이들. 언젠가 이 세계를 이루고 있는 그 진부한 국가들이 잠에서 깨어나면, 자기들의 과학자들이 늙고 케케묵은 인물들이며, 세계의 젊은 두뇌들(내과의사, 화학자, 물리학자, 외과의사)은 모두 이곳의 내 수중에 들어 있다는 사실을 깨닫게 될 게요. 그리고 만일 그들이 과학자나 외과의사, 또는 생물학자를 필요로 한다면, 이곳으로 와서 나에게서 그들을 사가야 할 거요!"

"그렇다면, 당신 말은……."

힐러리는 몸을 앞으로 굽혀 그를 빤히 쳐다보았다.

"당신 말은 이게 모두 막대한 금융 투자라는 말씀인가요?"

아리스티드는 또다시 고개를 점잖게 끄덕거렸다.

그가 말했다.

"그렇소. 두말할 것도 없지. 그게 아니라면 뭐 별다른 생각이라도 들었단 말이오?"

힐러리는 깊은 한숨을 몰아쉬었다. 그녀가 말했다.

"역시 그랬군요. 저도 그런 느낌을 받았어요."

"거 참, 당신은 알고 있었군."

아리스티드는 무척 겸연쩍은 듯한 투로 말했다.

"이건 나의 직업이오. 나는 사업가요."

"그럼, 이 일에 정치적인 편견 같은 건 전혀 없다는 말입니까? 당신은 범세계적인 권력을 원하고 있지 않은가요?"

그는 나무라듯 손을 쳐들었다.

"나는 신(神)이 되고자 하는 게 아니오. 나는 신앙심을 가진 사람입니다. 그런 건 독재자들의 직업병이지요. 하느님이 되고자 하는 것. 하여간 나는 그런 질병과는 관계가 없소."

그는 잠시 생각을 하더니 다시 말했다.

"그날이 올 거요. 그래, 그날이 오고 말 거요……. 하지만, 아직은 다행스럽게도 때가 멀었어."

"하지만, 도대체 어떤 방법으로 이 사람들을 모두 이곳으로 데려올 수 있었죠?"

"난 그들을 샀소, 부인. 자유 시장에서 마치 상품을 구매하듯. 가끔은 돈으로 샀지. 하지만, 더 많은 경우, 나는 그들을 아이디어로 삽니다. 젊은이들은 몽상가니까. 그들은 이상이 있어요. 그들은 신념이 있어요. 가끔 안전보장으로 그들을 사는 수도 있습니다. 법을 어긴 자들이죠."

"이제 알겠군요." 힐러리가 말했다.

"이곳으로 오는 내내 내가 궁금해했던 것을 그 말씀이 설명해 주는군요."

"아! 여행 도중 의문점이 있었나 보군요?"

"그래요. 목적이 각기 달랐죠. 앤디 피터스, 그 미국인은 완전히 좌익인 것 같았어요. 하지만, 에릭슨은 초인에 대한 광신적인 신앙을 가진 사람. 게다가, 헬가 니드하임은 가장 오만하고 이교도적인 파시스트였어요. 바론 박사는 ……." 그녀는 망설였다.

"그렇소. 그자는 돈 때문에 왔소." 아리스티드가 말했다.

"바론 박사는 약삭빠르고 냉소적인 사람이오. 그는 환상 따위는 품지 않는 사람이지만, 일에 대한 진정한 정열을 가진 사람이오. 그는 엄청난 돈을 요구했소. 물론 자기 연구의 발전을 위해서였지."

그가 덧붙였다.

"당신은 정말 보통이 아니오, 부인. 페즈에서 보는 순간 난 그걸 알았소."

그는 잠시 동안 껄껄거리며 점잖게 웃었다.

"당신은 몰랐을 거요, 부인. 사실 내가 페즈로 간 것은 단순히 당신을 관찰하기 위해서였소. 아니면, 차라리 당신을 관찰하려고 내가 당신을 페즈에 데려다 놓았다고나 할까."

그녀는 그가 동양인들처럼 말을 환언해서 하고 있다는 걸 알 수 있었다.

"나는 부인이 이곳으로 오리라는 생각에 내심 기뻤소. 왜냐하면, 내 말을 이해하실지 모르겠소만, 이곳에는 사람은 많지만 나와 이야기를 나눌 만큼 그렇게 똑똑한 사람은 별로 없다오."

그는 제스처를 취해 보였다.

"이곳의 과학자들, 생물학자들, 화학자들, 전부 재미없는 사람이오. 그들은 자기 전공 분야에서는 천재였지 대화에는 영 흥미가 없는 사람들이란 말이오. 그들의 아내들……." 그는 잠시 뭔가를 생각하는 듯했다.

"역시 대부분 아둔하기 그지없는 여자들입니다. 우리는 될 수 있는 대로 아내들이 이곳으로 오지 않게 하려고 합니다. 내가 아내를 이곳으로 오게끔 허락하는 경우는 딱 한 가지뿐이오."

"그게 뭐죠?"

아리스티드는 시무룩하게 대답했다.

"매우 드문 경우인데, 아내 생각 때문에 남편이 도저히 일을 못 하는 경우요. 부인의 남편 토머스 베터튼의 경우도 그런 것 같소. 토머스 베터튼은 젊은 천재라고 전 세계에 소문이 난 인물이오. 하지만, 이곳에 온 이래 그는 별 가치도 없는 2류급 연구만 했을 뿐이지요. 베터튼은 나를 무척 실망시켰습니다."

"하지만, 그런 일은 계속해서 일어나고 있지 않은가요? 그 사람들은 사실상 감옥에 있는 것과 똑같아요. 분명히 반발을 일으킬 텐데요? 적어도 한두 번은 그런 일이 있었을 텐데요?"

"맞는 말이오." 아리스티드는 솔직히 시인했다.

"당연하고 불가피한 일이지요. 처음엔 새장에 갇힌 새 같은 기분일 겁니다. 하지만, 그 새가 충분히 큰 새장 속에 있는 새라면, 그 속에 필요한 게 모두 갖추어져 있다면—짝, 곡식, 물, 나뭇가지 등 살아가는 데 필요한 게 모두 갖추어져 있다면, 마침내 자유로웠던 시절을 망각해 버리고 맙니다."

힐러리는 소름이 쫙 돋는 기분이었다.

"당신은 무서운 사람이군요. 당신은 정말 무서운 사람이에요."

"앞으로 이곳의 더 많은 것을 이해하게 될게요, 부인. 이곳의 모든 사람들이 각기 다른 이념을 가지고 이곳으로 와서는 혐오를 느끼고 반항심을 갖게 되었다 할지라도 종국에 가선 그들 모두 명령대로 움직일 것이라고 확신하오."

"장담할 수 없을걸요." 힐러리가 말했다.

"이 세상에 절대적으로 확신할 수 있는 일은 아무것도 없지요. 그 점에 있어 나도 부인과 동감이오. 하지만, 95% 정도는 확신할 수 있다오."

힐러리는 그를 쳐다보았다. 섬뜩한 공포가 느껴졌다.

"무서운 일이에요." 그녀가 말했다.

"타자실(회사에서 타자수들만 함께 모여 온종일 일하는 곳)이나 다를 게 없어요! 당신은 여기다 두뇌들의 저수지를 만들었어요."

"맞소. 정확히 보셨소, 부인."

"당신의 의도는 언젠가 이 저수지로부터 누구든 제일 비싼 값을 쳐주는 사람에게 그들을 공급해 줄 속셈이 아닌가요?"

"대충 그런 셈이오, 부인."

"하지만, 타이피스트들을 공급하듯 과학자들도 과연 그렇게 팔아넘길 수 있을 것 같나요?"

"안 될 이유가 뭐요?"

"이유야 간단하죠. 일단 당신의 과학자들이 자유세계로 되돌아가게 되면, 새로운 고용주를 위해 일하려 들지 않을 텐데요. 그는 다시 자유를 만끽해 보고 싶어 할 테니까요."

"조정을 해야죠. 어떤 확실한 조절 장치가 필요하지 않겠습니까?"

"조정, 그게 무슨 뜻이죠?"

"로보토미(Lobotomy; 뇌의 전두엽 절제 수술)라고 들어보셨소, 부인?"

힐러리는 인상을 찡그렸다.

"뇌수술이죠, 그렇죠?"

"맞아요. 원래는 우울증 치료를 위해 고안된 수술이지요. 지금 나는 의학용어를 쓰지 않고 설명하고 있습니다, 부인. 하지만, 그 정도 용어는 부인이나 나나 족히 이해할 수가 있어요. 일단 그 수술을 받은 환자는 더 이상 자살을 하고 싶은 욕구나, 범죄를 저지르고 싶은 느낌을 갖지 못하게 됩니다. 근심도 없고, 양심도 없고, 대부분 복종적으로 되어 버리죠."

"그래도 100%의 성공은 거둘 수 없는 모양이군요?"

"과거에는 그랬소. 하지만, 우리는 이곳에서 그 문제에 관한 한 큰 진전을 보았지요. 나는 이곳에 세 명의 외과의사를 데리고 있습니다. 러시아인 한 명, 프랑스인 한 명, 오스트리아인 한 명. 다양한 이식수술과 정교한 뇌수술을 되풀이해 본 결과, 그들은 순종을 보장할 수 있고 지력(知力)에는 전혀 영향을 주지 않고도 통제가 가능한 상태까지 점진적인 진전을 본 거요. 지적 능력에는 전혀 손상을 입히지 않고도 인간을 완전히 복종하게끔 하는 게 가능할 것이라는 얘기요. 그들은 어떤 지시든 내리기만 하면 고분고분 받아들일게요."

"그건 너무 끔찍해요." 힐러리는 소리를 질렀다.

"끔찍하다고요!"

그는 차분하게 그녀를 설득하려고 했다.

"그건 유익한 일이오. 어떤 의미에선 자선적인 일이기조차 합니다. 환자는 고통이나 욕망, 불안 따위를 전혀 느끼지 않고 단지 행복하고 만족해할 테니까."

"그런 일이 있으리라곤 도무지 믿어지지 않아요."

힐러리는 마치 달려들 듯한 기세로 말했다.

"부인, 만일 그 점에 관한 내 말이 타당하지 않았다면 나를 용서하시오."

"제 말은 그게 아니에요." 힐러리가 말했다.

"만족하고, 단지 시키는 대로 움직일 뿐인 동물이 진짜 재능을 요구하는 창조적인 연구를 해낼 수 없을 것이라는 뜻이에요."

아리스티드는 어깨를 으쓱해 보였다.

"그럴지도 모르지. 부인은 정말 날카롭소. 부인의 말에도 일리가 있긴 해요. 하지만, 시간이 가르쳐 줄 거요. 실험이 계속 진행 중이니까."

"실험이라고요! 인간을 대상으로 하는 실험 말인가요?"

"그렇소, 그것만이 유일하게 실용적인 방법이니까."

"하지만, 어떤 사람을?"

"부적격자들이란 항상 있게 마련이오."

아리스티드가 말했다.

"이곳 생활에 적응하지 못하는 사람들. 협조하지 않으려는 자들. 그들이 좋은 실험 재료가 되어 주지."

힐러리는 손가락으로 소파의 방석을 쿡 찔렀다. 그녀는 이 냉혈한같이 생긴, 조그맣고 노르스름한 사내의 얼굴에 번지는 웃음에서 깊은 공포를 느꼈다.

그의 말 한마디 한마디가 전부 너무나 합리적이고, 논리정연하고, 사업가적이었기 때문에 더욱 무서워지는 것이었다. 앞에 앉아 있는 사내는 단순히 허풍이나 치는 미치광이가 아니었다. 인간을 살아있는 재료 정도로밖에 여기지 않는 그런 사내였다.

"신을 믿지 않나요?" 그녀가 말했다.

"물론, 나는 신자요."

아리스티드의 양쪽 눈썹이 추켜세워졌다. 목소리로 보아 제법 충격을 받은 모양이었다.

"이미 말했잖소? 나는 신앙심을 가진 사람이오. 하나님은 내게 초능력을 부여해 주셨소. 돈과 행운이라는."

"성서를 읽습니까?" 힐러리가 물었다.

"물론 읽죠, 부인."

"모세와 아론이 파라오에게 한 말을 기억하세요? '내 백성을 가게 하라.'"

그는 웃었다.

"그렇다면, 내가 파라오란 말이오? 그리고 당신은 모세와 아론이고? 내게 말하고자 하는 게 뭐요, 부인? 이 사람들을 가게 하라, 그들 모두를, 아니면……, 하나의 특별 케이스?"

"그들 전부라고 말하고 싶군요." 힐러리가 대답했다.

"하지만, 잘 알고 있을 텐데요, 부인. 그것이 시간 낭비에 불과하다는 사실을. 그게 아니라, 남편을 풀어 달라고 간청하고 있는 게 아니오?"

"그이는 당신에게 아무 소용도 없는 사람이에요. 지금쯤 분명히 그걸 알고 계실 텐데요."

"부인의 말이 맞는지도 모르겠소. 나는 토머스 베터튼에 대한 실망이 이만저만이 아니오. 당신만 여기 오게 되면 그는 총기를 되찾고, 아니 분명히 그렇게 될 줄로 알았소. 미국에서 그가 남겼던 명성이 그 정도였으니까. 하지만, 당신이 와도 조금도, 아니 전혀 변화가 없는 것 같소. 나는 지금 내가 판단한 바를 말하는 게 아니오. 알기 쉬운 보고서를 보고 하는 소리요. 그와 함께 일하는 동료 과학자들에게서 온 보고요."

그는 어깨를 으쓱했다.

"그는 소심하고 보잘것없는 연구밖에 못 하고 있소. 그 이상 아무것도 못해."

"갇힌 상태에선 노래하지 못하는 새도 있어요. 어떤 상황에서는 창조적인 생각을 하지 못하는 과학자들도 있지 않을까요? 분명히 그럴 가능성도 있다는 걸 인정하셔야 한다고요."

"그럴 수도 있겠지. 난 그걸 부인할 생각은 없소."

"그렇다면, 토머스 베터튼의 이름에다 부적격자 중 하나라고 쓰세요. 그리고 그이를 외부세계로 되돌려 보내세요."

"그건 곤란하오, 부인. 나는 아직 전 세계에 이곳을 공개할 생각은 해보지 않았소."

"그이에게 비밀을 지키겠다는 약속만 받아내면 돼요. 그이는 결코 한마디도 입 밖에 내지 않을 거예요."

"그가 맹세할 것이다, 그렇게만 된다면 좋지. 하지만, 그가 약속을 지키지 않는다면?"

"그이는 지킬 거예요. 오, 정말이에요. 그이는 꼭 지킬 거예요!"

"부인이 통 사정을 한다! 하지만, 이런 문제를 두고 부인 말을 받아들일 수는 없는 노릇이오."

그는 의자에서 몸을 죽 뻗었다. 그러고는 노란 손가락들을 한데 모아 톡톡 쳤다.

"물론, 인질을 남긴다면야 떠날 수도 있겠지. 그게 그의 혀를 묶어 둘 테니까."

"무슨 말씀이세요?"

"내 말은 부인, 토머스 베터튼이 떠나고 당신이 인질로 남는다면, 그런 거래는 어떻습니까? 그가 그렇게 하려고 할까?"

힐러리는 희미한 과거의 그림자가 떠올랐다. 아리스티드의 눈에는 그녀의 눈앞에 어른거리는 장면이 보이지 않을 것이다.

그녀는 어느 병실에서 죽어가는 여인 옆에 등을 기대고 앉아 있었다. 그녀는 제숍의 이야기를 들으며 그의 지시사항을 암기하고 있었다. 기회가 있다면 바로 지금이다. 그녀만 남아 있겠다고 하면 토머스 베터튼은 자유를 찾게 될 것이다. 그것이야말로 자신의 임무를 완수하는 최선의 길이 아닌가?

그녀는 알고 있었다(아리스티드는 모르겠지만). 말 그 자체가 갖는 의미 그대로의 인질이란 존재하지 않는다는 것을. 그녀 자신은 토머스 베터튼과 아무 관계도 없는 사람이다. 그가 사랑한 아내는 이미 죽었다.

그녀는 고개를 들었다. 그리고 건너편 소파에 앉아 있는 조그만 노인을 쳐다보았다.

"기꺼이 그렇게 하겠어요."

"당신은 용기와 애정과 헌신으로 가득 찬 여자요, 부인. 정말 아름다운 미덕이죠. 하지만, 그 점에 관해서는……."

그는 웃었다.

"다시 한 번 생각을 해봐야겠소."

"오, 안 돼요, 안 돼!"

힐러리는 별안간 양손으로 얼굴을 감쌌다. 그녀의 어깨가 들썩거렸다.

"전 견딜 수가 없어요! 견딜 수 없어요! 너무 잔인해요!"

"너무 신경 쓰실 것 없소, 부인."

그 영감의 목소리가 훨씬 부드러워졌다. 다정하기조차 했다.

"오늘 저녁 나의 목적과 꿈을 당신에게 말해 줄 수 있게 되어서 무척 즐거웠소. 전혀 마음의 준비가 안 된 사람이 어떤 충격을 받는가를 보는 것이 내 관심사였소. 부인 같은 분의 마음은 침착하고, 건전하고, 지혜롭다고 할 수 있죠. 당신은 겁을 집어먹었소. 당신은 반감을 품었소. 하지만, 충격에 대한 처신만은 현명했던 것 같소. 당신은 처음에 그 이상(理想)에 반감을 일으켰다가, 그 다음 그것에 대해 생각하게 되고, 그다음 더 깊이 숙고해 보고, 마침내 당연한 길로 받아들였을 거요. 대부분의 사람이 그래 왔던 것처럼."

"제발 그렇게 만은!" 힐러리는 오열을 터뜨렸다.

"그렇게 만은 하지 말아 주세요! 절대로! 절대로 안 돼요!"

"아—." 아리스티드가 입을 열었다.

"붉은 머리의 사람들에겐 정열과 반항심이 이글거린다는 말이 있지. 나의 두 번째 아내가……."

그는 심각하게 말을 이었다.

"붉은 머리였소. 그녀는 아름다웠지. 그녀는 나를 사랑했소. 정말 이상한 일이죠? 나는 붉은 머리의 여성이라면 항상 찬사를 아끼지 않았어요. 당신의 머리칼은 정말 아름답소. 내가 당신을 좋아하는 데는 다른 이유도 있소. 당신의 영혼, 당신의 용기, 부인은 굳은 마음을 갖고 있다는 사실이오."

그는 한숨을 내쉬었다.

"애석하게도! 내게 호감을 보이는 여자들은 많지만, 내 마음에 드는 여자는 별로 없소. 젊은 처녀 둘을 데리고 있어 가끔 위안이 되긴 하지만, 지금 내가 원하는 것은 정신적 공감이오. 믿어 주시오, 부인. 당신과의 만남이 내겐 무척 의미 있는 것이었소."

"당신이 제게 말한 전부를 얘기할까 하는데요, 남편에게."

아리스티드는 너그럽게 웃었다.

"아, 그럴 작정인가요? 꼭 그래야만 하겠소?"

"모르겠어요. 오, 어떻게 해야 할지 모르겠군요."

아리스티드가 말했다.

"아, 부인은 현명한 여자요. 여자에겐 혼자만 알아야 하는 비밀이 있는 법입니다. 그건 그렇고, 부인은 지금 지치고 혼란한 상태에 있어요. 가끔 내가 이곳으로 초청하겠소. 그럼 오실 수 있을 겁니다. 많은 얘기를 주고받을 수 있겠지요."

"저를 이곳에서 내보내 주세요."

힐러리는 그에게로 손을 죽 내밀었다.

"절 나가게 해주세요. 당신이 갈 때 저도 함께 데려가 주세요. 제발! 제발!"

그는 점잖게 고개를 내저었다. 그의 표정은 너그러웠다. 하지만, 그 뒤엔 희미한 경멸의 흔적이 도사리고 있었다.

"지금은 마치 어린애 같은 말을 하는군요." 그는 꾸짖듯 말했다.

"내가 어떻게 당신을 가게 한단 말이오? 내가 어떻게 당신이 이곳에서 본 것을 전 세계에 퍼뜨리고 다닐 수 있게 한단 말이오?"

"아무한테도 말하지 않겠노라고 맹세를 해도 제 말을 안 믿으시겠어요?"

"사실 그렇소. 나는 당신을 믿어서는 안 될 입장이오. 그런 말을 믿게 되면 나는 닭 쫓던 개꼴밖에 되지 않아요."

"전 이곳엔 죽어도 있기 싫어요. 이 감옥 속에 있고 싶지 않단 말이에요. 전 나가고 싶어요."

"하지만, 당신은 남편이 있는 몸이오. 당신은 그를 만나러 이곳에 왔소. 분명히 당신의 자발적인 의사로."

"그러나 제게 어떤 운명이 닥칠지는 몰랐어요. 저는 아무 생각도 없이 왔단 말이에요."

"그렇긴 합니다." 아리스티드가 말했다.

"당신은 아무것도 몰랐소. 하지만, 내가 장담하건대, 당신이 온 이 특별한 세계가 철의 장막 너머의 삶보다는 훨씬 나을게요. 여기선 원하는 것이라면 모두 가질 수 있소! 부귀영화, 아름다운 기후, 오락……."

그는 일어섰다. 그리고 그녀의 어깨를 부드럽게 쓰다듬었다.

"부인은 정착할 겁니다." 그는 자신 있는 목소리로 말했다.

"암, 새장 속의 붉은 머리새는 정착할게요. 1~2년 후의 당신은 분명히 행복해질 것이오!"

그는 곰곰이 생각을 하더니 한마디 덧붙였다.

"혹 재미를 느끼지 못할지도 모르지만."

제19장

 힐러리는 다음 날 저녁이 시작될 무렵에야 깨어났다. 그녀는 팔꿈치를 괴고 일어났다. 무슨 소리 같은 게 들렸다.

 "톰, 들려요?"

 "그렇소. 비행기 소리요. 저공으로 날고 있군. 아무 소용도 없지. 가끔 훌쩍 왔다 가버리니까."

 "어떻게 된 일인지……." 그녀는 말을 끝맺을 수가 없었다.

 그녀는 깨어나 생각을 하며 누워 있었다.

 아리스티드와의 이상한 대화가 자꾸만 떠올랐다. 그 늙은이는 그녀를 좋아하는 약간 이상한 감정을 갖고 있었다.

 계속 달라붙어 볼 걸 그랬나? 밖으로 데려다 달라고 계속 졸라댔다면 어떻게 되었을까? 다음에 그가 오든지 부르기라도 하면 죽었다는 붉은 머리의 아내 이야기를 해서 유혹해 봐야겠다는 생각이 들었다.

 사실 그것은 그를 사로잡을 만한 참신한 미끼는 아니었다. 지금 그의 혈관 속을 흐르는 피는 지나치게 차갑다. 게다가, 그에겐 '젊은 계집애들'이 있다. 하지만, 노인들이란 원래 회상에 잘 빠져드는 법이다. 지난 시절의 이야기를 하도록 몰아가는 거다…….

 '조지 삼촌, 첼튼햄에 살았었지…….'

 힐러리는 조지 삼촌을 생각하니 어둠 속에서도 피식 웃음이 나왔다.

 조지 삼촌과 아리스티드는 똑같은 백만장자이면서도 속은 서로 판이한 인물이 아닌가? 조지 삼촌에겐 가정부가 한 명 있었다. '정말 믿을 만한 여자, 야하지도 않고 섹시하지도 않고 그저 그런 여자. 귀엽고 수수하고 신중한 여자.' 하지만, 조지 삼촌은 그 귀엽고 수수한 여자와 결혼함으로써 가정을 엉망진창으로 만들어 버렸다. 그 여자는 남의 이야기를 고분고분 잘 들어주는 여자였다.

힐러리가 톰에게 한 말은 무엇인가?

'내가 이곳에서 빠져나갈 길을 찾아보겠어요.'—?

정말 야릇한 말이다. 바로 그 길이라는 게 혹시 아리스티드라면······.

"연락이 왔어." 르블랑이 말했다.

"드디어 연락이 왔다네."

그의 당번병이 지금 막 들어와 인사를 하고 접은 종이 한 장을 그 앞에 내려놓았다.

그는 그것을 펼치더니 격양된 목소리로 말했다.

"우리 정찰기 조종사들 중 하나가 보낸 보고야. 그는 자기 담당 구역을 죽 정찰해 왔다는군. 그런데 어느 산악지대를 선회하고 있을 때 통신 신호 하나를 포착했다는 거야. 모스 부호였는데 두 번 반복되었다는군. 여기 있어."

그는 제솝 앞에 봉투를 내려놓았다.

'C . O . G . L . E . P . R . O . S . I . E . S . L'

그는 마지막 두 글자를 따로 떼어 연필로 표시했다.

"SL, 이건 '회신을 보내지 말 것'이라는 뜻의 우리 암호야."

"그리고 첫 머리의 COG는 우리의 통신 신호지."

제솝이 말했다.

"그러니까 나머지 부분이 실제 메시지인 셈이네."

그는 그 나머지 부분에 밑줄을 그었다.

'LEPROSIE(나병).'

그는 이해가 가지 않는다는 듯 그것을 골똘히 쳐다보았다.

"나병?" 제솝이 말했다.

"도대체 이게 무슨 뜻이지?"

"나병 환자 수용소 같은 것 없는가? 아니면, 그와 유사한 기관 같은 것이라도 말일세."

르블랑은 앞에 있는 커다란 지도를 펼쳤다. 그는 니코틴이 밴 짤막한 집게 손가락으로 어느 한 지역을 가리켰다.

"여기야." 그는 그곳을 표시했다.

"우리 비행사가 정찰한 지역일세. 바로 이곳, 뭔가 생각이 날 듯도 한데……"

그는 방을 나갔다가 즉시 되돌아왔다.

"생각났어." 그가 말했다.

"유명한 의학 연구 센터가 있어. 유명한 자선사업가가 기부해서 설립하고 나서 그 지역을 관리하고 있더구먼. 온통 황량한 사막지대야. 나병 연구라는 값진 연구가 진행되는 곳이네. 그곳 나병 환자 수용소엔 약 200명 정도가 수용되어 있지. 하지만, 도무지 이해할 수가 없군. 그곳은 고도의 신빙성을 가진 곳이야. 평판이 자자하지. 그곳 대통령까지 후원자가 되겠노라고 발벗고 나서는 곳이거든."

"알겠네." 제솝은 의미심장하게 대답했다.

"사실, 대단히 훌륭한 일이야."

"그곳을 시찰하겠다고 하는 사람에게 그곳 문은 언제나 활짝 열려 있네. 그 분야에 관심을 두고 있는 의료 종사자라면 누구나 그곳을 방문할 수 있지."

"하지만, 보지 말아야 할 것은 철저히 가려져 있겠지! 왜 그렇겠나? 음흉한 일을 벌이는데 고도로 존경받는 분위기를 조성하는 것보다 나은 위장은 없는 법이거든."

"내 생각엔 말일세."

르블랑이 미심쩍은 듯한 어조로 말했다.

"그곳은 여행을 떠난 일행의 중간 휴식 장소였을지도 모를 것 같네. 그곳을 관리하는 사람들은 중년의 유럽인 의사 한두 명뿐일 거야. 우리가 추적하고 있는 몇 안 되는 사람들은 그곳에서 몇 주 정도 잠적했다가 여행을 계속했을 것일세."

"내 생각은 그 이상이야." 제솝이 말했다.

"그곳이 여행의 끝일지도 몰라."

"그곳에 엄청난 뭔가가 있단 말인가?"

"나병 환자 요양소라는 게 내게 뭔가 큰 암시를 해주고 있어. 내가 알기론, 나병쯤이야 현대적인 치료법에 따라 요즘은 집에서도 치료가 가능한 병이거든."

"문화 혜택을 누리는 나라라면 모르겠어. 하지만, 이 나라에선 그렇게 치료할 수가 없네."

"그렇긴 하네. 하지만, 나병이란 말은, 나병이라 하면 너도나도 몸을 움츠렸던 중세처럼 여전히 사람들에게 공포심을 던져주고 있네. 호기심을 품어 봐야 무익하기 때문에 나병 환자 수용소에는 얼씬도 하지 않으려는 법이라고.

자네가 말했다시피 그곳을 찾는 사람들, 그러니까 그곳의 의학 연구 성과에 관심이 있는 의과대학 교수, 나환자들의 생활 상태에 대한 보고를 듣고 싶은 사회사업가 그들은 한결같이 찬사만 연발하겠지. 하지만, 그 자비와 박애의 뒷면에서는 무슨 일이든 벌어질 수 있어. 하여간 그건 별말씀, 그곳의 주인은 누구인가? 돈을 기부해서 그곳을 설립한 사람이 누구지?"

"그거야 금방 알 수 있지. 잠깐만."

그는 곧장 돌아서더니 관공서용 조회책자를 손에 집어들었다.

"사설 단체에서 설립한 곳이군. P. Y.라는 자선사업가 단체인데, 회장은 아리스티드란 인물이야. 자네도 알지, 왜 그 전설적인 거부 말일세. 자선단체라면 아주 관대하게 기부하는 인물이지. 파리와 세빌랴(에스파냐의 도시)에도 병원을 세웠지. 이건 의도와 목적이 있는 쇼야. 다른 기부자들은 모두 그의 친구들이지."

"그래, 아리스티드라는 인물이 세운 단체라. 게다가, 아리스티드는 페즈에 있었어. 올리브 베터튼이 그곳에 있을 바로 그때에 말일세."

"아리스티드!"

르블랑은 모든 관련 사항들을 충분히 음미해 보았다.

"거 참, 정말 대단한 작자야!"

"그럼."

"도무지 믿을 수 없을 정도야!"

"물론이지."

"하여간 무서운 일이네!"

"그렇고말고."

"자네, 그가 얼마나 무시무시한 작자인지 아는가?"

르블랑은 흥분해서 상대방의 얼굴을 향해 엄지손가락을 휘둘렀다.

"이 아리스티드란 인물, 손을 뻗치지 않은 분야가 없어. 거의 모든 일의 배후엔 그가 있지. 은행, 제조업, 군수산업, 운송업! 그를 본 사람은 아무도 없어. 그의 목소리를 들어 본 사람조차 몇 되지 않아!

그는 스페인에 있는 자기의 성 안 따뜻한 방에서 담배를 피우고 있지. 그러다가 이따금 신문쪼가리에다 몇 자 아무 데나 휘갈겨서 땅바닥에 던져 버리지. 그럼, 비서 하나가 쪼르르 앞으로 기어 나와 그걸 집어간다고. 그 후 며칠 뒤면 파리의 주요 은행가 하나가 뒤통수를 얻어맞고 끝장나는 거야! 바로 그런 인물이지!"

"자네 아주 극적인 말을 하는군, 르블랑. 하지만, 실제로 그리 놀랄 만한 것도 아니야. 주요 결정을 내리는 사람들은 대통령이나 장관들일세. 은행가들은 호화로운 책상 뒤에 푹 파묻혀 앉아 무성하게 입방아만 찧어댈 뿐이지.

그러나 그 중요하고 엄청난 결정 뒤 어디엔가 소위 실세(實勢)라는 왜소하고 보잘 것 없는 사내가 버티고 있다고 해서 전혀 놀랄 필요는 없네. 그 보이지 않는 공작의 배후가 아리스티드라고 해도 하나 놀랄 게 못 된다네. 사실, 우리라도 눈치만 조금 빠르면 얼마든지 그전에 생각해낼 수 있는 일이야. 모두 장사꾼의 허풍에 불과하다는 얘길세. 정책과는 아무 상관도 없지. 문제는……"

그가 덧붙였다.

"이제 우리가 그 일을 어떻게 처리하느냐 하는 것이야."

르블랑의 표정이 침울해졌다.

"자네도 짐작하겠지만, 결코 쉽게 풀리진 않을 걸세. 만일 우리가 잘못 짚기라도 했다면, 그런 생각은 아예 안 하는 게 좋겠군! 설령 우리 판단이 옳았다고 하더라도 말일세.

우리는 우리 판단이 옳았다는 걸 증명해야 하네. 만일 우리가 조사를 한다 해도 그 조사는 취소되고 말 거야, 고위층에서. 안 그런가? 그래, 결코 쉽게 풀릴 일이 아니야. 하지만……"

그는 단단하고 못생긴 엄지손가락을 까딱거렸다.

"반드시 해결해야 해."

 자동차들이 산길을 휩쓸고 지나갔다. 바위산에 있는 거대한 문 앞에 멈추어 섰다. 차는 모두 네 대였다. 첫 번째 차에는 프랑스 장관과 미국 대사가 타고 있었다. 두 번째 차에는 영국 영사와 하원의원 한 명, 그리고 경찰서장이 있었다. 세 번째 승용차에는 두 명의 전(前) 왕립위원회 회원과 함께 두 명의 유명한 기자가 타고 있었다.

 이 세 대의 승용차 탑승자들은 모두 이용 수단으로 데리고 온 거물급들이었다. 네 번째 자동차에 탑승하고 있는 사람들은 일반에겐 거의 알려지지 않은 인물들이었다. 하지만, 자기들의 분야에선 익히 알려진 사람들이었다. 그들은 다름 아닌 르블랑 대위와 제솝이었다.

 말끔하게 차려입은 운전사가 승용차의 문을 열며 허리를 굽혔다. 그들이 이 특별 손님들이 하차하는 것을 도왔다.

 "외부와는 아주 철저하게 봉쇄되어야 하는 곳이지."

 장관이 이해가 간다는 듯 중얼거렸다.

 거물급 인사 중 한 명이 불쑥 부드러운 불어로 말했다.

 "완벽합니다, 장관님. 예방 조치는 완벽합니다. 먼 거리에서 시찰하게 되어 있습니다."

 나이가 지긋한 장관은 은근히 걱정하던 중 적이 안심되는 모양이었다. 대사가 더욱 상세한 설명과 함께 이 질병의 현대적인 치료법에 대해서 이야기했다.

 거대한 문이 덜커덩하고 열렸다. 입구에 몇 사람이 서 있다가 인사를 하며 그들을 환영했다. 국장과 가무잡잡하고 땅딸막한 부국장, 키가 크고 잘생긴 두 명의 의사, 그리고 화학자 한 명이었다. 인사말은 불어였다. 매끈하고 세련된 투였다.

장관이 말했다.

"아리스티드 씨께서 몸이 안 좋아 우리를 마중 나올 약속을 못 지키게 되었다니 어서 빨리 쾌유하기를 빕니다."

"아리스티드 씨께서는 어제 에스파냐에서 날아오셨습니다."

부국장이 말했다.

"안에서 기다리고 계십니다, 장관님. 제가 길을 안내하겠습니다."

일행은 그의 뒤를 따랐다. 장관은 약간 걱정이 되는지 오른쪽에 있는 육중한 난간을 흘끔흘끔 쳐다보았다. 나병 환자들이 조금이라도 그들을 잘 보려고 쇠창살 밑에서 아우성들이었다.

아리스티드는 현대식으로 세련되게 꾸며진 라운지에서 손님들을 기다리고 있었다. 인사와·답례, 그리고 소개가 있었다. 흰옷에 터번을 쓴 갈색 얼굴의 하인 하나가 아페리티프(식전에 마시는 술)를 날라왔다.

"선생님 소유의 이곳은 정말 대단한 곳입니다."

젊은 기자 하나가 아리스티드에게 말했다.

아리스티드는 동양인들이 흔히 그러는 것처럼 제법 겸손을 떨었다.

"나는 이곳이 자랑스럽습니다." 그가 말했다.

"이곳은 나의 스완 숑(백조의 노래―시인, 작곡가 등의 마지막 작품, 작곡, 업적 등을 지칭할 때 쓰는 말. 거의 빈사 직전의 백조가 아름다운 노래를 부른다는 독일의 전설에서 유래했음)입니다. 내가 인류에게 주는 마지막 선물이지요. 모든 비용을 아낌없이 투자해 왔습니다."

"이렇게 말해도 될지 모르겠습니다만……."

아리스티드를 보좌하고 있던 의사 하나가 말했다. 그의 목소리는 약간 들떠 있었다.

"제가 이곳에 온 이래로 본 바로는, 이곳은 전문가들의 꿈이지요. 그리고 우린 성과를 거두고 있습니다. 그렇습니다, 여러분, 우린 분명히 괄목할 만한 성과를 얻고 있습니다."

그의 열광도 일종의 전염 증세였다.

"이런 사설 단체에 대해서라면 우리도 항상 고맙게 생각하고 있지요."

대사가 아리스티드에게 정중하게 허리를 굽히며 말했다.

아리스티드가 겸손을 떨며 말했다.

"모두가 하나님 덕택이지요."

어깨를 움츠린 채 의자에 앉아 있는 그의 꼴은 마치 조그만 두꺼비 같았다.

하원의원이 늙어서 귀도 잘 들리지 않는 왕립학회 회원에게 뭐라고 작게 귀엣말을 했다. 그는 아주 재미있는 궤변을 늘어놓았다.

"저 늙어버린 악당, 아마 사람 수백만 명은 파멸시켰을 거요."

그는 계속 중얼거렸다.

"돈이 철철 남아돌아가면서도 그걸 어떻게 써야 할지 모르다니. 다른 사람들에게 환원해 줘야 하는데도 말입니다."

그의 말을 듣고 있던 그 늙은 판사가 중얼거렸다.

"어느 정도의 성과가 증가한 비용을 정당화시켜 줄지는 의문이오. 인류에게 유익하고 위대한 발견들 대부분은 아주 간단한 장치로 발견한 것들이었소."

"자, 그럼……."

아리스티드가 말했다. 이미 의례적인 인사도 치렀고, 아페리티프도 마신 뒤였다.

"여러분을 위해 간단히 식사가 준비되어 있으니 함께 드시도록 하시지요. 반 하이뎀 박사가 여러분을 모실 겁니다. 나는 다이어트 중이라 요즘은 거의 먹지 않습니다. 식사가 끝난 뒤에 우리 건물을 둘러보도록 하십시오."

친절한 반 하이뎀 박사가 이끄는 대로 손님들은 잔뜩 기대에 부풀어 식당으로 자리를 옮겼다. 두 시간의 비행 끝에 자동차로도 한 시간이나 왔으니, 그들 모두 군침이 잔뜩 돌지 않을 수 없었다. 음식은 맛있었으며, 특히 장관은 찬사를 아끼지 않았다.

"우리는 상당히 쾌락한 생활을 누리고 있습니다."

반 하이뎀이 말했다.

"신선한 과일과 채소가 1주일에 두 번씩 공수됩니다. 쇠고기와 닭고기는 저장시설이 갖추어져 있습니다. 상당히 깊은 곳에 지하 냉동실이 있지요. 일단 잘 먹어야지 연구도 잘되는 법입니다."

고기에다 최고급 포도주가 곁들여졌다. 잇따라 터키산(産) 커피가 나왔다. 그다음 일행은 한 바퀴 시찰을 돌지 않겠느냐는 제안을 받았다. 시찰 시간이 두 시간이나 소요될 만큼 그곳은 넓었다.

시찰이 끝났을 때 장관은 개인적으로 매우 흡족한 모양이었다. 번쩍거리는 실험실에다 하얗게 빛을 내며 끝도 없이 펼쳐져 있는 복도에 놀라기도 했지만, 자질구레한 과학용품까지 한 아름 기증받고 나니 더더욱 입이 벌어질 지경이었던 것이다.

장관의 관심이야 겉치레적인 것에 있었지만, 그들 중 어떤 사람들은 자기들의 조사를 더욱 꼼꼼히 진행하고 있었다. 각 개인의 생활 상태나 자질구레한 면들에 대한 호기심이 일어났다. 반 하이뎀 박사가 너무 솔선수범해서 보여 주는 통에 그들은 오히려 보고자 하는 곳을 다 볼 수 없었다.

장관 뒤만 쫓아다니던 르블랑과 제솝은 잠시 뒤 영국 영사에게 붙었다가 일행이 모두 라운지로 되돌아간 다음 약간 뒤로 쳐졌다.

"이곳엔 아무 흔적도 없어, 아무것도."

르블랑이 당혹한 어조로 낮게 말했다.

"아무 흔적도 없어."

"이봐, 친구. 자네 말대로 말일세, 만일 우리가 엉뚱한 나무를 보고 짖었다면 그땐 진짜 끔찍한 비극이야! 몇 주 내에 모든 게 해결되어야 해! 나만 하더라도 내 경력이 끝장날 판이야."

"아직 훑어 보지도 않았어." 제솝이 말했다.

"우리 친구들은 이곳에 있네. 난 확신하네."

"그들의 흔적이 하나도 없는 걸."

"물론 흔적은 없지. 흔적을 남길 만한 여유가 없었을 거야. 관리들이 방문할 때를 대비해 만반의 준비를 갖추었을 테지."

"그럼, 증거는 어떻게 찾아내지? 내 미리 말해 두겠는데, 증거 없이는 아무도 움직이질 못해. 저 사람들은 회의를 품고 있어. 모두가 말일세. 장관, 미국 대사, 영국 영사 다들 그렇게 말하고 있어, 아리스티드 같은 인물이 어떻게 그럴 수 있겠느냐고."

"조용히 해, 르블랑, 닥쳐, 내 그랬잖아, 아직 핥아 보지도 않았다고."

르블랑이 어깨를 으쓱했다.

"자넨 낙관하고 있는 모양이군, 친구."

그는 말끔하게 차려입고 주위에 둘러 서 있는 얼굴이 둥글넓적한 사내들에게로 돌아서더니 잠시 동안 무슨 말인가를 했다. 그리고 제솝을 쳐다보며 궁금한 듯 물었다.

"왜 웃고 있나?"

"가이거 카운터에 대해 들었겠지?"

"물론이지. 하지만, 나는 과학자는 아니야. 이해를 해줘."

"나도 과학자는 아니네. 하지만, 그런 아주 민감한 방사능 측정기일세."

"그래서?"

"우리 친구들은 이곳에 있어. 가이거 카운터가 그걸 말해 주고 있네. 그게 우리 친구들이 여기 있다는 메시지를 전해 주고 있어. 이 건물은 의도적으로 대단히 복잡하게 지어져 있어. 복도와 방들은 대부분이 비슷비슷하지. 그래서 사람이 어디에 있는지, 또 이 건물의 설계는 어떠한지 하는 따위를 알기란 무척 어렵지. 이곳에는 우리가 보지 못한 부분이 있어. 우리에게 구경시켜 주지 않은 곳 말이야."

"방사능의 징후가 조금 나타났다고 해서 그런 추리를 하는 건가?"

"바로 봤네."

"이번에도 마담의 진주 목걸이인가?"

"맞아, 우린 여전히 헨젤과 그레텔 놀이를 하는 거야. 하지만, 이곳을 이미 떠나 버렸을 징후는 진주 목걸이의 구슬이나 야광 페인트를 칠한 손처럼 그렇게 분명하고 명확한 게 아닐세. 그것은 보이는 게 아니야. 다만, 느낄 수 있을 뿐, 우리의 방사능 측정기가……."

"하지만, 제발, 제솝, 그것으로 충분할 것 같은가?"

"바로 그 점이 문제이긴 한데……." 그는 말을 끝내지 못했다.

르블랑이 그 문장을 마저 했다.

"자네 말은, 그 사람들이 믿어 주지 않을 것이라는 뜻이군. 그들은 출발 때부터 달갑게 여기질 않았어. 심지어 자네네 영국 영사까지도 상당히 조심스러운 눈치였잖나. 자네 정부는 여러 분야에서 아리스티드에게 빚을 지고 있거든. 우리나라 정부도."

그는 어깨를 들썩해 보였다.

"장관, 그 양반이 좀처럼 믿어 줄 것 같지 않은데."

"신념을 정부에다 맡기지는 않을 거야." 제숍이 말했다.

"정부나 외교관이나 다 한통속이라고. 그러나 우리는 그들을 일단 오게 했어. 그들만이 유일하게 직권을 가진 인물들이니까. 하지만, 믿음에 관한 한, 나는 나의 신념을 아무 데나 걸지."

"그럼, 자네가 특별히 신념을 걸고자 하는 데가 어딘가, 친구?"

진지하던 제숍의 얼굴에 문득 웃음이 번졌다. 그가 말했다.

"언론. 기자들은 뉴스 냄새를 맡는 코를 가진 자들이야. 그들은 가만히 입 다물고는 있지 못하는 사람들이라네. 그들은 별로 신빙성이 없는 얘기도 잘 믿어 주지. 내가 믿는 또 한 사람은……."

그는 계속했다.

"바로 그 귀머거리 영감."

"아하, 자네가 말하는 사람이 누군지 알겠군. 금방 무덤으로 들어갈 것 같은 바로 그 늙은이."

"맞았어. 그는 귀머거리에다 쇠약하고 눈도 반쯤 멀었어. 하지만, 그는 진실에 대한 관심을 두고 있거든. 그는 전직 판사네. 비록 귀머거리에다 장님에다 다리는 휘청거려도 생각 하나만은 누구보다도 날카롭지. 그가 법조계에서 명성을 얻었던 것도 바로 그 센스 덕분일 거야. 분명히 비린내가 나는데도 누군가가 공개하지 못하도록 하고 있다는 것쯤은 대뜸 알아차릴 영감이야. 그는 우리 얘길 들어줄 거야. 듣고 증거를 제시해 달라고 할 걸세."

그들은 다시 라운지로 돌아와 있었다. 차와 아페리티프가 날러져 왔다. 장관은 아리스티드를 입에 침이 마르도록 칭찬하고 있었다. 미국 대사도 한몫 더했다.

바로 그때 장관이 주위를 돌아보며 말했다. 약간 신경질적인 투였다.

"자, 그럼, 여러분. 우리를 이렇게 따뜻이 맞아 주신 주인을 두고 떠나야 할 시간이 온 것 같습니다. 눈에 띄는 것은 모두 보았습니다만······."

그의 음성은 이 마지막 말에 의미를 두고 힘을 주었다.

"이곳의 모든 것은 위대했습니다. 최고의 시설! 우리는 이런 분의 환대에 감사해야겠습니다. 아울러 이곳의 융성을 빌겠습니다. 자, 이제 인사를 하고 떠나도록 합시다. 내 말이 틀렸습니까?"

어떤 식으로 보면 이 말은 겉치레에 불과한 것이다. 태도도 마찬가지였다. 좌중을 돌아보는 그의 눈초리도 의례적인 것 이상은 아니었을지도 모른다. 하지만, 실제로 그 말은 핑계에 불과했다. 사실 장관은 이렇게 말하고 있었다.

"여러분은 보았습니다. 하지만, 이곳엔 아무것도 없었습니다. 의심스럽거나 염려스러운 것은 아무것도 없었습니다. 우리가 이렇게 제정신으로 떠날 수 있는 것만 해도 큰 다행입니다."

하지만, 그런 침묵 속에서 누군가의 목소리가 들려왔다.

차분하고 정중한 목소리, 공손한 영국인의 목소리, 바로 제솝의 목소리였다. 비록 관용어법에 맞춘 불어 같기는 했지만, 영어로 그는 장관에게 말했다.

"허락해 주신다면, 장관님. 실례의 말씀입니다만, 따뜻이 맞아 주신 주인께 한 가지 물어보고 싶습니다."

"원, 천만의 말씀. 해보시죠, 미스터······, 아, 미스터 제솝, 맞죠?"

제솝은 정중하게 반 하이뎀에게 자기소개를 했다. 그는 아리스티드 쪽은 쳐다보지도 않았다. 그가 말했다.

"우리는 이곳에서 많은 사람을 만났습니다. 그런데 참 당황했습니다. 사실 제 오랜 친구가 한 명 이곳에 있는데 만나서 말이라도 한마디 나누고 싶군요. 떠나기 전에 한 번 만날 수 없을까 해서 그러는데요?"

"당신의 친구라뇨?"

반 하이뎀 박사가 정중하게 말했다. 하지만, 무척 놀라는 눈치였다.

"글쎄요, 사실은 두 명입니다."

제솝이 말했다.

"어떤 여자입니다. 베터튼 부인이라고, 올리브 베터튼. 그녀의 남편이 이곳에서 일하는 걸로 알고 있습니다. 톰 베터튼이죠. 하웰에서도 친했고 미국에서도 가까이 지냈습니다. 떠나기 전에 한 번 만나 몇 마디 얘기라도 나누고 싶습니다."

반 하이뎀 박사의 반응은 단박에 드러났다. 눈이 휘둥그레지고 적잖이 놀라는 눈치였다. 그는 난감한 듯 인상을 찡그렸다.

"베터튼, 베터튼 부인이라……, 글쎄요, 그런 이름을 가진 사람은 여기 없는데요."

"미국인도 한 명 있습니다." 제솝이 말했다.

"앤드루 피터스, 전공이 화학입니다. 제 말이 맞습니까, 대사님?"

그는 정중히 미국 대사 쪽을 쳐다보았다.

미국 대사는 눈치가 빨랐다. 푸른색의 매서운 눈을 가진 남자. 그는 외교관적인 수완을 가진 사내였다. 그의 눈길이 제솝과 마주쳤다. 그는 잠깐 망설이더니 이내 결심을 한 듯 말했다.

"아, 그렇소, 맞아요, 앤드루 피터스. 나도 그를 봤으면 하는데."

반 하이뎀은 더욱 당황하며 안절부절못했다.

제솝은 알 듯 모를 듯 아리스티드를 흘끔 쳐다보았다. 그 왜소한 황색 얼굴에서 당황이나 놀라움, 또는 동요의 기색은 전혀 찾아볼 수 없었다. 전혀 무관심하다는 듯한 눈치였다.

"앤드루 피터스? 오, 유감입니다만, 대사님, 뭔가 잘못 알고 계신 것 같습니다. 이곳에 그런 이름을 가진 사람은 없습니다. 전혀 들어보지 못한 이름인데요."

"토머스 베터튼이라는 이름은 알고 있겠지요?"

제솝이 말했다.

반 하이뎀은 잠시 망설였다. 고개가 의자에 앉은 늙은이에게로 살짝 도는 듯했다. 하지만, 재빨리 되돌렸다.

"토머스 베터튼……." 그가 말했다.

"글쎄요, 아, 그렇지. 생각납니다."

기자 하나가 재빨리 그다음 말을 해주었다.

"토머스 베터튼은 대단한 뉴스거리였지요. 6개월 전 그의 실종은 정말 빅 뉴스감이었습니다. 유럽 전역의 신문마다 대서특필되었습니다. 경찰이 이곳저곳 그를 찾아가지 않은 곳이 없었습니다. 그렇다면, 박사님 말씀은 그가 이곳에 내내 있었다는 건가요?"

"천만에요." 반 하이뎀이 날카롭게 쏘아붙였다.

"누군가가 거짓 정보를 준 것이겠지요. 아마 짓궂은 장난일 거요. 오늘 이 센터의 연구원들을 모두 보셨을 텐데요. 샅샅이 다 보셨으면서."

"전부는 아닐걸요."

제솝이 태연하게 말했다.

"에릭슨이라는 젊은이도 있었습니다. 그리고 루이스 바론 박사, 또 캘빈 베이커 부인도 있을지 모릅니다."

"아—." 반 하이뎀은 그의 말을 받아 줄 모양이었다.

"그 사람들은 모로코에서 죽었습니다. 비행기 추락 사고로. 이제야 정확히 기억나는군요. 최소한 내가 알기로는 에릭슨과 바론 박사는 그 추락 비행기 속에 있었던 사람 같습니다. 아, 프랑스로서는 그날 막대한 손해를 본 셈이죠. 루이스 바론 박사 같은 분은 다시 구하기는 어렵죠."

그는 고개를 설레설레 흔들었다.

"하지만, 캘빈 베이커 부인이란 사람은 정말 모르겠군요. 그 비행기 속엔 영국인인가 미국인인가, 하여간 어떤 여자가 하나가 있었던 걸로 기억되는데, 그 여자가 혹 당신이 말한 베터튼 부인인지도 모르죠. 정말 끔찍한 참사였지요."

그는 갸우뚱한 눈길로 맞은편의 제솝을 쳐다보았다.

"도무지 모를 일이군요, 선생. 왜 그 사람들이 이곳으로 왔으리라고 생각하게 되었는지 정말 알 수가 없습니다. 바론 박사가 이곳을 방문하고 싶다고 말한 적은 있었습니다. 그가 북아프리카에 왔을 때였지요. 그 일이 아마 오해를 불러일으켰나 봅니다."

제솝이 말했다.

"그렇다면, 제가 실수했다는 겁니까? 그 사람들 중 아무도 이곳에 있는 사람이 없다니."

"그들이 어떻게 이곳에 있을 수 있겠소? 비행기 사고로 모두 죽었는데. 시체도 찾았을 텐데."

"회수된 시체는 심하게 타버려서 신원을 확인할 수 없었습니다."

제솝은 침착하고 의미심장하게 이 말에 힘을 주었다.

뒤에서 약간 수군거리는 소리가 들렸다. 날카롭고 또박또박한, 그리고 몹시 가느다란 음성이 들려왔다.

"뚜렷한 확증이 없질 않소?"

앨버스토크 경은 몸을 앞으로 구부린 채 귀에다 손을 대고 있었다. 짙고 치켜져 올라간 눈썹 아래서 그의 조그맣고 날카로운 눈매가 제솝의 눈을 노려보고 있었다.

"공식적인 확인은 없었습니다, 경."

제솝이 말했다.

"하지만, 그 사람들이 비행기 사고에서 살아남았다고 믿을 만한 증거가 제게 있습니다."

"믿는다고?"

앨버스토크 경이 말했다. 그의 가늘고 높은 음성에는 불쾌감이 어려 있었다.

"살아 있다는 증거를 갖고 있습니다."

"증거? 어떤 증거요, 미스터—어—어—제솝?"

"베터튼 부인은 페즈에서 마라케시로 떠나던 날 모조 진주 목걸이를 갖고 있었습니다."

제솝이 말했다.

"그 진주 알맹이 하나가 비행기 잔해에서 반 마일 정도 떨어진 곳에서 발견되었습니다."

"그 진주가 베터튼 부인의 것인지 아닌지 어떻게 알 수 있소?"

"맨눈에는 보이지 않지만, 그 진주 목걸이의 진주 하나하나에는 모두 표시가 새겨져 있습니다. 돋보기로 보면 보입니다."

"누가 거기다 표시를 새겼소?"

"제가 했습니다, 앨버스토크 경. 제 동료가 보는 앞에서. 바로 이 자리에 있는 르블랑 앞에서요."

"왜 그런 식으로 진주에 표시를 새겨 두었소?"

"예, 앨버스토크 경, 사실 확신하지는 않았지만 베터튼 부인이 저를 그녀의 남편, 그러니까 토머스 베터튼이 있는 곳으로 유도해 줄 것이라고 믿고 있었습니다."

제솝은 계속했다.

"두 개 이상이나 되는 이 진주가 열쇠가 되는 겁니다. 이 진주들은 비행기가 불탄 곳과 지금 우리가 있는 이 단지 사이의 통로 중간 휴식 지점마다 발견되었습니다. 이 진주가 발견된 곳을 중심으로 탐문 수사를 한 결과 비행기 속에서 타 죽은 것으로 생각되는 사람들과 인상착의가 비슷한 사람들이 있었다는 사실도 알아냈습니다. 게다가 그들 일행 중 한 명은 야광 페인트를 칠한 장갑까지 끼고 있었습니다. 그 흔적이 도중에 그들을 이리로 태우고 온 어느 자동차에서 발견되었습니다."

앨버스토크 경은 특유의 메마르고 엄숙한 음성으로 한마디 했다.

"주목해 볼만한 일이군."

키다란 의자에 앉아 있던 아리스티드가 동요의 기미를 보이기 시작했다. 눈꺼풀이 한두 번 재빨리 껌벅거렸다.

마침내 그가 질문을 던졌다.

"그 일행의 마지막 흔적이 발견된 곳이 어디요?"

"폐쇄된 비행장이었습니다, 선생."

그는 정확한 장소를 지적했다.

"이곳에서 수백 마일 떨어진 곳이군." 아리스티드가 말했다.

"당신의 그 재미있는 추측이 정확하고, 또 사고가 조작되었을지도 모른다고 당신이 제시한 근거도 인정하오. 하지만, 내가 생각하기에 아무래도 그 사람들은 그 폐쇄된 비행장에서 어딘가 알 수 없는 행선지를 향해 떠난 것 같소. 왜냐하면, 그 비행장은 이곳에서 수백 마일이나 떨어진 곳이기 때문이오. 도대체 어떤 근거에서 그 사람들이 이곳에 와 있다고 하는지 이해를 못 하겠소. 어떤 이유에서 그 사람들이 여기 와 있다는 거요?"

"아주 확실한 근거가 있습니다, 선생. 우리 정찰기 한 대가 통신을 포착했습니다. 그 통신은 바로 여기 이 사람 르블랑에게 전달되었지요. 첫머리에 특수 암호가 들어가는 통신문입니다. 그 통신문은 바로 그 의문 속의 사람들이 이곳 나환자 수용소에 있다는 것을 말해 주고 있습니다."

"정말 대단하군, 대단해." 아리스티드가 말했다.

"하지만, 내가 보기에는 누군가가 당신을 속이려고 그런 짓을 한 게 틀림없소. 그 사람들은 이곳엔 없어요."

그는 착 가라앉은 음성으로 단호하게 말했다.

"당신 좋을 대로 이곳을 마음대로 수색해 보시오."

"우리가 아무것도 찾아낼 수 없을지도 모릅니다, 선생."

제숍은 말했다.

"물론, 표면적인 수색만으로는 아무 것도 찾을 수 없을 겁니다."

그는 문득 여유만만한 표정을 지었다. 그러고는 말했다.

"하지만, 나는 수색해야 할 장소까지 알고 있습니다."

"원 참, 기가 막히는군! 그래 그곳이 어디요?"

"네 번째 복도에 있는 제2실험실에서 왼쪽으로 돌아가는 통로의 제일 끝, 바로 그곳입니다."

반 하이뎀이 갑자기 안절부절못하기 시작했다. 테이블 위에 있던 안경이 바닥에 떨어져 박살이 나 버렸다.

제숍이 싱긋이 웃으며 그를 쳐다보았다.

"우리 정보가 정확하다는 것은 박사도 알고 있을 거요."

반 하이뎀 박사가 날카롭게 쏘아붙였다.

"말도 안 되는 소리! 정말 터무니없는 소리요! 당신은 우리가 그들의 의사를 묵살하고 이곳에다 감금해 두고 있다는 식으로 말을 하는데, 나는 그런 몰상식한 짓은 용납 못 해요."

장관이 골치 아프다는 듯 끼어들었다.

"이젠 '막다른 골목'까지 온 것 같습니다."

아리스티드가 점잔을 빼며 말했다.

"퍽 재미있는 가설이었소. 하지만, 그건 어디까지나 가설일 뿐이오."

그는 손목시계를 흘끔 내려다보았다.

"송구스러운 말씀입니다만, 여러분, 이젠 가주셔야겠습니다. 공항까지는 차로도 한참 달려야 하는 거리입니다. 게다가, 비행기가 연착이라도 하면 큰 야단이 날 테니까."

르블랑이나 제솝이나 둘 다 이젠 그야말로 막판이 다가왔다는 걸 깨달았다.

아리스티드는 자기의 유명세를 이용해서 최후의 발악을 하는 것이다. 그는 그들 앞에서 어디 자기 뜻을 거역할 테면 해보라 하는 식으로 버티고 있다. 만일 그들이 끈덕지게 물고 늘어진다면 그것은 곧장 그들이 공개적으로 그에게 대든다는 것을 의미한다.

장관은 아리스티드의 지시대로 이제 그만 손을 들고 싶어 했다. 경찰서장도 공사와 뜻을 같이하고 싶었다. 미국 대사는 만족스럽지 않았다. 하지만, 그도 역시 외교적인 이유 때문에 우기기를 망설이고 있었다. 영국 영사도 그들 두 사람과 함께 이제 그만 손을 떼고 싶었다.

기자들, 아리스티드는 기자들에게 몹시 신경을 쓰고 있었다. 기자들은 조심해야 한다! 그들을 매수하자면 제법 많은 돈이 들게 될지도 모른다. 하지만, 그들 정도야 매수가 가능하리라는 생각이 들었다. 혹, 매수가 불가능하다면, 글쎄, 다른 방법도 있지.

제솝과 르블랑은 어떤가? 그들은 알고 있다. 그건 분명한 사실이다. 하지만, 그들에겐 집행 권한이 없기 때문에 행동할 수가 없다. 그의 두 눈은 계속해서 그들을 훑고 지나갔다.

그러다가 마침내 자기와 나이가 비슷해 보이는 어느 사내의 눈과 마주쳤다.

차가운 눈초리, 법률가의 눈초리. 그는 알고 있다. 이 사나이는 매수가 불가능하다는 사실을. 하지만, 막판에 가선 할 수 없지······.

그때 무엇인가 그의 생각을 가로막는 게 있었다. 차갑고, 또렷하고, 아주 조그만 목소리.

"내 의견을 말하겠소." 그 목소리가 말했다.

"무턱대고 출발만 서두를 게 아닌 것 같습니다. 이곳 일은 좀더 조사를 해

보아야겠소. 진지한 주장이 있었기 때문에 그냥 짚고 넘어가서는 안 될 것 같습니다. 모두에게 공평하게 반론의 기회를 줘야 하오."

"증거를 대야 할 책임은……." 아리스티드가 말했다.

"당신한테 있어요."

그는 일행들 앞에 제법 그럴 듯한 제스처를 취해 보였다.

"무모한 말을 해댔소. 아무런 증거의 뒷받침도 없이."

"뒷받침이 없는 게 아닙니다."

반 하이뎀이 깜짝 놀라 좌중을 둘러보았다.

그때 모로코인 하인 한 명이 앞으로 걸어 나왔다. 인물이 수려한 사내였다. 자수를 놓은 흰옷을 걸치고 머리에는 하얀 터번을 두르고 있었다. 까만 얼굴이 윤기 있게 반들거렸다.

좌중에 있는 사람들이 전부 깜짝 놀라 말 한마디 못 한 채 그를 쳐다볼 수밖에 없었던 것은, 흑인 특유의 두툼한 입술에서 순수 미국계 흑인의 음성이 계속해서 튀어나오고 있었기 때문이었다.

"뒷받침이 없는 게 아닙니다." 그 목소리가 말했다.

"지금 당장 이 자리에서 제가 증거를 제시하겠습니다. 이 신사분들은 앤드루 피터스, 토르퀼 에릭슨, 베터튼 부부, 그리고 루이스 바론 박사가 이곳에 있다는 사실을 부인했습니다. 그건 거짓말입니다. 그들은 모두 이곳에 있습니다. 그리고 제가 바로 그 증거입니다."

그는 미국 대사 앞으로 한 걸음 다가갔다.

"순간적으로 저를 알아보시기가 어려웠을 겁니다, 대사님." 그가 말했다.

"하지만, 제가 바로 앤드루 피터스입니다."

아주 희미하게 쉬—, 하는 치찰음(齒擦音)이 아리스티드의 입술에서 흘러나왔다. 그가 의자 깊숙이 풀썩 주저앉았다. 또다시 얼굴이 굳어졌다.

"모든 사람들이 숨겨진 곳은 바로 이곳입니다."

피터스가 말했다.

"뮌헨의 슈바르츠, 무니히, 헬가 니드하임, 제프리스와 데이브슨, 영국 출신의 과학자들이죠. 미국 출신의 폴 와이드, 이탈리아 출신의 리코체티와 비앙코 뮈르시송도 있습니다. 그들은 모두 이곳, 바로 이 건물 안에 있습니다. 맨눈으로는 도저히 알아볼 수 없는 차단벽 장치가 되어 있지요, 모든 비밀 실험실들은 암석 밑으로 곧장 뚫고 들어간 곳에서 모두 연결되어 있습니다."

"하느님 맙소사!"

미국 대사가 짧게 신음을 토했다. 그는 그 위엄 있게 생긴 아프리카인을 찬찬히 뜯어보았다. 그리고 큰소리로 웃기 시작했다.

"지금 바로 이 순간도 난 자넬 알아보지 못하겠는 걸."

"입술에다 파라핀 주사를 놓았지요, 대사님. 두말할 것 있나요, 검정 물감이지."

"자네가 피터스라면, FBI에서 침투한 요원이겠군?"

"813471입니다. 대사님."

"맞았어." 대사가 말했다.

"그럼 자네의 또 다른 이름의 머리글자는?"

"BABDG입니다."

대사는 고개를 끄덕였다.

"이 사람은 피터스가 맞습니다." 그가 말했다.

그는 장관 쪽을 쳐다보았다.

장관은 머뭇거리더니 이내 목청을 가다듬었다.

장관이 피터스에게 물었다.

"그러니까 당신 주장은, 사람들이 자기 의사와는 관계없이 이곳에 감금되어 있다는 말이오?"

"자기가 좋아서 이곳에 있는 사람들도 있습니다, 각하. 하지만, 그렇지 않은 사람들도 있지요."

"그런 경우엔, 얘길 들어봐야지. 어, 그럼, 당연히 자기 의사를 들어봐야지."

장관이 말했다. 그는 경찰서장을 쳐다보았다.

경찰서장이 앞으로 나왔다.

"잠시 실례 좀 합시다."

아리스티드는 한 손을 들어 올렸다. 그가 말했다. 차분하고 또박또박한 음성이었다.

"이곳에 대한 나의 신뢰가, 크게 악용되어 온 것 같소"

그의 차가운 시선이 반 하이뎀에게서 그 지도자에게로 옮겨갔다. 그 시선 속엔 냉혹한 명령이 담겨 있었다.

"당신네 스스로 한 약속대로 순수한 과학 연구만 해왔는지의 여부는 아직 잘 모르겠소. 내가 이곳을 지원한 이유는 순수한 연구를 위한 것이었소. 나는 실질적인 정책 적용에는 전혀 관여하지도 않았소. 내 충고 한마디 하리다, 지도자 선생. 만일 이 혐의가 사실을 바탕으로 하는 것이라면, 이곳에 불법적으로 감금되어 있다고 생각하는 사람들을 지금 당장 밝히시오."

"하지만, 서장님, 그럴 리 없습니다. 난, 그건……."

"그런 종류의 실험이라면 전부 끝났소." 아리스티드가 말했다.

뱃심 좋은 사업가의 시선이 손님들을 훑고 지나갔다.

"이곳에서 무슨 불법적인 일이 진행되었는지 어떤지를 내가 굳이 밝혀야 할 것까지는 없는 것 같소이다. 사실 나는 이곳엔 별 관심도 없었으니까."

이것은 하나의 명령이었다. 자기는 그만큼 부자고, 권력도 있고, 영향력도 있는 인물이니 어디 할 테면 해보라는 식이었다.

아리스티드, 그 세계적인 거물은 이 일에 말려들려고 하지 않았다. 하지만, 그가 비록 무사히 빠져나간다 해도 그건 어디까지나 그의 패배다. 목적 달성 실패. 그가 그렇게도 엄청남 이익을 얻고자 시도한 두뇌 저수지의 실패. 아리스티드는 비록 실패를 했을망정 당황하지는 않았다. 그의 경력 중에 그런 일은 가끔 있었다. 그때마다 그는 그것을 냉정하게 받아들이고 다음 기회를 노리며 앞으로 계속 전진했었다.

그는 흔히 동양인들이 그러는 것처럼 의젓하게 손을 내저었다.

"나는 이 일에서 손을 씻어야겠소"

경찰서장이 성큼 앞으로 다가갔다.

이제 칼자루는 그가 쥐고 있었다. 그는 자기가 내려야 할 지시를 알고 있었다. 그가 가진 모든 공권력을 다 동원해서 밀어붙일 참이었다.

그가 말했다.

"내 조사를 방해할 생각은 말아 주십시오. 이것은 나의 임무입니다."
그의 얼굴이 창백해졌다.
반 하이뎀이 앞으로 걸어나갔다.
"이리 오시지요." 그가 말했다.
"예비 수용 시설을 보여 드리겠습니다."

제21장

"오, 악몽에서 깨어난 기분이에요."

힐러리는 한숨을 내쉬었다. 그녀는 팔을 머리 위로 죽 뻗어 올렸다. 그들은 탕헤르에 있는 호텔의 테라스에 앉아 있었다. 그날 아침 비행기로 도착한 것이다.

힐러리는 말을 계속했다.

"이제 다 끝난 건가요? 정말 있을 수도 없는 일이었어요!"

"물론 다 끝났소." 톰 베터튼이 말했다.

"나도 당신과 동감이오, 올리브. 정말 악몽이었소. 아, 이제야 벗어났군."

제솝이 테라스를 따라 걸어오더니 그들 옆에 앉았다.

"앤디 피터스는 어디 갔죠?" 힐러리가 물었다.

"곧 이곳으로 올 겁니다." 제솝이 말했다.

"일이 좀 있나 봅니다."

"피터스도 당신네 사람 중 한 명이었더군요."

힐러리가 말했다.

"야광칠도 그와 관련이 있었고, 또 그가 가지고 있던 담배 케이스에서 방사능 물질이 나왔던 거예요. 난 그런 줄은 까맣게 모르고 있었는데."

"아닙니다." 제솝이 말했다.

"두 분이 아주 썩 잘 해내셨습니다. 사실, 정확하게 말해서, 그는 우리 요원이 아닙니다. 그는 미국을 대표하고 있죠."

"그렇다면, 내가 톰이 있는 곳으로 가도 보호받을 줄 알고 있었다는 말씀이군요? 그러니까, 앤디 피터스에게 말이에요."

제솝은 고개를 끄덕였다.

"나를 너무 나무라진 말아 주십시오."

제솝은 특유의 올빼미 표정을 지으며 말했다.

"부인이 경험하고자 한 목적을 제공해 주지 못했다고."

힐러리는 어리둥절한 모양이었다.

"목적이라뇨?"

"더 극적인 자살 말입니다."

"오, 그건!"

그녀는 믿어지지 않는다는 듯 고개를 심하게 내저었다.

"그것만큼 황당한 일도 없었던 것 같아요. 나는 지금까지 올리브 베터튼이었어요. 지금 새삼스레 힐러리 크레이븐이 된다고 생각하니 어리둥절하기만 한걸요?"

"아─." 제솝이 말했다.

"저기 내 친구 르블랑이 오는군요. 가서 얘기할 게 있어서 이만."

그는 그들을 두고 테라스를 따라 걸어갔다.

바로 그때, 톰 베터튼이 재빨리 말했다.

"나를 위해 한 가지만 더 해주시겠소, 올리브? 난 여전히 당신을 올리브라 부르고 있소. 그 이름에 친숙해져 버렸기 때문이오."

"그럼요. 물론 그러실 테죠. 그런데 뭘 해달라는 건가요?"

"테라스를 따라서 나와 함께 걸어갔다가 되돌아와서 내가 방에 올라가 누웠다고 말해 주시오."

그녀는 대체 무슨 영문인지 모르겠다는 듯 그를 쳐다보았다.

"왜 그러시죠? 무슨 일을 하시려고……."

"도망쳐야겠습니다. 상황이 더 악화되기 전에."

"도망이라뇨, 대체 어디로?"

"아무 데나."

"하지만, 왜 그런 짓을?"

"생각을 해보세요, 부인. 난 이곳 사정이 어떻게 돌아가는지 모릅니다. 탕헤르는 어느 특정 국가의 사법권이 미치지 않는 외진 지역입니다. 하지만, 내가 당신 일행과 함께 에스파냐의 지브롤터로 가면 무슨 일이 일어날지 뻔합니다. 거기 닿는 순간 보나 마나 체포될 겁니다."

힐러리는 무척 안쓰러운 표정으로 그를 쳐다보았다. 그 단지에서 탈출하는 일에만 정신이 팔려 톰 베터튼의 고충은 까맣게 잊어버리고 있었던 것이다.

"국가보안법으로 기소될까 봐 그러시는 거죠? 하지만, 그렇다고 해서 아무 곳이나 가고 싶은 데로 갈 수도 없는 노릇이 아니에요? 대체 어디로 가시려고요?"

"말했잖소, 아무 곳이나."

"하지만, 요즘 같은 대명천지에 그게 가능할 것 같아요? 돈도 있어야 하고, 어려움도 많을 텐데."

그는 슬쩍 웃었다.

"돈은 문제없소, 내가 갈 만한 곳에 가명으로 저축을 해 두었으니까."

"돈이 있긴 있었나요?"

"물론 돈이야 있었죠."

"하지만, 그들이 추적할 텐데."

"추적은 힘들 겁니다. 모르시는군요, 올리브. 그들이 알고 있는 나의 인상착의는 지금의 내 모습과는 전혀 다르오. 내가 이렇게 정교한 성형수술을 받은 이유도 바로 그 때문이었소. 내겐 그야말로 굉장한 이점이었죠. 영국을 빠져나오기 위해 은행에서 돈을 좀 찾아 아예 내 모습을 바꿔 버렸던 겁니다. 모두 내 생명의 안전을 위해서였지요."

힐러리는 미심쩍은 눈초리로 그를 쳐다보았다.

"당신은 나쁜 사람이군요." 그녀가 말했다.

"정말 나쁜 사람이에요. 차라리 돌아가서 죗값을 떳떳이 치르도록 하세요. 지금은 전시도 아니잖아요. 징역을 살아도 얼마 살지도 않을 텐데. 평생을 끈질기게 쫓아다닐 텐데 그게 무슨 이득이 있겠어요?"

"이해를 못 하시는군요." 그가 말했다.

"전혀 이해를 못 해. 하여간 이리 와요, 갑시다. 시간이 없어요."

"하지만, 대체 어떻게 탕헤르를 빠져나갈 작정이죠?"

"그럭저럭 될 겁니다. 걱정하지 마십시오."

그녀는 자리에서 일어나 그와 함께 테라스를 따라 천천히 걸어갔다.

이상하게도 뭔가 잘못하고 있다는 듯한 생각이 들긴 했지만, 입이 떨어지지 않았다. 제숩과 죽은 올리브 베터튼에 대한 의무는 이미 충분히 완수했다. 이제 더 이상 할 일도 없었다.

그녀와 톰 베터튼은 몇 주일간 밀접한 관계를 맺으며 지내왔지만, 여전히 서먹서먹한 사이였다. 동료 의식이나 연대감 같은 것도 전혀 없었다. 그들은 테라스의 끝까지 왔다. 벽에 조그만 덧문이 하나 있었으며, 그 바깥에는 언덕에서 항구로 꺾어져 내려가는 좁은 길이 있었다.

"나는 이쪽으로 빠져나가겠습니다." 베터튼이 말했다.

"보는 사람은 아무도 없어요. 잘 있어요."

"행운을 빌겠어요."

힐러리는 천천히 말했다.

그녀는 베터튼이 문으로 가서 손잡이를 돌릴 때까지 그를 지켜보며 그 자리에 서 있었다. 문이 열렸다. 그가 두어 걸음 뒷걸음질치더니 멈추어 섰다.

입구에 세 명의 사나이가 서 있었던 것이다. 두 명이 들어오더니 그의 앞으로 갔다. 첫 번째 사나이가 딱딱한 어조로 말했다.

"토머스 베터튼, 여기 당신의 체포 영장이 있소. 송환 절차가 갖추어지는 동안 당신은 여기 구금될 것이오."

토머스 베터튼이 획 돌아섰다.

하지만, 그 사나이도 재빨리 몸을 움직여 그의 정면으로 나섰다. 그러나 토머스 베터튼은 껄껄 웃으며 되돌아서는 것이었다.

"다 맞는 소리요." 그가 말했다.

"내가 토머스 베터튼이 아니라는 사실만 제외해 놓고는."

세 번째 사나이가 입구를 거쳐 안으로 들어왔다. 나머지 두 사나이 바로 곁에 섰다. 그가 말했다.

"오, 천만에. 당신은 토머스 베터튼이오."

베터튼은 웃음을 터뜨렸다.

"당신의 말은 지난달 당신이 나와 함께 지낼 때 내가 토머스 베터튼이라고 불리는 것을 들었고, 또 나 스스로 토머스 베터튼이라고 하는 걸 들었다는 소리군. 하지만, 중요한 건 내가 토머스 베터튼이 아니라는 사실이오. 난 토머스 베터튼을 파리에서 만났소. 내가 와서 그 사람 노릇을 한 거지. 내 말을 못 믿겠거든 이 여자분에게 물어보시오."

그가 말했다.

"그녀는 나를 만나러 왔소. 나의 아내로 가장해서. 하지만, 나는 그녀를 내 아내라고 인정했었소. 내가 그러던가요, 안 그러던가요?"

힐러리는 고개를 끄덕였다.

베터튼이 말했다.

"그것은, 내가 토머스 베터튼이 아니었기 때문이오. 나는 토머스 베터튼의 아내라곤 얼굴도 본 적이 없었으니까. 나는 그녀가 토머스 베터튼의 아내인 줄로만 알았소. 그 뒤에 그녀를 이해시킬 만한 몇 가지 변명을 생각해 내지 않을 수 없었던 것이오. 이건 분명한 사실이오."

"그래서 나를 아는 체했었군요."

힐러리는 탄성을 내질렀다.

"부부인 체, 계속 그대로 있으라고 했을 때!"

베터튼은 다시 한 번 껄껄 웃었다. 그리고 자신 있게 말했다.

"나는 베터튼이 아닙니다. 베터튼의 사진을 살펴보시오. 그럼 내 말이 진짜라는 걸 알 수 있을 거요."

피터스가 앞으로 걸어나갔다. 지금의 그의 목소리는 힐러리가 익히 들어왔던 그런 피터스의 목소리가 아니었다. 침착하고 냉정한 목소리였다.

"나는 토머스 베터튼의 사진을 본 적이 있소. 하긴 당신이 그 사람이 아닌 것 같기도 하고. 하지만, 당신은 분명히 토머스 베터튼이오. 내가 그걸 증명해 보이겠소."

그는 갑자기 베터튼을 힘껏 붙잡더니 눈 깜짝할 사이에 그의 윗도리를 열어젖혔다. 그가 말했다.

"당신이 토머스 베터튼이라면, 오른쪽 팔꿈치 안쪽에 Z자 모양의 흉터가 있을 것이오."

 그는 말을 하며 셔츠를 찢은 뒤 베터튼의 팔을 펴게 했다.

 "바로 여기 있군." 의기양양하게 그것을 가리키며 말했다.

 "미국에 두 명의 실험 조수가 있습니다. 그들이 증언해 줄 것이오. 내가 이걸 아는 이유는 당신이 상처를 입었을 때 엘사가 내게 편지를 보내 알려 주었기 때문이오."

 "엘사?"

 베터튼은 그를 빤히 쳐다보았다. 그는 초조하게 고개를 내젓기 시작했다.

 "엘사? 엘사라니?"

 "어떤 혐의를 받게 될 것인가 물어보시오!"

 경찰관이 한 걸음 더 앞으로 다가섰다.

 "그 혐의는……." 그가 말했다.

 "일급 살인죄. 당신의 아내 엘사 베터튼의 살인죄."

제22장

"미안합니다, 올리브. 당신에겐 정말 안된 일입니다. 나는 당신을 위해 그에게 단 한 번의 기회밖엔 줄 수 없었습니다. 그는 차라리 그 단지 내에 있는 것이 더 안전하리라고 내가 당신에게 경고했었지요. 나는 이렇게 세계의 절반을 가로질러서라도 그가 있는 곳으로 올 수밖에 없었습니다. 엘사의 복수를 하고 싶었던 겁니다."

"무슨 말씀인지 모르겠어요. 정말 아무것도 모르겠어요. 대체 당신은 누구죠?"

"이미 알고 있는 줄 알았습니다. 나는 보리스 안드레이 파블로프 글라이더 입니다. 엘사의 사촌이죠. 나는 폴란드에서 미국으로 건너갔습니다. 그곳 대학에서 공부를 계속하기 위해서였죠. 유럽에서 흔히 그러는 것처럼, 내 삼촌도 내가 미국 시민권을 얻는 게 제일 낫겠다고 생각했습니다. 그래서 나는 앤드루 피터스라는 이름을 갖게 되었지요. 그러던 중 전쟁이 발발했습니다.

나는 다시 유럽으로 되돌아갔습니다. 나는 레지스탕스 활동을 했지요. 그때 삼촌과 엘사를 폴란드에서 탈출시켜 미국으로 보냈습니다. 엘사, 그녀에 대해선 이미 얘기해 주었지만, 그녀는 금세기 최고의 과학자 중 한 명이었습니다. ZE분열을 발견한 사람도 바로 엘사였습니다. 베터튼은 만하임의 실험을 도운답시고 접근했던 캐나다인 젊은이였습니다. 그는 자신의 일이나 알 뿐 더 이상 손도 까딱 않는 인물이죠. 그는 엘사의 연구에 동참해 보고 싶은 속셈으로 그녀에게 구애를 한 끝에 마침내 결혼하게 되었습니다. 그녀의 실험이 거의 완성단계에 이르게 되자, 그는 ZE분열이 얼마나 엄청난 발견인가를 깨닫게 되었죠. 그래서 마침내 의도적으로 그녀를 독살했던 겁니다."

"오, 어쩜. 그럴 수가."

"그 당시엔 아무 의심도 없었습니다. 베터튼은 몹시 상심한 듯 보이더니 마침내 기운을 되찾아 열정적으로 연구를 재개했습니다. 그리고 마치 자기의 업적인 양 ZE분열의 발견을 발표했습니다. 그것이 그가 원했던 것을 가져다주었지요. 일류 과학자로서의 명성과 영예를 누리게 된 겁니다. 그 뒤 그가 뭐가 켕겼는지 곰곰이 생각한 끝에 미국을 떠나 영국으로 건너갔습니다. 그러고는 하웰로 가서 거기서 연구했지요.

나는 전쟁이 끝난 뒤, 얼마 동안 유럽에 묶여 있었습니다. 나는 독일어, 러시아어, 폴란드어에 능통했기 때문에 유럽에서 실무를 맡아야만 했죠. 엘사가 죽기 전 내게 보낸 편지가 나를 무척 불안하게 만들었습니다. 그녀가 병을 앓다가 죽었다는 사실이 내겐 영 의문스럽고 이해할 수 없었지요. 마침내 미국으로 돌아가자 나는 체계적인 조사에 착수했습니다. 모든 걸 하나하나 다 따져 볼 수는 없었지만, 딱 하나 뭘 해야 할지는 떠올랐습니다. 바로 시체 발굴 명령서를 신청하는 일이었습니다. 지방검사 사무실에 베터튼과 아주 절친한 젊은 친구가 한 명 있었죠. 바로 그 무렵 그 친구가 유럽 여행을 떠났습니다.

그가 베터튼을 찾아가 그 발굴 건에 대해 이야기를 했을 겁니다. 베터튼은 궁지에 몰린 거죠. 내 생각에, 그 친구는 그때 벌써 아리스티드의 하수인과 접촉 중이었을 겁니다. 어쨌든, 그는 눈이 번쩍 뜨인 겁니다. 살인혐의로 체포되는 것을 모면할 수 있는 절호의 기회였던 거지요. 그는 얼굴을 완전히 다른 사람으로 바꾸어 준다는 조건으로 그 제안을 수락했습니다. 하지만, 실제로 일어난 일은 꼼짝달싹 못하는 감금뿐이라는 사실을 깨닫게 되었습니다. 게다가, 그는 자신이 아주 위험한 처지에 놓여 있다는 것도 알게 되었습니다. 그들에게 썩 마음에 드는 선물을 줄 수 없었기 때문이죠. 말하자면, 과학적 선물이라고 할 수 있겠죠. 그는 결코 천재도 아니었고, 또 천재였던 적도 없었던 겁니다."

"그래서 그를 뒤따른 건가요?"

"그렇습니다. 내가 영국으로 건너와 보니 신문마다 토머스 베터튼이라는 과학자 실종 사건으로 떠들썩하더군요. 또, 내 친구 중 또 다른 저명한 과학자 한 명이 그와 모종의 예비 접촉을 벌이고 있더군요. 스피더라는 여잔데, UN에

근무합니다. 나는 영국 도착 즉시 그녀가 베터튼과 만났다는 사실을 알았습니다. 나는 그녀에게 좌익의 실상을 설명하기도 하고 나의 과학자로서의 역량을 과시하기도 하면서 그녀를 설득했지요. 짐작이 가시겠지만, 베터튼이 철의 장막 뒤로 가 버리기라도 하면 누구도 그가 있는 곳으로 갈 수 없다고 생각할 겁니다. 하지만, 그가 있는 곳이 그 누구도 갈 수 없는 곳이었다고 해도 나는 갈 작정이었습니다."

그는 입술을 꽉 깨물었다.

"엘사는 최고의 과학자였습니다. 게다가, 아름답고 다정한 여자였지요. 그녀는 사랑하고 믿었던 남자에게 죽음을 다하고 강도당했습니다. 꼭 내 손으로 베터튼을 처치하고 싶었는데."

"그랬었군요." 힐러리가 말했다.

"오, 이제야 알 것 같아요."

"당신에게 편지를 썼었지요." 피터스가 말했다.

"내가 영국에 도착했을 때 나의 폴란드식 이름으로 보냈습니다. 그 편지에서 사실을 다 말했습니다."

그는 그녀를 쳐다보았다.

"부인은 내 말을 믿지 않았던가 보군요. 아무 답장도 없었던 걸로 보면."

그는 어깨를 으쓱해 보였다.

"그래서 나는 정보국 사람들을 찾아갔습니다. 처음 그곳에 갔을 땐 연극을 했죠. 폴란드국(局). 딱딱하고, 생소하고, 지나치게 격식만 차리더군요. 그래서 모두가 의심스럽기만 했습니다. 하지만, 마침내 제솝과 의견의 일치를 보게 되었죠." 그는 잠시 하던 말을 멈추었다.

"오늘 아침으로 나의 원정은 끝났습니다. 송환조치가 내려지면 베터튼은 미국으로 가 그곳 법정에 서게 되겠지요. 만일 그가 무죄로 풀려난다고 해도 나는 더 이상 아무 할 말이 없습니다."

하지만, 그는 단호한 어조로 덧붙여 말했다.

"그러나 결코 무죄로 석방되지는 않을 겁니다. 증거가 너무나 확실하니까."

그는 말을 맺었다. 그리고 바다 쪽으로 난 정원을 내려다보았다. 햇살이 잔

잔히 부서지고 있었다.

"지옥은 바로 그곳에 있었지요." 그가 말했다.

"당신이 그를 만나러 와서 내가 당신을 만나고 당신을 사랑하게 되어 버린 바로 그곳에. 그건 정말 지옥이었소. 올리브, 내 말을 믿어 줘요. 우린 그렇게 지옥에 있는 거요. 나는 당신 남편을 전기의자에 앉혀야 할 책임이 있는 사람입니다. 그건 회피할 수 없는 사실이오. 당신은 비록 나를 용서할 수는 있어도 결코 잊어버릴 수는 없을 겁니다."

그는 일어섰다.

"글쎄, 내 입으로 직접 당신에게 모든 걸 얘기해 주고 싶었소. 이젠 이별이군요."

그는 황망히 돌아섰다. 힐러리가 한 손을 내밀었다.

"잠깐만……." 그녀가 말했다.

"기다려요. 당신이 모르고 있는 게 있어요. 난 베터튼의 아내가 아니에요. 베터튼의 아내, 올리브 베터튼은 카사블랑카에서 죽었어요. 제솝의 설득으로 내가 그녀를 대신하기로 했던 거예요."

그는 빙글 돌아서서 그녀를 휘둥그레 쳐다보았다.

"올리브 베터튼이 아니란 말입니까?"

"예."

"하느님 맙소사! 이럴 수가!"

그는 그녀 옆 의자에 풀썩 주저앉았다.

"올리브, 올리브, 내 사랑!"

"날 올리브라 부르지 마세요. 내 이름은 힐러리, 힐러리 크레이븐이에요."

"힐러리?"

그는 생소한 듯 그 이름을 반문해 보았다.

"이제부턴 이 이름에 익숙해져야 하겠는걸."

그가 그녀를 끌어안았다.

테라스 저쪽 끝에서는 제솝이 르블랑과 함께 지금 상황이 처해 있는 여러 가지 기술적인 난점들에 관해 의견을 주고받다가 중간에 갑자기 말을 뚝 멈추었다.

"자네 지금 무슨 말을 하고 있었지?"

그가 불현듯 물었다.

"말했잖은가, 이 친구, 그 아리스티드라는 짐승, 기소할 수 있을 것 같다고."

"아냐, 아냐, 아리스티드는 재판만 하면 항상 승소하는 작자야. 말하자면 녀석은 항상 저 밑바닥에서도 요리조리 꼼지락거려 잘빠져 나오는 작자라는 거지. 하지만, 돈이 제법 들 거야. 그러니 그렇게 하지는 않으려 할걸. 그래서 마침내 영원한 파멸의 구렁텅이를 면치 못할 거야. 꼴상을 보아하니 머지않아 최고 법정에 서게 되겠더군."

"자네, 어딜 그렇게 보고 있나, 친구?"

"저기 두 사람." 제숩이 말했다.

"내가 힐러리 크레이븐을 미지의 행선지로 여행을 떠나보냈는데, 결국 그 종착역은 평범한 곳이 되어 버린 것 같아."

르블랑은 잠시 어리둥절해하더니 곧장 말했다.

"아하! 그래! 이른바 셰익스피어!"

"자네 프랑스인들도 제법 읽었군그래." 제숩이 말했다.

<끝>

■ 작품 해설 ■

여기에 소개하는 《죽음을 향한 발자국(1954, So Many Steps to Death)》은 애거서 크리스티(Agatha Christie, 영국, 1890~1976)의 59번째 작품이며, 46번째 장편 추리소설이다.

크리스티 여사의 모험물(스파이물)은 본격물에 비해 다소 열세에 놓인다고 하는 견해도 있으나, 이 작품만은 어떠한 본격물에도 뒤지지 않을 수작이라고 평가되고 있다. 일부 평론가들은 심지어 이 작품을 크리스티 여사의 스파이물 중 최고의 작품으로 꼽기도 한다.

우수한 원자물리학자의 수수께끼 같은 증발 사건, 자살 지원 여성(그녀는 첩보원 제솝의 제안으로 기상천외한 자살 여행을 시도, 죽음을 향해 자진해서 한 걸음씩 다가가게 된다), 그 위에 비행기를 통한 트릭……

이러한 것들이 작품의 맛을 한껏 높여주고 있다.

이 작품은 국제적 음모를 다룬 점에서 1951년 작품 《바그다드의 비밀(They Came to Bagdad)》과 공통점을 지닌다. 그렇지만, 이 작품은 대체로 종래의 스파이물과는 좀 다른 특징을 지니고 있다. 우선, 흔히 볼 수 있는 평범한 사건이 아니라 특이한 사건에서부터 작품이 시작된다.

두 번째로, 원자물리학자라는 인물을 통해 당시 사회상을 보여 주었다는 사실을 들 수 있다. 즉, 이 작품이 발표되던 1950년대에는 원자물리학의 발달로 전 세계가 공포에 잠겨 있었다는 점을 주목하면 이해할 수 있을 것이다.

세 번째는, 《갈색 옷을 입은 사나이》 등에서 보이는 코믹터치가 없다는 사실이다. 이것은 크리스티 여사가 1950년대에 들어서면서 특히 두드러진 점으로써, 40년대 이전의 작품과는 판이한 성격을 보여주고 있다.

애거서 크리스티는 이 작품을 발표할 당시 63세의 노령이었다. 크리스티 여사는 60대에 들어서면서 그전과는 다른 작품 성향을 보여 주는데, 즉 감미롭고 서정적인 맛이 깃든 로맨틱 미스터리 풍을 지양하고, 하드보일드(비정파)적인 요소를 풍기기 시작하는 것이다.

그 이전의 작품에서 보면 '로맨스+추리'의 방식을 즐겨 사용해 왔다. 이것은 또한 크리스티 여사의 성품과도 일치하는 것이라고 평가되었으며, 이러한 작품 중 대표적인 것으로는 특히 《0시를 향하여(1944, Towards Zero)》를 들 수 있다.

이렇듯 크리스티 여사의 작품 특성(作風)이 변한 것은 2차대전 이후 불기 시작한 급격한 정치 경제면에서의 예측불허의 돌풍에 기인한 것이 아닌가 보인다. 이것은 이 당시에 나타난 모든 문학·예술에서 공통으로 보이는 현상이기도 하다. 여기에다, 노년에 들어서면서 크리스티 여사가 사물을 직관적으로 보기 시작했기 때문이라고도 볼 수 있다. 즉, 좀더 진지하게 사물을 대하기 시작했다는 뜻이다.